Tod im Pilgerdom

Ein Kriminalfall in Marialinden

Simone Lucas

Die Autorin

Simone Lucas lebt als Autorin und Ghostwriterin mit Familie und Hund im Bergischen Land, geboren wurde sie in Köln. Sie schreibt Bücher über Politik, Wirtschaft, Kunst und Gesundheit. Darüber hinaus verfasst sie Biografien.

www.simone-lucas.de

info@simone-lucas.de

Tod im Pilgerdom

Ein Kriminalfall in Marialinden

Simone Lucas

BÜCKEN
SULZER

2018 by Bücken & Sulzer Verlag, Overath
Alexander Bücken
3. überarbeitete Auflage

www.buecken-sulzer-verlag.de

Layout, Satz u. Covergestaltung: Alexander Bücken

Druck und Bindung
Print Group Sp. zo.o; Szczecin;Poland

ISBN 9783947438044

Der Organist greift mit Elan in die Tasten. Ein Gefühl der Freude erfüllt ihn. Er liebt dieses Hochamt am Tag der Unbefleckten Empfängnis! Was für eine Bühne, um sein Können zu zeigen! Er spielt Bach und versinkt in der Musik. Toccata und Fuge in d-Moll. Das bedeutet geistige Höchstkonzentration und zugleich größte physische Anspannung. Die Füße fliegen über die Pedale, seine Finger berühren im schnellen Rhythmus die Tasten. Der Orgelklang schwillt an, wird lauter, erfasst in Gänze den sakralen Raum. Obwohl er hoch oben auf der Empore sitzt, spürt er, wie die Kirchenbesucher unten in den Bann dieser unvergleichlichen Kirchenmusik gezogen werden. *Eine Musik, wie gemacht um Gott, den Allmächtigen, zu ehren!*

Elena sitzt auf der harten Bank im mittleren Kirchenschiff und schließt die Augen. *Wie schön diese Adventszeit in Deutschland doch ist! Ganz anders als in Spanien. Dort gibt es Party, Böller und die große Lotterie an Weihnachten. Wie feierlich ist dagegen diese Zeit im Bergischen Land! Adventskränze an den Türen der Fachwerkhäuser, Gestecke mit Äpfeln, Tannenzapfen und Tannengrün auf den schweren Holztischen im Wohnzimmer, selbstgebackene Plätzchen mit Anis, Nüssen und Glasur. Dazu trinkt man im Bergischen Land heißen Kaffee aus der*

Dröppelminna, einem altmodisch aussehenden Zinngefäß, aus dem der frisch gebrühte Kaffee in die blauweißen Kaffeetassen tröpfelt. Ja, sie hat im Bergischen Land die Weihnachtszeit ganz neu entdeckt. Feierlich und schön ist sie hier, diese ganz besondere Zeit.

Elena lauscht der Musik andächtig. Die Musik macht ihr Hoffnung. Es war richtig gewesen, ihrem Bruder Felipe nach Deutschland zu folgen, als dieser zum Pfarrer in Marialinden berufen wurde. Kein Wunder, dass die Deutschen Pfarrer aus anderen Ländern holen, denn der Nachwuchsmangel in den katholischen Gemeinden ist groß. Sicher, am Anfang war es nicht einfach gewesen. Sie wurden misstrauisch beäugt. Doch als ihr Bruder anfing zu predigen, konnte er viele Kirchgänger für sich gewinnen. Felipe spricht einfach und authentisch von Nächstenliebe, von Verzeihen, von Gemeinsamkeiten in den unterschiedlichen Weltreligionen. Ganz wie der neue Papst ‚Papa Francisco'. Seitdem Felipe in Marialinden predigt, ist die Kirche wieder voll. Das hat sich bis zum Erzbischof in Köln herumgesprochen. Doch Felipe hat immer schon auf diese Art zu den Menschen gepredigt, noch bevor der neue Papst im Vatikan sein Amt antrat. Nicht alle sind mit dem anderen Ton auf der Kanzel einverstanden. Es gibt auch Kirchenmitglieder, die es traditioneller mögen.

Die Orgelmusik verstummt.
Elena öffnet die Augen, sieht ihren Bruder am Altar die Wandlung zelebrieren, umgeben von drei Ministranten. Der Weihrauch hängt in einer schweren Wolke über dem Altar. Als ihr Bruder den vergoldeten Kelch hebt, fällt ihr Blick auf sein Gesicht. Sie erschrickt. Das Gesicht ist fahl, fast weiß und schmerzverzerrt. Dennoch spricht Felipe die Wandlungsworte: »Nehmt und trinkt alle daraus: Das ist der Kelch des neuen und ewigen Bundes, mein Blut, das für euch und für alle vergossen wird.«
In dem Moment entgleitet ihm der Kelch und fällt scheppernd auf den Kirchenboden. Felipe kippt vornüber auf den mit weißen Leinentüchern bedeckten Altar.

***

Kommissar Oliver Böll nestelt nervös am Radio. Schaltet von WDR 2 auf WDR 5 und wieder zurück. Die Musik findet er nervtötend, die Gespräche öde. Nichts, was ihm die Langeweile während des Staus vertreiben könnte. *Herrgott nochmal!* Er schlägt mit der Hand aufs Lenkrad. *Immer dieser ewige Stau!* Seitdem Böll von Köln nach Bergisch Gladbach strafversetzt worden ist, quält ihn der tägliche Verkehrsinfarkt. Jeden Morgen zwischen sieben und neun Uhr. Dann wieder am Nachmittag ab sechzehn Uhr. Rund um Köln, Bonn, Düsseldorf, Leverkusen das ewig gleiche Spiel. Nichts zu machen. Langsam rollt der dunkelgrüne Opel vor ihm weiter. Kommissar Böll lässt die Kupplung zu schnell kommen und würgt den Motor seines Audis ab. Wütend krallt er die Hände um das Lenkrad, das einen Lederüberzug aus feinstem Nappaleder hat. Ein Geschenk seiner Frau, seine Hände sollen auch im Winter nicht in ein eiskaltes Steuerrad greifen müssen. Als wäre der Stau nicht schon Ärger genug, weigert sich nun auch noch der Motor anzuspringen. Sofort setzt gereiztes Hupen hinter ihm ein. Beim vierten Versuch entscheidet sich der Motor, ihn nicht länger zu ärgern und zündet. Erleichtert tritt Kommissar Böll die Kupplung, legt den ersten Gang ein und fährt los. Gleich an der nächsten Abfahrt biegt er ab. *Nur runter von der verstopften Autobahn! Rösrath. Auch gut.*

Wie von Geisterhand geführt, fährt er nicht zum Kommissariat nach Bergisch Gladbach, sondern steuert einen Parkplatz am Rand des Königsforstes an. Der Mischwald dampft noch die Feuchtigkeit der Nacht aus. Der Kommissar schlägt den Mantelkragen seines Burberry-Mantels hoch, ebenfalls ein Geschenk seiner Frau, und steuert mit schnellen Schritten den Waldweg an. Die frische Luft tut ihm gut und bessert seine Laune. Im Büro weiß man längst, dass er wegen der verstopften Straßen selten vor halb zehn im Büro ist.

Sein Entschluss steht fest: Er wird sich im Bergischen Land ein Zimmer nehmen! Dieser tägliche Stau zerrt an seinen Nerven! Seitdem er ins Bergische Land versetzt worden ist, dauern seine Fahrten zur Arbeitsstelle und zurück nach Hause oft mehr als zwei Stunden. Lieber macht er unter der Woche Überstunden und fährt freitags zeitig nach Hause, um mit seiner Frau und seinen beiden Kindern ein entspanntes Wochenende zu verbringen. *Ja, das ist auf jeden Fall besser, als jeden Abend gereizt nach Hause zu kommen!*

Erleichtert durch diesen Entschluss, betritt er das Waldcafé, das ganz in der Nähe des Parkplatzes liegt. Die altmodische, etwas plüschige Einrichtung des Cafés gefällt ihm. Er bestellt eine heiße Schokolade mit Sahne und greift zur Zeitung, die auf dem Nebentisch liegt. Er stöbert in den Wohnungsanzeigen, als ihn ein Anruf seiner Frau erreicht.

»Hallo, Liebster«, die Stimme seiner Frau klingt überaus fröhlich. Wenn Julia diese Tonlage wählt, das weiß er aus Erfahrung, führt sie etwas im Schilde.

»Hallo«, antwortet er daher reserviert und wartet auf den Angriff.

»Ich sitze hier mit Gertrud zusammen. Gertrud hat Verwandtschaft im Bergischen Land.«

»Aha«, entgegnet er hölzern und wartet auf den entscheidenden Schlag.

»Ihre Tante«, fügt seine Frau mit einer Stimme an, die Vertraulichkeit vermitteln soll, »wohnt auf einem Landgut in Overath-Linde, etwa eine halbe Stunde von Bergisch Gladbach entfernt.«
»Das ist schön für Gertruds Tante«, brummt Böll, der immer noch nicht weiß, worauf seine Frau hinauswill.
»Stell dir vor, diese Tante vermietet auf ihrem Landgut auch Privatzimmer«, ergänzt seine Frau. »Auch auf Dauer.«
Böll ist fassungslos. Seine Frau kann Gedanken lesen. Nicht zum ersten Mal. Immer wieder kommt sie ihm bei seinen Planungen zuvor.
»Schau es dir doch wenigstens mal an«, bittet ihn seine Frau Julia, um das Schweigen zu durchbrechen. »Das ständige Pendeln ist doch keine Lösung.«
Böll weiß nicht, was er von dem Vorschlag halten soll. Hat sie einfach nur mitgedacht oder will sie ihn loswerden?
Auf die unausgesprochene Frage antwortet seine Frau: »Nein, Schatz, ich will dich nicht aus dem Haus jagen, sondern einfach nur dein Nervenkostüm schonen.« Sie gibt ihm die Adresse und legt auf.

***

Böll parkt seinen Wagen vor dem Landgut. Er schwankt immer noch zwischen Ärger und Freude. Die Landschaft jedenfalls ist sensationell: sanfte Hügel, so weit das Auge reicht. Er fühlt sich an die winterliche Toskana erinnert. Der Frühnebel hängt noch in den Tälern, die Sonne steht tief und blendet ihn. Er steigt aus dem Auto und streckt seine Glieder. Overath-Linde. Allein von der Kilometerzahl her fast genauso weit entfernt wie Köln-Ehrenfeld von Bergisch Gladbach. Er wundert sich immer wieder aufs Neue über das schlechte räumliche Vorstellungsvermögen seiner Frau. Aber gut, vielleicht geht es schneller, wenn er Landstraße fährt. Ohne das Stop-and-Go auf der Autobahn wäre schon viel gewonnen.
Böll schaut auf den langgestreckten Fachwerkbau. Das Gebäude ist alt. Sehr alt. Er tippt auf 15. Jahrhundert. Der Eingang des Hauses ist mit eleganten, zu Kugeln geschnittenen Buchsbäumen geschmückt. Es gibt keine Klingel und so zieht Böll an der Glocke, die rechts neben der dunklen, mit einem großen Adventskranz behangenen Eingangstür befestigt ist. Nichts tut sich. Böll geht einige Schritte rückwärts, legt den Kopf in den Nacken und ruft den Namen, den seine Frau ihm genannt hat.
»Frau von Eschborn?«
Keine Antwort. Böll geht um das Haus herum. Hinter dem Gebäude befindet sich ein Park mit einem kleinen

Weiher. Er bleibt stehen. Die Nebelschwaden lösen sich im glitzernden Sonnenlicht auf. *Was für ein grandioser Anblick!* Nur mit Mühe reißt er sich von dem Naturereignis los und geht zur Terrasse. Dort geben riesige Glasscheiben den Blick frei auf einen Saal, der festlich eingedeckt ist. Die Stühle sind mit Hussen überzogen. Silberne Kerzenständer stehen auf den großen runden Tischen.
Bölls Blick gleitet an der Außenmauer hoch. Das Gebäude hat zwei Stockwerke. Braune Holzbalken stützen die weiß getünchte Mauer und geben dem Haus den typischen Charme eines Fachwerkhauses. Er ruft erneut. Wieder nichts. Entschlossen holt er sein Smartphone aus der Manteltasche, um mit seiner potentiellen Vermieterin telefonisch in Kontakt zu treten. Genau in dem Augenblick öffnet sich eine Tür, die der Kommissar bisher nicht bemerkt hat, weil sie von einer Zypresse verdeckt wird. Vor ihm steht eine schlanke, sehr gepflegte ältere Dame und schaut ihn erwartungsvoll an.
»Sind Sie der Bräutigam?«
»Ich? Nein, um Gottes Willen«, stottert Böll überrascht.
»Dann also der Brautvater?«
»Auch nicht.« Böll fühlt sich durch das Stakkato an Fragen überfordert. Er ist es nicht gewohnt, derjenige zu sein, dem die Fragen gestellt werden.

»Was wollen Sie dann hier?«, fragt die alte Dame resolut.
»Ich suche ein Zimmer«, antwortet Kommissar Böll, unangenehm berührt von dem rauen Ton.
»Sind Sie ein Pilger?«, setzt die ältere Dame gnadenlos nach, so dass Böll schlussfolgert, dass er nicht der erste Pilger wäre, den sie unter ihre Fittiche nähme.
»Nein, nein.« Böll schüttelt den Kopf, um seiner Antwort Nachdruck zu verleihen. »Ich bin Opfer des täglichen Verkehrsstaus.«
»Aaaah, dann sind Sie Julias Mann!«, ruft sein Gegenüber erfreut.
Zum ersten Mal zaubert die alte Dame ein reizendes Lächeln ins Gesicht.
»Sagen Sie das doch gleich!«
»Ich hatte noch keine Gelegenheit dazu«, erwidert Böll mit leicht vorwurfsvollem Unterton, den Frau von Eschborn geflissentlich überhört.
»Kommen Sie mit. Ich koche gerade eine Milchsuppe und muss den Herd ausschalten, bevor ich Ihnen Ihre zukünftige Wohnung zeige«, erklärt die ältere Dame, nun in sehr freundlichem Tonfall. *Zukünftige Wohnung?* Böll findet die Aussage etwas übergriffig. Schließlich will er die Wohnung erst einmal besichtigen!
Frau von Eschborn geht entschlossenen Schrittes in die Küche. Böll kann durch die halb geöffnete Küchentür sehen, dass der Küchenboden mit schwarzweiß

gemusterten Bodenfliesen ausgelegt ist, die früher in Gutsherrenküchen üblich waren. Auf dem Holztisch liegen Kartoffeln, einige der goldgelben Knollen sind bereits geschält. Die alte Dame steht offenbar noch selbst am Herd. Nachdem sie die Milchsuppe vom Herd gezogen hat, greift sie zu einem großen Schlüsselbund, der auf einer Anrichte liegt, und steigt mit ihm die knarzende Treppe hoch. Irgendwo im Haus bellt ein Hund.

Als sie die Tür zur Dachwohnung öffnet, ist Kommissar Böll angenehm überrascht, wie gemütlich und stilsicher die möblierte Wohnung eingerichtet ist. Neben einem kleinen Kamin steht ein hellbrauner Clubsessel aus Leder, auf dem eine grün-karierte Wolldecke liegt. Die dunkelrote Couch ist modern und groß genug, um entspannt darauf liegen zu können. Eine alte Kiste aus edlem Teakholz ersetzt den Couchtisch.

Mehrere Vertiefungen im alten Gemäuer dienen als Bücherregale. Nachdem sie das kleine, aber sehr gemütliche Wohnzimmer besichtigt haben, geht die Hausherrin zu einer Tür auf der rechten Seite und öffnet sie.

»Hier ist die Küche, Herr Böll, oder darf ich Oliver sagen?«

Oliver. Wieder so was Übergriffiges! Dennoch nickt er ergeben, das Netzwerk seiner Frau ist offensichtlich eng geflochten.

»Ich bin Anna«, sagt die alte Dame lächelnd und reicht ihm die Hand. Dann legt sie den Kopf ein wenig schief und fragt: »Böll? Heinrich Böll? Sind …?«

»Nein, ich bin nicht mit dem Literaturnobelpreisträger Heinrich Böll aus Köln verwandt«, nimmt Böll die Antwort vorweg. Die Frage hört er nicht zum ersten Mal. Tatsächlich weiß er die Antwort nicht so genau, weil er noch nie Ahnenforschung betrieben hat.

»Ach, wie schade«, entfährt es der alten Dame und beendet die Wohnungsbesichtigung mit dem Schlafzimmer. Der Raum wird von einem großen Bett mit einer sehr dicken Matratze dominiert.

»Das ist eine ganz besondere Matratze. Die habe ich bei einem Spezialisten anfertigen lassen«, erklärt Frau von Eschborn und fügt in mütterlichem Tonfall an: »Die ist gut für die Bandscheiben.«

Hat Julia von meinem Bandscheibenvorfall erzählt?

Der Gedanke ist ihm unangenehm.

Sie gehen weiter durch die Dachgeschosswohnung, deren schräge Wände Böll zu einer leicht geduckten Haltung nötigen. Das Bad ist klein, aber elegant eingerichtet: ein modernes, oval geschnittenes Waschbecken und eine Wanne, die auf kleinen Löwenfüßen steht. Eine solche extravagante Wanne hat er zuletzt in einer der Living-at-Home-Zeitschriften seiner Frau gesehen. Küche und Bad sind mit den gleichen schwarzweißen Kacheln gefliest wie die Küche unten im Erdgeschoss. Die Wohnungseinrichtung zeugt von einem erlesenen Geschmack.

»Eigentlich wollte ich nur ein Zimmer nehmen, keine Wohnung. Was kostet es denn, die Wohnung zu mieten?«, fragt Böll vorsichtig, still hoffend, dass die Miete nicht so hoch ist, wie es die Einrichtung vermuten lässt.

»350 Euro warm«, antwortet Frau von Eschborn und löst bereits zwei Schlüssel aus dem riesigen Schlüsselbund.

»Meine Benzinkosten sind zwar nicht ganz so hoch, aber dafür hätte ich viel weniger Stress«, murmelt Böll mehr zu sich selbst und wundert sich über den äußerst günstigen Mietpreis.

»So ist es«, pflichtet ihm die alte Dame mit der modisch geschnittenen Kurzhaarfrisur bei und überreicht ihm die beiden Schlüssel.

»Den Mietvertrag lege ich Ihnen auf den Küchenschrank. Sie können ihn mir morgen unterschrieben zurückgeben«, sagt sie und verabschiedet sich mit einem kurzem Gruß.

Böll wird den Verdacht nicht los, dass es bereits genaue Absprachen zwischen Frau von Eschborn und seiner

Frau gegeben hat. *Auch beim Mietpreis?* Diese Arrangements hinter seinem Rücken, wenn auch zu seinem Vorteil, stören ihn immer wieder.
Zögernd nimmt er die beiden Schlüssel und geht zu seinem Auto. *Halb zwölf! Zu spät, um noch pünktlich ins Büro zu kommen!* Er könnte stattdessen die Arbeitsbesprechung mit seinem Kollegen Kuhle in ein Brauhaus verlagern. Er hat in Bergisch Gladbach eins entdeckt, in dem eine gute, rustikale Küche geführt wird. Am besten kommt Kuhle gleich dort hin. Das ‚Wirtshaus am Bock', direkt am Marktplatz gelegen, ist sowieso schöner als die Räume des Kommissariats.

***

Als der Kellner einen großen Teller mit magerer Sülze, fein gewürfelten Bratkartoffeln und selbstgemachter Remoulade serviert, läuft Böll das Wasser im Mund zusammen. Die Bratkartoffeln sind so köstlich wie sie aussehen. Kuhle bestellt Hämmchen mit Sauerkraut und isst, zu Bölls Leidwesen, nicht nur das magere Fleisch des Eisbeins, sondern auch die dicke Fettschicht.
»Was war heute Vormittag im Kommissariat los? Irgendetwas Besonderes?«, fragt Böll, während er

leicht angewidert auf den mahlenden Mund seines Gegenübers blickt.
»Das kann man wohl sagen«, nuschelt Kommissar Kuhle mit vollem Mund und schiebt sich ein weiteres, großes Stück Fleisch zwischen die Lippen. Statt weitere Erklärungen zu geben, legt er die Bergische Landeszeitung auf den Tisch und tippt mit dem Zeigefinger auf die Schlagzeile.
»Tod am Altar«, liest Böll halblaut vor.
Die Schlagzeile hat er heute früh in der Kaffeestube gar nicht bemerkt, als er die Wohnungsanzeigen studiert hat. Kuhle nickt nur und säbelt weiter an seinem Eisbein.
»Lies den Artikel«, sagt Kuhle bedeutungsschwanger, den Mund immer noch halbvoll.
Böll liest und schaut dann erstaunt hoch.
»Der Pfarrer ist an Herzversagen gestorben. Was haben wir damit zu tun?«
»Die Schwester des Pfarrers hat heute Morgen angerufen. Sie glaubt an Mord.«
»Mord? Aber der Pfarrer ist vor aller Augen gestorben. Ohne jegliche Gewalteinwirkung«, entgegnet Böll verblüfft.
»Ich weiß«, antwortet Kuhle und putzt sich den glänzenden Mund mit der karierten Serviette sauber.
»Sie ist jedoch überzeugt, dass er ermordet wurde.«
»Hat sie einen konkreten Verdacht?«

»Darüber wollte sie am Telefon nicht sprechen.«
»Wie alt war denn der Pfarrer?«, fragt Böll, um sich von der Situation ein genaueres Bild zu machen.
»Dreiundfünfzig.«
»Das ist noch kein Alter, um den Löffel abzugeben, aber Herzinfarkt kann jeden treffen. Was sagt die Chefin? Lässt sie obduzieren?«
»Nein. Du sollst zunächst einmal mit der Schwester sprechen.« Kuhle hält inne, um sodann mit süffisantem Unterton fortzufahren: »Die Chefin meinte, da du offenbar lieber in der Gegend herumfährst, als ins Kommissariat zu kommen, könntest du auch gleich der Schwester im Pfarrhaus einen Besuch abstatten.«

***

Als Böll zum Auto geht, bemerkt er, dass das Wetter gedreht hat. Es ist kalt geworden, die Luft riecht nach Schnee. Auf der Fahrt nach Marialinden wirbeln die ersten Schneeflocken vom grauen Himmel. Als Böll auf die Pilgerstraße einbiegt, kann er die Türme des Doms von Marialinden schon von Weitem sehen. Er sucht einen Parkplatz in der Nähe des Marienkirchplatzes und findet einen vor der Gaststätte ‚Altenrath'. Gedankenverloren öffnet er die Tür seines Wagens und tritt beim Aussteigen mit dem linken Fuß in den Schneematsch. Sofort dringt die Feuchtigkeit in seinen

Wildlederschuh. Böll versucht den aufsteigenden Ärger zu unterdrücken. Er hasst nasse Schuhe, zumal er weiß, dass er in den nächsten Stunden keine Möglichkeit hat, die Schuhe zu wechseln. *So ein Mist!* Er atmet tief durch und hievt sich aus dem Auto.

Im immer dichter werdenden Schneetreiben versucht Böll das Pfarrhaus zu finden. Schließlich wird er fündig. Es befindet sich in der Alten Vikarie, direkt vor dem Dom. Der kurze Weg hat genügt, um auch noch den rechten Schuh zu durchnässen. Böll hat sich inzwischen entschlossen, das nasskalte Geschehen an seinen Füßen zu ignorieren. Er klopft mit Hilfe des kupferfarbenen Türklopfers gegen die massive Holztür. Aus dem Haus dringt zunächst kein Laut. Dann ein schlurfendes Geräusch.

Die Tür öffnet sich zu einem dünnen Spalt. Böll zeigt unaufgefordert seinen Polizeiausweis. Instinktiv spürt er, dass dies notwendig ist, damit die Person hinter der Tür Vertrauen fasst. Eine schmale Frauenhand greift nach seinem Ausweis und schließt die Tür. Offenbar will die Frau den Ausweis eingehender studieren. Minuten verstreichen – Minuten, die Böll im Schneegestöber endlos vorkommen. Dann wird er endlich gebeten, einzutreten.

Der Flur ist dunkel. Böll blinzelt mit den Augen. Seine Augen müssen sich erst an die Dunkelheit gewöhnen. Der Kommissar vermutet, dass die Frau, die ihm die

Tür geöffnet hat, die Schwester des Pfarrers ist. Er kann das Gesicht der Frau nur vage erkennen. Sie überquert den Flur und öffnet die Tür zu einem Raum, in dem nur ein Kaminfeuer ein wenig Licht spendet. Auf dem Couchtisch steht eine bunte Keramikschale, in der Spritzgebäck liegt, das in der Adventszeit im Bergischen Land gerne gegessen wird.
Die Frau setzt sich kerzengerade aufs Sofa. Böll kann im Schein des Kaminfeuers erkennen, dass sie dunkle, mit silbernen Streifen durchzogene Haare hat, die zu einem festen Haarknoten gebunden sind. Der Nackenknoten verleiht dem Gesicht ein strenges Aussehen. Die dunklen Augen mustern Böll eingehend. Er räuspert sich.
»Frau Gomez. Ich möchte Ihnen mein Beileid aussprechen. Ihr Bruder ist gestern verstorben.«
Die Frau, deren Alter Böll auf ungefähr sechzig schätzt, sagt nichts, nickt aber mit dem Kopf. Böll fühlt sich befangen, die tiefbraunen Augen fixieren ihn. Er räuspert sich erneut, versucht die richtigen Worte zu finden.
»Sie haben heute Vormittag im Kommissariat in Bergisch Gladbach angerufen und den Verdacht geäußert, Ihr Bruder sei möglicherweise eines nicht natürlichen Todes gestorben.«
Wieder nur ein Nicken.

»Darf ich fragen«, Böll hebt die Stimme, während er das versteinerte Gesicht der Frau studiert, »warum sie das annehmen?«

Die Schwester des Pfarrers schaut Böll an. Als sie ihm zögernd antwortet, hat er das Gefühl, dass sie durch ihn hindurchschaut, den Blick auf irgendetwas Fernes gerichtet hat.

»Ich habe es geträumt.«

Böll ist fassungslos.

»Sie haben es geträumt?«

»Sí.«

Böll sagt nichts, sondern schaut die Spanierin nur an. Hofft, dass weitere Informationen kommen. Doch die Frau schweigt.

»Ich brauche etwas mehr Informationen, sonst können wir nicht ermitteln«, sagt Böll schließlich. Die Spanierin senkt den Kopf, flüstert mehr, als dass sie spricht: »No tengo más. Mehr habe ich nicht. Nur diesen Traum.«

***

Nun ist der Schnee da. Dicke Flocken wirbeln vom Himmel. Es sieht nicht danach aus, also ob der heftige Schneefall bald nachließe. Aufgrund des Wettereinbruchs ist die Fahrt ins Kommissariat genauso sinnlos wie die Fahrt nach Köln zu seiner Familie, denn bei jedem Schneeeinbruch entsteht auf dem Kölner Ring Stau. Das ist so sicher wie das Amen in der Kirche. So entschließt sich Böll mit seinem Wagen langsam und vorsichtig in Richtung Overath-Linde zu rollen, seinem neuen Zuhause. Er ärgert sich, dass er noch immer die Sommerreifen auf den Felgen hat, doch im Chaos seiner Versetzung hat er es irgendwie versäumt, sich darum zu kümmern. Obwohl es eine kurze Strecke ist, ist die Fahrt anstrengend, weil die Sommerreifen auf der schneebedeckten Straße keinen richtigen Halt finden. Er ist froh, als er endlich das Fachwerkgebäude vor sich auftauchen sieht.
Als er mit seinem Haustürschlüssel die Eingangstür öffnen will, steht Frau von Eschborn plötzlich in der Tür und hält ihm graue Filzpantoffel entgegen. Dankbar entledigt sich Böll seiner nassen Schuhe und schlüpft in die Filzschuhe. Zu jedem anderen Zeitpunkt hätte er es entschieden abgelehnt, im Haus Pantoffeln zu tragen. Schuhe an der Tür ausziehen, das war ihm bereits in seiner Kindheit ein Gräuel! Die Pantoffeln aber, die ihm Frau von Eschborn reicht, sind innen mit Fell gefüttert. Das ist jetzt genau das Richtige, nachdem

seine Füße nun schon seit geraumer Zeit in den nassen Schuhen gesteckt haben. Doch damit hat sich Frau von Eschborns Fürsorge noch nicht erschöpft.

»Nehmen Sie erst einmal eine heiße Dusche«, sagt seine Vermieterin in einem Tonfall, der keine Widerworte zulässt. »In der Zwischenzeit mache ich Ihnen die Suppe von heute Mittag warm.«

Böll ist froh, dass ihn nach der anstrengenden Fahrt auf schneebedeckten Straßen ein warmes Essen erwartet. Ein Angebot, das ihn freut. Zu Hause muss er sich das Essen abends meist selbst kochen, weil seine Frau viele Künstler erst in den Abendstunden treffen kann.

Als er mit den viel zu großen Pantoffeln die Holztreppe hochsteigt, merkt er, dass sich rutschige Filzpantoffeln und eine frisch gewienerte Holztreppe nicht wirklich vertragen. Mühsam versucht er bis zur obersten Stufe die Balance zu halten. Er öffnet die Tür zu seiner Dachgeschosswohnung und spürt beim Eintreten eine angenehme Wärme.

Im Bad liegt ein großes Badetuch bereit. *Hat Frau von Eschborn es persönlich hingelegt?* Von dem Service ist er angenehm überrascht. Schließlich hat er kein Hotel- oder Pensionszimmer gemietet, sondern eine Wohnung. Er entledigt sich seiner Kleider und gleitet unter die Dusche. Als der heiße Strahl seinen Nacken trifft, schließt Böll wohlig die Augen. *Manchmal hilft eben*

nur eine heiße Dusche! Da hat Frau von Eschborn schon recht.
Das sonderbare Gespräch mit der Schwester des verstorbenen Pfarrers kommt ihm wieder in den Sinn. *Ein Traum. Ein einfacher Traum lässt sie an die Ermordung des Bruders glauben! Vermutlich steht sie unter Schock.* Böll schüttelt ungläubig den Kopf, trocknet sich mit dem flauschigen Badetuch ab und wickelt es um die Hüfte. Wie bestellt liegt auf dem Bett im Schlafzimmer ein rotkarierter Hausanzug. Frau von Eschborn hat offensichtlich mitgedacht. *Alle Achtung!* Immerhin sind alle seine Kleider noch in Köln. Zwar ist es für Böll gewöhnungsbedürftig, einen rotkarierten Hausanzug samt grauer Filzpantoffeln mit weißem Innenfell zu tragen und in diesem Aufzug einer ihm noch fremden älteren Dame gegenüberzutreten, aber die Situation ist nun mal wie sie ist. Entschlossen drückt er die Klinke, öffnet die Tür und blickt in die glühenden Augen eines Jagdhundes, der ihn unversöhnlich anknurrt. Böll bleibt wie erstarrt stehen. Seine Angst scheint den Hund nur noch aggressiver zu machen. Er fletscht die Zähne und legt dabei ein blendendweißes Scherengebiss frei.
»Paul. Schluss jetzt!«
Frau von Eschborns strenger Befehl verfehlt seine Wirkung nicht. Der Hund verstummt, läuft eiligst die Treppe hinunter und stürmt in die Küche. Böll hingegen

geht vorsichtig die Treppe hinunter. Er hat jetzt bereits den richtigen Dreh raus, wie er mit den Pantoffeln die gewachste Treppe hinuntersteigen muss, ohne auszurutschen.
In der Küche steht Frau von Eschborn am Herd und tröpfelt Essig in den Suppentopf. Der Hund sitzt schwanzwedelnd vor ihr. Als Böll den Raum betritt, dreht sich die ältere Dame kurz um und mustert ihn schmunzelnd, ohne jedoch sein Aussehen zu kommentieren.
»Mögen Sie Erbsensuppe, Oliver?«
Frau von Eschborns Duz-Attacke heute Morgen war also gar nicht so übergriffig gewesen, wie er dachte. Das Hamburger ‚Du'– Oliver und Sie – gefällt Böll.
»Ja, gerne. Das habe ich schon lange nicht mehr gegessen.«
Während er sich an den Küchentisch setzt, behält er den Hund im Auge. Frau von Eschborn füllt den Suppenteller bis zum Tellerrand mit Erbsensuppe und stellt die dampfende Suppe vor dem Kommissar auf den gebeizten Holztisch. Als Böll von der Suppe kostet, bemerkt er, wie groß sein Hunger ist.
»Ich sehe, dass es Ihnen schmeckt. Das freut mich«, sagt seine Vermieterin.
Böll kann sich nicht erinnern, wann er zuletzt Erbsensuppe gegessen hat. Seine Frau orientiert sich

lieber an der raffinierten französischen Haute Cuisine. Da hat er kaum Gelegenheit, bodenständig zu speisen.
»Wissen Sie, beim Kochen sind es oft die Kleinigkeiten, die den entscheidenden Kick geben. Bei einer richtig guten Erbsensuppe müssen die Erbsen noch ein wenig knackig sein und ein Schuss Essig rundet das Ganze ab«, erklärt Frau von Eschborn ungefragt und fügt hinzu: »Geben Sie Paul am besten ein Stück Mettwurst, damit er sich an Sie gewöhnt. Bestechung funktioniert immer.«
Umständlich fischt Böll ein Stück der äußerst schmackhaften Wurst aus der Suppe und wirft dem Deutsch Drahthaar das Mettende in hohem Bogen zu. Er scheut sich, dem Hund die Wurst mit der Hand zu geben, nachdem er bereits Gelegenheit hatte, das Gebiss des Rüden zu begutachten.
Während Böll und der Hund die Wurst vertilgen, öffnet Anna von Eschborn gekonnt eine Rotweinflasche. Böll wirft einen Blick auf das Etikett und ist erstaunt.
»Saperavi Selection 2009«, liest Böll laut vor. Davon hat er noch nie gehört. *Hoffentlich kein Wein, der so sauer ist, dass es einem die Socken zusammenzieht.*
»Wenn Sie fertig gegessen haben, kommen Sie doch einfach rüber ins Kaminzimmer. Ich möchte Sie mit einem guten Glas Wein als meinen neuen Mieter gebührend begrüßen.«

Dagegen hat Böll nichts einzuwenden. Nachdem er den letzten Löffel Suppe genossen hat, schnappt er sich die bauchigen Rotweingläser, die Frau von Eschborn auf den Küchentisch gestellt hat, und schlendert zum Kaminzimmer. Dort riecht es angenehm nach Buchenholz. Böll liebt diesen rauchigen Duft! Frau von Eschborn bittet Böll, im hellblauen Ohrensessel, der nah am Kamin steht, Platz zu nehmen. Sie selbst setzt sich ihm gegenüber auf einen mit dicken Kissen ausgestatteten Rattansessel. Sie stellt den Rotwein auf den kleinen gusseisernen Beistelltisch, ohne einzuschenken.

»Der Wein muss erst noch atmen«, sagt Frau von Eschborn.

Böll nimmt die Bemerkung zum Anlass, bei seiner neuen Vermieterin Näheres über den Wein zu erfahren: »Saperavi? Das sagt mir gar nichts!«

»Das überrascht mich nicht. Es ist ein georgischer Wein. Die Rebsorte stammt von dort. Weine aus Georgien sind bei uns kaum bekannt, obwohl dort die Wiege des Weins steht!«

Böll nickt. Er hat irgendwo mal gelesen, dass bereits vor rund 8000 Jahren in Georgien Wein angebaut wurde.

Frau von Eschborn fordert ihn auf, von dem tiefrotenWein zu kosten. Böll nimmt einen Schluck und

lässt sich für sein Urteil Zeit. Währenddessen beobachtet ihn Frau von Eschborn aufmerksam.
»Nun?«
»Ungewöhnlich. Nicht das, was man kennt. Schmeckt wirklich anders.«
»Natürlich schmeckt er anders. Er wird ja auch ganz anders als unser Wein hergestellt. Er wird in großen Tonamphoren in der Erde gelagert. Dabei ermöglicht die Lagerung in den Tongefäßen einen Temperatur- und Luftaustausch. Das macht den Geschmack so harmonisch.«
Böll nimmt noch einen Schluck. Frau von Eschborn betrachtet ihn amüsiert. Schließlich nickt er und sagt:
»Voller, dichter Körper. Eine lebendige Säure. Vielschichtiges Aroma. Wirklich ausgezeichnet.«
Frau von Eschborn zeigt sich von seinem Urteil angetan.
»Sie müssen unbedingt einmal nach Georgien reisen! Sie werden dort sehr seltene Weine finden. Haben Sie schon mal von den ‚Orange Weinen' gehört?«
Böll schüttelt den Kopf.
»Die orangefarbenen Weine stammen von Rebsorten, aus denen gewöhnlich Weißweine gemacht werden. Da sie aber länger, als das bei Weißweinen sonst üblich ist, in der Maische liegen und die Schalen der Beeren in Georgien stark färbend sind, bekommen sie diesen orangefarbenen Ton. Diese Weine sind für unsere

Gaumen wirklich ungewöhnlich. Ich habe auf einer Kaukasusreise davon kosten dürfen.«
»Hört sich interessant an. Außerdem ist es eine tolle Idee, dorthin zu reisen, wo der Wein ursprünglich herkommt. Julia liebt solche Genussreisen!« Und nach einer kleinen Pause fügt er an: »Ich übrigens auch.«
Frau von Eschborn lächelt verschmitzt und beendet den kleinen Weinexkurs mit einem abrupten Themenwechsel.
»Nun, Oliver, wie war Ihr Tag?«
Der fühlt sich durch Erbsensuppe, die Aussicht auf weitere gute Tropfen und die ungeteilte Aufmerksamkeit seiner Vermieterin gebauchpinselt und ist daher in der Stimmung, mit ihr ein wenig zu plaudern.
»Hmm. Seltsam. Ein äußerst seltsamer Tag. Heute Morgen suche ich ein Zimmer und abends sitze ich bereits in Ihrem Landgasthof in einem geliehenen Hausanzug am Kamin und habe eine neue Wohnung.«
»Oh, nicht geliehen, den können Sie geschenkt haben. Er hat meinem verstorbenen Mann gehört. Ich habe dafür keine Verwendung mehr. Er steht Ihnen ausgezeichnet«, sagt Frau von Eschborn.
Böll kann nicht erkennen, ob sie den letzten Satz ironisch meint oder nicht. So genau will er das auch nicht wissen. Mit der rasch hingeworfenen Bemerkung »Tja, und dann dieser merkwürdige Todesfall«,

versucht Böll geschickt vom Thema Hausanzug abzulenken.
»Merkwürdiger Todesfall?« Die alte Dame schaut ihn neugierig an.
»Ja, ich arbeite bei der Mordkommission in Bergisch Gladbach.«
»Das weiß ich von Julia. Darf ich wissen, was an dem Todesfall merkwürdig ist?«
»Sie haben sicher in der Zeitung gelesen, dass Pfarrer Gomez in Marialinden während der Messe gestorben ist.«
Frau von Eschborn nickt. Dabei fällt ihr eine silberne Strähne keck in die Stirn. Erwartungsvoll schaut sie Böll an. Er muss nun ein wenig aus dem Nähkästchen plaudern, das ist klar.
»Seine Schwester glaubt, dass er ermordet wurde«, gibt Böll daher preis, wohl wissend, dass er solche Sachen während eines laufenden Verfahrens eigentlich nicht ausplaudern darf. Da er sich aber sicher ist, es hier mit keinem echten Mordfall zu tun zu haben, läuft das für ihn unter 'verzeihlich'.
»Ermordet? Warum nimmt sie das an?«
»Sie hat es geträumt«, erzählt Böll schmunzelnd und schaut die alte Dame erwartungsvoll an, damit sie beide herzhaft darüber lachen können.
Doch die reagiert anders als er erwartet.
»Träume können eine verborgene Wahrheit enthüllen.«

Böll ist überrascht. Mit so einer esoterischen Antwort hat er bei Anna von Eschborn nicht gerechnet.
»Eine verborgene Wahrheit?«, fragt Böll, und seine Stimme klingt, als wenn in der Erbsensuppe zu viel Essig gewesen wäre.
»Wissen Sie, vor zehn Jahren hätte ich das auch für Quatsch gehalten. Aber ich hatte einen solchen Traum kurz bevor mein Mann starb. Er hat sich bei einem Autounfall tödlich verletzt. Genau das hatte ich zuvor geträumt.«
Böll lächelt die alte Dame schief an. Diese Antwort besiegelt sein Urteil über den Tag. *Seltsam. Einfach nur seltsam.* Am besten ist es, solche Tage aus dem Gedächtnis zu streichen! Böll hält es daher für eine gute Idee, den Abend mit viel Rotwein zu beenden. Er prostet seiner neuen Vermieterin zu, lobt die Einrichtung der Dachgeschosswohnung, die Erbsensuppe und den ausgezeichneten Rotwein und genießt den Anblick des prasselnden Kaminfeuers. *An einem solchen Tag muss man einfach den Blick auf die schönen Momente des Lebens lenken!*

***

Kommissar Böll reckt die Glieder und gähnt. Er hat fantastisch geschlafen. Ob das nun am exzellenten Rotwein gelegen hat oder an der besonders dicken Matratze, kann er nicht sagen. Er öffnet das kleine Dachfenster. Sofort dringt kalte Luft in den Raum. Böll atmet tief ein. Die kalte Luft füllt seine Lungen und macht ihn augenblicklich wach. Die Landschaft hat ein unschuldiges Weiß angenommen. Es muss die ganze Nacht geschneit haben.

Mit dem Schnee ist auch die Stille gekommen. Böll hat das Gefühl, sein eigenes Blut im Ohr rauschen zu hören, so still ist es.

Unter der Dusche fällt ihm ein, dass er gestern Abend vergessen hat, seine Frau anzurufen! *O je! Hoffentlich hat sich Julia keine unnötigen Sorgen gemacht!* Immerhin hat er ihr gestern Mittag in einer kurzen SMS mitgeteilt, dass er die Wohnung angemietet hat. *Hoffentlich hat sie eins und eins zusammengerechnet und sich gedacht, dass ich bei dem heftigen Schneefall in meinem neuen Heim nächtigen werde. Schließlich weiß Julia, was in Köln passiert, wenn es schneit. Dann geht nichts mehr!* Böll überlegt: *Soll ich anrufen?* Er schaut auf die Uhr. 7.30 Uhr. *Nein, das ist entschieden zu früh für Julia!*

Erneut schlüpft er in den herrlich flauschigen Hausanzug. Irgendwie fühlt sich Böll schon ganz heimisch in diesem alten Fachwerkhaus. Als er den

Duft von frisch gebrühtem Kaffee und gebratenem Speck wahrnimmt, steigt er zügig die Treppe hinunter. Zu seiner Freude steht auf dem Küchentisch ein Teller mit Speck und Eiern. Er isst mit großem Appetit. Die Reste des Graubrots tunkt er in das Eigelb, das sich auf dem Teller ausbreitet, nachdem er mit der Gabel ins Eigelb gestochen hat. Dazu trinkt er mehrere Tassen des starken Röstkaffees, den Frau von Eschborn frisch aufgebrüht hat. Da sie von Kaffeemaschinen nichts hält, hat sie mit dem Wasserkessel eigenhändig immer wieder heißes Wasser auf das Kaffeemehl gegossen. Die Mühe hat sich gelohnt, findet Böll. Der Kaffee hat einen wunderbaren vollmundigen Geschmack!
Aufgrund des Wetters schlägt er auch ihr Angebot nicht aus, seine Kleidung gegen die viel robustere Kleidung ihres verstorbenen Mannes auszutauschen. Offenbar hat der Gute genau seine Maße gehabt.
Die Cordhose, das karierte Flanellhemd und die derben Lederboots passen wie angegossen! Er ist überrascht, wie gut ihm die Klamotten stehen. Er selbst besitzt diese Art von Kleidung gar nicht. Julia wird sich ganz schön wundern, wenn sie ihn so sieht!
Nachdem er ausgiebig gefrühstückt hat, sieht er sich vor die erste Herausforderung des Tages gestellt: Paul blockiert die Eingangstür. Der Hund bewegt sich keinen Zentimeter und knurrt ihn an. Frau von Eschborn hat bereits die Küche verlassen und kann ihm nicht mehr

bei der Lösung des Problems helfen. So spurtet Böll erneut in den Küchenraum, nimmt eine Brotecke und schmiert fingerdick Leberwurst drauf. Damit lockt er Paul von der Tür weg. Es funktioniert! Welch ein Glück! Schnell öffnet er die Tür und schließt sie genauso schnell wieder hinter sich zu. *Puuh!*

Er steigt in seinen Audi und zündet den Motor. Auf der Fahrt zum Kommissariat klingelt sein Smartphone. *Unbekannte Nummer.* Böll fährt rechts an den Straßenrand und nimmt das Telefonat an.

»Hallo?«, raunzt er in den Apparat.

»Herr Kommissar?«

Böll erkennt den harten spanischen Akzent sofort und verdreht die Augen. Soll er Frau Gomez empfehlen, einen Psychologen aufzusuchen, damit sie ihn nicht zwingt, Ermittlungen aufzunehmen, die gar keine sind?

»Bitte kommen Sie vorbei. Ich habe Belege gefunden, die meinen Traum bestätigen. Mein Bruder ist ermordet worden.«

***

Als Böll vor der Eingangstür des Pfarrhauses steht, öffnet sich diese sofort. Frau Gomez ist sichtlich aufgewühlt.
»Kommen Sie, Herr Kommissar.«
Sie führt ihn in das Arbeitszimmer. Auf dem Schreibtisch stapeln sich die Papiere, ein geöffneter Pappkarton steht vor dem Computer. Hastig greift Frau Gomez zu dem Schriftstück.
»Hier, lesen Sie.«
Böll nimmt das Schreiben in die Hand. Der Brief ist in einer großen, schwungvollen Handschrift geschrieben. Er fängt an zu lesen.
»Mia querida Maria ... Es tut mir leid.« Böll reicht ihr den Brief zurück. »Mein Spanisch reicht gerade mal aus, ein Bier zu bestellen. Bitte übersetzen Sie es.«
Maria Gomez nimmt das Stück Papier mit zittrigen Händen wieder an sich und spricht mit lauter Stimme.
»Meine geliebte Maria, wenn ich eines plötzlichen Todes sterben sollte ...«
Der Spanierin schießen die Tränen in die Augen. Es fällt ihr sichtlich schwer, diese Zeilen zu lesen. Sie schluckt und liest stockend weiter.
»... kannst du in diesem Brief lesen, was ich dir bisher verschwiegen habe. Ich habe geschwiegen, weil ich dich nicht belasten wollte ...«

Die Frau holt tief Luft. Ihr spanischer Akzent tritt unter der psychischen Belastung noch deutlicher hervor als am Tag zuvor.
»Wir beide haben uns immer sehr nahe gestanden. Wenn mir etwas passieren sollte, möchte ich, dass du dich in Sicherheit bringst.«
Die zierliche Frau schluchzt und ringt erneut nach Luft. Böll legt beruhigend seine Hände auf ihren Arm. Doch die Frau weicht zurück und wischt sich mit einer burschikosen Bewegung die Tränen aus dem Gesicht.
»Er war die ganze Zeit bedroht. Aber er hat nichts gesagt!«
»Lesen Sie weiter«, fordert Böll. Stockend liest Maria Gomez weiter.
»Geh zurück nach Spanien, dort wirst du Unterschlupf finden … Maria, es fällt mir schwer, dir zu sagen, dass ich seit einiger Zeit Drohbriefe erhalte. Sie fordern mich auf, nach Spanien zurückzukehren. Tue ich es nicht, könnte ein plötzlicher Unfalltod die Folge sein. Diese Leute sind ...«
Die Schwester des verstorbenen Pfarrers hält abrupt inne. Böll, der beim Vorlesen des Briefes den Adventsstern am Fenster fixiert hat, blickt nun wieder die Spanierin an. Diese rudert hilflos mit den Armen, der Brief flattert dabei wie eine Fahne im Wind. Ihre Lippen formen Worte, doch es kommt kein Laut aus ihrem Mund.

»Weiter, bitte lesen Sie weiter«, sagt Böll in betont ruhigem Tonfall.
»Ich kann nicht«, flüstert Maria.
»Natürlich können Sie. Lesen Sie einfach weiter«, ermuntert Böll die hilflose Frau.
»Ich kann nicht. Es gibt keine zweite Seite. Ich habe alles durchsucht, alle Schubladen geöffnet. Ich habe im Papierkorb nur diesen Briefanfang gefunden.

***

Nun hat er einen Fall. Nach dieser plötzlichen Wende braucht er frische Luft. Nahezu fluchtartig verlässt er das Pfarrhaus. Eiskalte Luft schlägt ihm entgegen. Es schneit. *Schon wieder.* Er stapft in Richtung der sieben alten Linden, die links entlang des Kirchenbaus stehen. Die Linden und die Marienstatue im inneren der Kirche, die angeblich Wunder bewirkt hat, haben dem Ort seinen Namen gegeben: Marialinden. Die kahlen Äste der mächtigen Bäume recken sich in den grauen Himmel, die Schneeflocken verfangen sich in ihrem Holz.
Jetzt deckt der Schnee alles zu, denkt Böll und muss ein wenig lächeln, ob der doppelten Bedeutung des Satzes. Nachdem der Brief aufgetaucht ist, kann man die Aussage schließlich auch auf den Fall beziehen. Er

bleibt stehen und betrachtet die beiden imposanten Türme des Doms. Er legt den Kopf in den Nacken, um die Türme näher zu betrachten. Auf einem der beiden Türme thront ein Hahn wie bei vielen katholischen Kirchen.
Ehe der Hahn kräht, wirst du mich dreimal verleugnen, fällt Böll dazu das Bibelzitat ein. *Evangelium nach Matthäus? Oder nach Lukas?* So genau weiß er das nicht mehr, ist lange her, dass er regelmäßig die Messe besucht hat.
Während er in die Betrachtung der beiden Domspitzen versunken ist, legen sich weiße Kristalle auf seine Augenlider und Wimpern. Doch es stört ihn nicht. Die Kühle der Schneeflocken findet er sogar angenehm. Tief saugt er die kalte Luft ein. Das macht den Kopf frei. Er schlendert ein paar Schritte weiter und betrachtet das dicke Gemäuer.
Wer hat den Bau des Doms bezahlt? Die Kirche? Oder die Pilger, die Geld spendeten in der Hoffnung, damit ihre Seele retten zu können?
Böll hat den Dom inzwischen umrundet und steht nun wieder auf dem kleinen Platz vor der neugotischen Fassade mit dem Portal. Mitten auf dem Platz befindet sich ein hübscher, kleiner Brunnen, der von einer schmalen, anmutigen Marienstatue geschmückt wird, auf deren Kopf sich ganz langsam, Flocke für Flocke,

eine Schneekrone formt. Böll schaut auf die Steinplastik, nimmt sie jedoch nicht bewusst wahr.
Ein starker Kaffee wäre jetzt hilfreich! Er braucht jetzt unbedingt einen Energieschub.
Auf der gegenüberliegenden Seite entdeckt er eine kleine Bäckerei, die sich ‚Brotkörbchen' nennt. Mit vorsichtigen Schritten geht er die glitschigen Stufen vom Marienkirchplatz hinunter und überquert die Pilgerstraße. Als er in die Bäckerei eintritt, grüßt ihn der Mann hinter der Theke fast wie einen alten Bekannten, obwohl er die Bäckerei noch nie besucht hat. Der Duft von frischgebackenem Brot dringt in seine Nase. *Köstlich! Einfach nur köstlich!*
Er entledigt sich des voluminösen Anoraks und der Pudelmütze – alles Leihgaben von Frau von Eschborn – und setzt sich an einen Tisch am Fenster. Als der Mann an der Theke seine Kunden zu Ende bedient hat, steuert er Bölls Tisch an.
»Was darf es sein?«, fragt er mit unverkennbar italienischem Zungenschlag.
»Ich brauche einen starken Kaffee! Einen sehr starken.«
Der Mann lächelt verständnisvoll.
»Ich habe original italienischen Espresso aus meiner Heimat.«
»Richtigen italienischen Espresso?«, fragt Böll freudig überrascht.

»Naturalmente«, antwortet der Mann mit einem Lächeln, das Bölls Frau Julia sicher als charmant empfunden hätte.
»Dann geben Sie mir bitte einen doppelten. Haben Sie auch die tollen Croissants mit dem Pudding?«
»Sie meinen Cornetto con crema? Si, haben wir.«
»Wunderbar. Davon nehme ich eins.«
Trotz des guten Frühstücks bei Frau von Eschborn, verspürt Böll schon wieder Hunger. Er kennt das. Immer wenn er einen neuen Fall hat, bekommt er einen Bärenhunger.
Der Espresso hält, was der Mann versprochen hat. Echter italienischer Caffè mit dichtem, goldbraunem Schaum. *Herrlich!* Böll rührt braunen Zucker in den doppelten Espresso und nimmt einen ersten Schluck. *Heiß, süß und gut!* Böll vertritt entschieden die Meinung, dass ein starker Espresso die Gedanken ordnet. Jetzt ist er auch wieder in der Lage, mit seinem Kollegen Kuhle zu telefonieren. Er holt sein Smartphone hervor und ruft ihn an.
»Christian? Ich bin's, Oliver. Es gibt Neuigkeiten.«
»Aha«, äußert Kuhle reserviert am anderen Ende der Leitung. Er weiß inzwischen, dass Böll ihn nur dann beim Vornamen nennt, wenn er gefühlsmäßig aufgewühlt ist. »Lass mich raten. Du kommst auch heute nicht ins Büro«, fügt Kuhle nach einer kleinen Kunstpause boshaft an. Böll überhört die Stichelei und

bringt seinen Kollegen auf den neuesten Stand. Er spricht schnell, fast hastig:
»Vermutlich ist der Pfarrer doch ermordet worden. Die Schwester hat einen Brief gefunden, in dem ihr Bruder von Morddrohungen berichtet und sie warnt, auch sie selbst wäre in Gefahr.«
Bei den letzten Worten senkt Böll die Stimme, so dass die Kunden, die die Bäckerei soeben betreten haben, nichts mitbekommen.
»Ermordet während der Messe? Wie denn?«, fragt Kuhle verblüfft. Böll hält das Smartphone noch näher an sein Ohr, damit die Laute nicht in den Raum dringen und antwortet mit leiser Stimme:
»Zumindest gibt es deutliche Hinweise, dass einige ihn hier weg haben wollten und ihm einen plötzlichen Unfalltod wünschten.«
»Das steht in dem Brief?«
»Ja, aber der Brief ist unvollständig. Die zweite Seite fehlt. Schick bitte die Spurensicherung. Die sollen das Pfarrhaus und die Kirche unter die Lupe nehmen, vor allem den Altar.«
»Wird gemacht. Was ist mit der Leiche? Sollen wir obduzieren?«
»An einer Obduktion geht nun kein Weg mehr vorbei. Vielleicht hat man es ganz schlicht gemacht. Mit Gift im Messwein.«

»Braucht die Schwester Polizeischutz?«, fragt Kuhle, der nach diesen Informationen rasch zu einem sachlichen Ton zurückgefunden hat.
»Sie will nicht. Aber sag bitte den Kollegen in Untereschbach, sie sollen öfters eine Streife am Pfarrhaus vorbeischicken. Ich bleibe übrigens noch in Marialinden. Ich muss mit den Rosenkranzfrauen sprechen.«
»Mit wem?!«
»Den Rosenkranzfrauen. Elena Gomez hat mir gesagt, dass sich die katholische Frauengruppe heute trifft, um für den verstorbenen Priester einen Rosenkranz zu beten.«
»Aha«, sagt Kriminalkommissar Kuhle, dessen Stimme verrät, dass er mit dieser Information nichts anfangen kann.
»Die Damen können mir sicher einiges über die Stimmung in der Gemeinde sagen«, beantwortet Böll die unausgesprochene Frage seines Kollegen.
»Ich dachte, du wolltest für die Vergebung deiner Sünden bitten, weil du nun schon den zweiten Tag im Kommissariat fehlst.« Diese Bemerkung kann sich Kuhle einfach nicht verkneifen.
»Ich bete einen Rosenkranz für dich mit, weil du dumme Sprüche klopfst, anstatt deinen Job zu machen«, kontert Böll und legt auf.

Er wählt die Nummer seiner Chefin, Kriminalhauptkommissarin Ruth Hansen, und teilt ihr in wenigen Worten mit, was passiert ist. Hansen klingt wie gewohnt kühl und sachlich. Sie sichert ihm zu, die Obduktion gerichtlich anordnen zu lassen. Damit ist das Gespräch beendet.

Junge, das nenne ich effizient! Die Frau redet wirklich nur das Nötigste. Ob sie aus Norddeutschland stammt? Ich muss sie das unbedingt einmal fragen!

Böll legt sein Smartphone neben den Teller, auf dem das Cornetto noch unberührt liegt. Während er das süße Gebäck verspeist, kommt sein Gehirn auf Hochtouren. Das kennt er. Wenn er einen neuen Fall hat, ist er ständig hungrig und während der Nahrungsaufnahme führt sein Gehirn eine Art Eigenleben, so als ob es sich mit Hilfe der zusätzlichen Energiezufuhr zur Höchstleistung aufschwingt und selbstständig nach möglichen Ermittlungsansätzen sucht. Die Gedanken wirbeln durch seinen Kopf. *... nach Spanien zurückzukehren ... Unterschlupf finden ... Ich habe geschwiegen ...* An dem Wort ‚Papierkorb' bleiben sie schließlich hängen.

Warum hat der Priester den Brief in den Papierkorb geschmissen? Hatte sich die Sache erledigt? Wo ist die zweite Seite des Briefes, den Gomez an seine Schwester geschrieben hat? Vor allem: Wo sind die Drohbriefe? Wir müssen die Originalbriefe unbedingt finden!

Böll nippt erneut am doppelten Espresso. Das Koffein hilft, die Überlegungen weiter zu präzisieren. *Es ist trotzdem nicht auszuschließen, dass der Pfarrer an einem natürlichen Herztod gestorben ist. Oder an einer Embolie! Plötzliche Todesfälle sind gar nicht so selten!*
Böll schaut auf die Uhr. Zehn Minuten vor elf. Um elf Uhr, das hat ihm Frau Gomez eingeschärft, sei das Rosenkranzbeten beendet. Er muss sich beeilen. Zügig isst Böll das letzte Stück Cornetto und entfernt mit der Papierserviette die Crema, die auf seine Hände getropft ist. Bevor er aus der Bäckerei geht, legt er einen Zehneuroschein auf den Tisch. Mit raumgreifenden Schritten verlässt er das Geschäft.
Draußen bemerkt er, dass sich das Schneetreiben verstärkt hat. Obwohl es nur wenige Schritte bis zur Kirche sind, setzt Böll die dunkelblaue Pudelmütze wieder auf. Zwar sträubt sich sein ästhetisches Empfinden gegen die unförmige Mütze, aber nasse Haare im Winter sind genauso schlimm wie nasse Füße! Dank der Boots, die Frau von Eschborn ihm geborgt hat, bleiben seine Füße heute trocken. Nicht eine Schneeflocke dringt durch das dicke Leder. Er lächelt zufrieden und wechselt zügig die Straßenseite. Mit einem Ruck öffnet Böll die massive, dunkelgraue Kirchentür. Als er in die Kirche eintritt, umfängt ihn sofort der monotone Sprechgesang der betenden Frauen. Seine Augen müssen sich erst an die

Dunkelheit im Inneren der Kirche gewöhnen. Dann sieht er, dass in den ersten vier Bänken vor dem Altar etwa zwanzig Frauen knien. Sie haben nur wenige Kerzen angezündet. Um nicht zu stören, nähert er sich der Gruppe vom seitlichen Kirchenschiff aus.
Als er die Bankreihen fast erreicht hat, hält er inne.
Er betrachtet die Frauen, die alle tief im Gebet versunken sind und mit großer Geschwindigkeit die Perlen der Gebetsketten durch die Finger gleiten lassen.
Er lauscht den sich wiederholenden Worten:
»Gegrüßet seist du, Maria, voll der Gnade, der Herr ist mit dir, du bist gebenedeit unter den Frauen, und gebenedeit ist die Frucht deines Leibes ... Heilige Maria, Mutter Gottes, bitte für uns Sünder, jetzt und in der Stunde unseres Todes. Amen.«
Nur noch ein Vaterunser, dann ist das Gebet zu Ende!
Gelernt ist gelernt, schließlich hat er mal als Ministrant gedient. Als die letzten Worte verhallt sind, bekreuzigen sich die Frauen und treten aus den Bankreihen heraus, knien neben der Bank nieder und schlagen ein letztes Mal ein Kreuz über der Brust, die Augen fest auf den Altar gerichtet.
Böll beeilt sich zum Ausgang zu kommen, um die Frauen dort abzufangen. Doch das gelingt ihm erst draußen vor der Pforte. Er fragt eine von ihnen, wer die Gruppenleiterin ist. Die ältere Dame zeigt in Richtung Pfarrheim, dessen Flachbau an der Pilgerstraße liegt.

Böll sieht im Schneegestöber, wie eine Frau mit ziemlich breiten Hüften, die unvorteilhaft in eine graue Wollhose gepackt sind, mit schnellen Schritten auf das Pfarrheim zugeht. Das muss die Gruppenleiterin sein. Böll folgt ihr. Kurz bevor die Frau die Tür öffnet, erreicht er sie ein wenig kurzatmig.

»Frau Grau?«

»Ja?«

Die Frau dreht sich mit dem Schlüssel in der Hand zu ihm um.

»Frau Grau, ich bin von der Kriminalpolizei in Bergisch Gladbach. Mein Name ist Böll. Kann ich Sie bitte kurz sprechen?«

»Kriminalpolizei?«, fragt die Frau erschrocken.

»Es handelt sich um einige routinemäßige Fragen zum Tod von Pfarrer Gomez«, sagt Böll, um der Frau die Angst zu nehmen.

Doch seine Worte haben nicht die erhoffte Wirkung. Sichtlich verwirrt öffnet die Frau mit fahrigen Bewegungen die Tür und lässt Böll ins Pfarrheim eintreten. Während sie den feuchten Mantel an der Garderobe aufhängt und die schneedurchnässte Häkelmütze vom Haar nimmt, versucht sie mit verlegener Geste die plattgedrückten Haare ein wenig zur ordnen.

Böll schaut sich im Raum um. Pfarrheime sind ihm schon immer ein Gräuel gewesen. Grauer

Linoleumboden, in der Luft der Geruch von Putzmitteln, unbequeme Holzstühle, streng funktionale Einrichtung. Einfach schrecklich ungemütlich! Böll bemerkt, dass die Gruppenleiterin ihn fragend anschaut. Er muss jetzt dringend etwas sagen!

»Frau Grau. Pfarrer Gomez ist am Sonntag während der Messe gestorben.«

Die Frau nickt, immer noch erschrocken.

»Wir haben heute für seine Seele gebetet«, flüstert sie.

»Die Gemeinde ist sicher sehr erschüttert. Dennoch muss ich Ihnen einige Fragen stellen.«

Die Frau nickt erneut.

»Wann wurde Pfarrer Gomez nach Marialinden berufen?«

»Vor etwa zwei Jahren«, sagt die Gruppenleiterin, während sie erneut versucht, ihr Haar ein wenig in Form zu bringen.

»War er in der Gemeinde beliebt?«

Die Frau nickt abermals.

»Sehr beliebt. Wir sind alle ganz entsetzt über seinen plötzlichen Tod.«

»Waren alle in der Gemeinde damit einverstanden, dass ein Spanier und nicht ein deutscher Priester das Amt des Pfarrers übernommen hat?«

Die Frau zögert.

»Am Anfang gab es ein paar kritische Stimmen. Nachdem Herr Gomez aber auf alle freundlich

zugegangen ist, hat das aufgehört. Wissen Sie, seitdem er bei uns als Pfarrer gewirkt hat, war die Kirche wieder voll. Er hat so toll gepredigt.«
»Was war denn so toll an seinen Predigten?«
»Er hat uns daran erinnert, dass das Evangelium eine Frohe Botschaft hat. Eine Botschaft, die von Nächstenliebe spricht, von Verständnis und Verzeihen und davon, dass wir aufeinander zu gehen sollen. Das hat der Gemeinde gut getan.«
»Gab es denn Konflikte in der Gemeinde?«
Wieder zögert die Frau.
»Nun, ja. Die eine oder andere Meinungsverschiedenheit. Nichts Besonderes. Herr Gomez konnte gut vermitteln und Konflikte entschärfen. Zuletzt war der Weihnachtsmarkt Grund für einen Streit.«
»Der Weihnachtsmarkt?«
»Ja, wir veranstalten jedes Jahr im Advent einen Weihnachtsmarkt rund um den Dom. Einige sind der Meinung, dass dieses Jahr keine kölschen Lieder von den Musikgruppen gespielt werden sollen. Weihnachten sei kein Karneval.«
»Wurde der Konflikt gelöst?«
»Herr Gomez hatte die Pfarrgemeindemitglieder zu einem Gespräch eingeladen. Das Treffen sollte am kommenden Donnerstag stattfinden. Hier im Pfarrheim.

Aber dazu wird es jetzt wohl nicht mehr kommen«, sagt die alte Frau resigniert.
In dem Moment öffnet sich die Eingangstür und die anderen Frauen betreten das Pfarrheim. Neugierig stellen sie sich um Böll und die Gruppenleiterin. Diese fühlt sich nun bemüßigt, den Kommissar vorzustellen.
»Das ist Herr Böll vom Kommissariat in Bergisch Gladbach. Herr Böll hat einige Fragen zur Gemeindearbeit unseres verstorbenen Pfarrers.«
Die Frauen schauen gespannt auf Kommissar Böll. Die meisten tragen den gleichen praktischen Kurzhaarschnitt wie ihre Gruppenleiterin. Auch die Haarfarbe lässt auf große Solidarität mit ihr schließen: ein einheitliches Grau.
Böll bemerkt, dass alle Augen auf ihm ruhen. *Ich muss eine Erklärung für mein Erscheinen liefern. Eine, die nicht zu viel Staub aufwirbelt.* Er räuspert sich. »Meine Damen, Herr Gomez ist eines plötzlichen Todes gestorben.
In solchen Fällen ergeben sich für die Polizei Fragen ... Routinefragen.«
Er hofft mit dieser Aussage die Neugier der Frauen, warum überhaupt ermittelt wird, in Schach halten zu können und fügt hinzu:
»Frau Grau habe ich die Frage bereits gestellt. Ich möchte aber auch Sie fragen: War Herr Gomez in der Gemeinde beliebt?«

Einhelliges Kopfnicken. Eine Frau mit ockerfarbenem Pullover ergänzt:
»Wir haben seine Predigten geliebt! Die waren so spannend. Richtige Geschichten aus dem Leben, die er mit der Frohen Botschaft verbunden hat.«
»Er war so gebildet«, schwärmt eine andere Frau, die eine ähnliche Häkelmütze auf dem Kopf trägt wie auch Frau Grau sie kurz zuvor noch getragen hat.
»Gab es vielleicht doch den einen oder anderen, der ihn nicht mochte?«, insistiert Böll.
Die Frauen schütteln entschieden den Kopf.
»Nein, er war wirklich sehr beliebt«, schaltet sich Frau Grau mit Nachdruck ins Gespräch ein. Böll will es zunächst bei diesen Auskünften belassen.
»Vielen Dank, meine Damen.«
Da meldet sich eine der Grauhaarigen zu Wort:
»Darf ich auch eine Frage stellen?«
»Aber bitte«, antwortet Böll.
»Sind Sie mit Heinrich Böll, dem Schriftsteller, verwandt?«
Innerlich zählt Böll bis drei. Er ist die Frage so was von leid! Dennoch zwingt er sich, freundlich zu bleiben.
»Ich muss Sie enttäuschen. Nein, bin ich nicht. Aber auch ohne mit dem Nobelpreisträger verwandt zu sein, lese ich ab und zu Bücher.«
Er nickt den Frauen zu und wendet sich dem Hausausgang zu. Doch im Flur kommt er zufällig an

einem Garderobenspiegel vorbei. Mit Erschrecken stellt er fest, dass seine Haare elektrisch aufgeladen sind und steil zu Berge stehen.

Peinlich! Keine der Damen hat während des Gesprächs irgendetwas über seine Haare gesagt.

Die Dame mit der unförmigen Topfmütze steht plötzlich hinter ihm.

»Wissen Sie, die gekauften Nylonmützen sind einfach schrecklich. Sie laden die Haare elektrisch auf. Gehäkelte Mützen aus Wolle sind immer noch das Beste! «

***

Als Böll draußen auf dem Kirchplatz steht, bemerkt er, dass es aufgehört hat zu schneien. Noch bevor er Elena Gomez einen Besuch abstattet, will er rasch seine Frau anrufen, um seinen vergessenen Anruf ein wenig auszubügeln. Nach dem dritten Klingeln geht sie ans Telefon.

»Hallo?«

»Julia?«

»Ja«, antwortet seine Frau mit reservierter Stimme.

»Schön, dass ich dich erreiche! Julia, es hat dermaßen geschneit gestern, dass ich es vernünftiger fand, letzte Nacht bereits in meinem neuen Heim zu übernachten.«

»Habe ich bemerkt«, kommt es kühl zurück.

»Es war ein turbulenter Tag gestern. Frau von Eschborn hat mich abends noch zu einem Glas Wein eingeladen und so war es schließlich zu spät, um dich anzurufen. Und heute Morgen war es noch zu früh. Ich wollte dich nicht wecken!«

»Schon gut. Deine neue Vermieterin war so freundlich, mich über dein neues Leben auf dem Laufenden zu halten«, antwortet seine Frau mit ironischem Unterton.

»Oh, das war sehr umsichtig von Frau von Eschborn«, bemerkt Böll in bemüht fröhlichem Tonfall.

»Kommst du am Mittwoch in die Galerie?«, wechselt seine Frau abrupt das Thema und trifft ihn damit unvorbereitet.

»Warum ...?«

»Wusste ich es doch! Du hast die Vernissage wieder vergessen!«

»Aber nein, ich …«

»Oliver ...«, setzt seine Frau mit aggressiv anschwellender Stimme an.

»Wie könnte ich deine Vernissage vergessen! Ich bitte dich!«, weist Böll die Vermutung weit von sich, obwohl er seine linke Hand darauf verwettet hätte, dass die Ausstellungseröffnung erst nächste Woche stattfindet. Seit er ins Bergische Land versetzt worden ist, hat er Mühe, dem Alltag seiner Familie zu folgen.

»Kommen die üblichen Verdächtigen zu deiner Vernissage?«, fragt Böll, um seine Frau von weiteren bohrenden Nachfragen abzulenken.
»Natürlich. Wie immer: durchgeknallte Künstler, schlechtgelaunte Kritiker und Presseleute, die nur wegen des Buffets kommen. Bist du diesmal pünktlich?«
»Ich werde mich bemühen. Allerdings habe ich einen neuen Fall und die Wetterverhältnisse sind nicht gerade ideal.«
»Ich verstehe. Aber versuch es bitte!«
»Ich verspreche, dass ich mein Bestes geben werde, um pünktlich bei dir zu sein, Liebling«, schmeichelt Böll und legt viel Charme in seine Stimme, um die versöhnliche Stimmung am Ende des Telefonats nicht wieder zu zerstören.
»Ich freue mich«, sagt seine Frau, die nun deutlich besser gelaunt klingt als am Anfang des Gesprächs. »Dann sehen wir uns übermorgen.«
»Ja, bis übermorgen. Ich liebe dich.«
Böll drückt auf den Ausschaltknopf des Smartphones und schmunzelt. Seine Frau und ihre Künstler - eine chaotische Truppe, aber liebenswert. Die Kritiker hingegen erscheinen ihm stets ein wenig blasiert. Aber sie kommen immer, denn die Ausstellungen seiner Frau sind angesagte Veranstaltungen in Köln.

Als er vor die Eingangstür des Pfarrhauses tritt, öffnet sich diese wie von Geisterhand. Frau Gomez hat offenbar auf ihn gewartet.
»Ich habe Sie vom Fenster aus gesehen«, sagt die Spanierin und macht ihm ein Zeichen, rasch einzutreten.
»Ihre Kollegen von der Spurensicherung sind im Arbeitszimmer fast fertig.«
Bevor sie die Tür schließt, lugt sie vorsichtig in Richtung Pfarrheim. Böll tut es ihr gleich. Auf dem Platz neben dem Brunnen stehen drei der Rosenkranzfrauen und schauen neugierig zu ihnen herüber.

***

Nachdem Böll von der Spurensicherung erfahren hat, dass weder die zweite Seite des Briefes aufgetaucht ist, den der Pfarrer an seine Schwester geschrieben hat, noch die Drohbriefe selbst gefunden worden sind, wählt er Kuhles Nummer. Der ist sofort am Apparat.
»Ich bin's nochmal. Ich brauche deine Unterstützung.«
»Klar. Womit kann ich dienen?«
»Sag mal, gibt es im Bergischen Land rechtsradikale Gruppen? Du kennst dich in der Gegend doch aus.«

»Ja, die gibt es. Hochburgen sind Radevormwald, Solingen und Wuppertal.«
»Kannst du rausbekommen, ob die in irgendeinem Kontakt mit dem spanischen Pfarrer gestanden haben? Vielleicht kommen die Drohbriefe aus der rechten Szene.«
»Das ist denkbar. Ich habe nur ein Problem. Vor einer Stunde wurde eine Drogentote in Bergisch Gladbach gefunden. Ich bin in der Ermittlungsgruppe. Du weißt doch, wie knapp wir mit Personal sind.«
Böll nickt wissend.
»Tja, dann«, seufzt Böll und will schon auflegen. Doch Kuhle fügt eilig an:
»Ich kann dir aber einen Kontakt zu einem unserer V-Männer herstellen. Wir haben jemanden in die Szene eingeschleust. Der kann dir bestimmt wertvolle Tipps geben.«
»Mmmmh«, grummelt Böll wenig begeistert und notiert sich widerstrebend die Mobilnummer des V-Mannes. Als Böll das Telefonat mit Kuhle beendet hat und die geheime Nummer wählt, meldet sich am anderen Ende eine leise Stimme. Böll nennt das Codewort und fragt nach einem Treffen. Die Kontaktperson nennt ihm eine Adresse in Vilkerath. Das Treffen soll in einer halben Stunde stattfinden. Böll will sich sofort auf den Weg machen, schließlich wird die Fahrt wegen des Wetters länger dauern als

gewöhnlich. Der V-Mann wird eine Viertelstunde vorher da sein, so ist es ausgemacht. Niemand soll sie beide zugleich ins Haus gehen sehen.
Böll geht zu seinem Auto und stellt genervt fest, dass die Scheiben zugefroren sind. Mühsam kratzt er das Eis von den Glasscheiben. Das kostet wertvolle Zeit. Zum Glück zündet der Motor sofort. Vorsichtig rollt Böll auf die Pilgerstraße Richtung Landwehr und biegt auf Höhe des Sportplatzes in die Siefenstraße ein, um diese zu passieren und von dort links in die Vilkerather Straße einzubiegen. Während der Fahrt bemerkt er, dass der Wagen keinen richtigen Halt auf der Straße findet, regelrecht schwimmt. *Eis unter der Schneedecke – das hat ihm gerade noch gefehlt!*
Der Gedanke an seine Sommerreifen bereitet ihm großes Unbehagen. Er weiß, dass bald einige scharfe S-Kurven kommen und schaltet vorsichtshalber einen Gang runter. Als er auf den Bauernhof in Breidenassel zurollt, öffnet sich auf der rechten Seite ein Plateau mit hochaufragenden Tannen und schneebedeckten Hügeln, für deren Schönheit Böll jetzt keine Zeit hat.
Plötzlich tauchen hinter ihm grelle Scheinwerfer auf, die ihn blenden. Trotz Schnee und Dämmerung gibt der Fahrer hinter ihm die Lichthupe.
Der will überholen! Das kann doch nicht wahr sein!
Mit Schrecken stellt Böll fest, dass sich auf der Gegenfahrbahn ein kleiner Fiat nähert. Trotzdem setzt

der Wagen hinter ihm zum Überholmanöver an, schert links aus und braust an Böll vorbei. Gerade noch rechtzeitig fädelt der Wagen sich wieder ein. Bölls Herz rast. *Das war knapp!* Er wirft einen kurzen Blick auf das Nummernschild. *SU. Na klar. Suche Unfall. Bestimmt ein Fahrer aus Much! Die fahren halsbrecherische Manöver auf den Landstraßen!* Das ist ihm schon öfter aufgefallen.
Als habe der Fahrer vor ihm noch nicht genug Adrenalin im Blut, bremst er plötzlich ab. Böll tritt erschrocken auf die Bremse, doch die Bremsen greifen nicht. Sein Audi schliddert weiter und knallt auf den VW. Jetzt rutschen die beiden Autos gemeinsam die Fahrbahn entlang, bis sie schließlich in der nächsten Kurve zum Stehen kommen, gerade noch rechtzeitig, um nicht die Böschung hinunter zu stürzen.
Mein Gott! Das hätte ganz anders ausgehen können! Eine Welle heißer Wut schwappt in Böll hoch. *So ein Idiot!*
Als Böll gerade aus seinem Wagen steigen will, kommt ihm der VW-Fahrer zuvor und reißt Bölls Autotür auf. Wutentbrannt zerrt er Böll aus dem Auto und will ihm mit der Faust ins Gesicht schlagen. Doch Böll ist schneller, seine Reflexe waren schon in der Polizeischule legendär. Er wehrt den Angriff ab, dreht dem Mann die Hände auf den Rücken und drückt ihn gegen sein Auto. Der heult vor Schmerz auf. Mit dem

rechten Arm fixiert Böll den Angreifer, mit der linken Hand fischt er sein Smartphone aus dem Anorak und ruft die Polizei in Untereschbach an. Er meldet den Unfall und die Handgreiflichkeiten. Der junge Mann tritt voller Wut gegen Bölls Auto und stößt eine Schimpftirade aus. Kommissar Böll greift ihm in die Haare, reißt den Kopf zurück und flüstert in sein Ohr:
»Pass auf, Jungchen, wenn du hier heil davonkommen möchtest, würde ich mich an deiner Stelle ganz brav verhalten. Ich kann auch anders.«
Die Worte, in einem gefährlichen Flüsterton ins Ohr gezischt, verfehlen ihre Wirkung nicht. Der Typ steht still. Böll sichert mit dem Warnschild die Unfallstelle ab und schiebt währenddessen den jungen Mann vor sich her. Dank des Schneefalls und vermutlich wegen zahlreicher anderer Unfälle dauert es eine Ewigkeit, bis die Polizei endlich vor Ort ist. Auch der Abschleppdienst lässt auf sich warten.
Er muss dem V-Mann absagen und den Termin auf morgen verschieben! Böll nestelt sein Smartphone hervor und schreibt eine kurze SMS an die Kontaktperson, die sich mit Namen Eike van de Vries am Telefon meldete. *Hoffentlich guckt der Typ rechtzeitig auf sein Display!*
Als er das erledigt hat, drängt sich ihm die nächste unangenehme Frage auf: Wie kommt er von hier weg? In seiner Not ruft er Frau von Eschborn an und teilt ihr

mit, was passiert ist. Sofort bietet sie ihm an, ihn abzuholen. Dankbar nimmt er das Angebot an, denn Kälte und Hunger – er hat seit dem Cornetto nichts mehr zu sich genommen – zermürben ihn langsam. Sie vereinbaren, dass Frau von Eschborn ihn an der Polizeiwache in Untereschbach abholt. Dorthin werden die Kollegen ihn mitnehmen. Schließlich muss er noch für den Unfallbericht zur Verfügung stehen.

***

Kommissar Böll tritt vor die Polizeiwache, um mit dem jungen Kollegen, der den Unfallbericht verfasst hat, eine Zigarette zu rauchen. Seitdem der blonde junge Mann erfahren hat, dass Böll bei der Mordkommission arbeitet, löchert er ihn mit Fragen. Sein Interesse an Kriminalarbeit ist unverkennbar. Eigentlich hat Böll das Rauchen aufgegeben, doch als der junge Polizist ihm eine Zigarette anbietet, sagt er nicht nein. Heute will er eine Ausnahme machen. *Zur Beruhigung der Nerven.*
Plötzlich braust ein knallroter Land Rover in hohem Tempo auf den Hof. Zu seinem Erstaunen springt kein junger, hitzköpfiger Mann aus dem Auto, was er bei der Fahrweise erwartet hätte, sondern Frau von Eschborn. Nicht nur die sportliche Fahrweise, auch der große Geländewagen überraschen ihn. Irgendwie hat Böll sich bei ihr ein eleganteres Auto vorgestellt. Alfa Romeo

oder so. Er lacht in sich hinein. So sportlich wie ihr Fahrstil ist auch ihre Kleidung. Jeans, knöchelhohe Schnürschuhe und eine Daunenjacke mit hohem Kragen.

»Guten Tag, die Herren«, grüßt die alte Dame forsch und dann an Böll gerichtet: »Sind Sie soweit?«

»Ja, klar.«

Böll, der Frau von Eschborns resolute Art nun schon gut kennt, drückt seine kaum gerauchte Zigarette mit Bedauern aus, nickt dem jungen Beamten zu und geht mit der energischen Lady zu ihrem Land Rover. Böll nimmt auf dem Beifahrersitz Platz, denn er ahnt, dass Frau von Eschborn ihn nicht ans Steuer lassen wird.

Schweigend fahren die beiden nach Hause. Er ist froh, dass sie nicht nach dem Unfall fragt. Er schließt die Augen und merkt wie sein Magen knurrt. Er schaltet das Radio an, um die lauten Magengeräusche zu übertönen. Leise Jazzmusik dringt ins Wageninnere. *Miles Davis. Wunderbar!*

Nach rund 20 Minuten hält der Wagen. Verwundert öffnet der Kriminalkommissar die Augen und sieht, dass sie bereits vor dem Fachwerkhaus geparkt haben. Einige Laternen in der Nähe des Landgasthofs spenden ein wenig Licht. Ansonsten herrscht tiefstes Schwarz und vollkommene Stille. Böll hört es in seinen Ohren rauschen. Als Großstädter ist er eine solche Stille einfach nicht gewohnt.

Als sie ins Haus gehen, fragt Böll, ob Frau von Eschborn einen Internetzugang habe und ob er ihn benutzen dürfe. Sie nickt und weist auf das Arbeitszimmer am Ende des Flurs.
Böll ist von der technischen Ausstattung des Büros angetan. Ein Apple-Laptop mit ultraflacher Tastatur. *Vom Feinsten!* Zufrieden, nun in Ruhe im Internet surfen zu können, schaltet er den Laptop an. Das Gerät lädt und lädt *...Die Internetleitungen auf dem Land sind eine Katastrophe! Vielleicht sollte man wieder die Buschtrommel einführen?*, ärgert sich Böll. Nach einer gefühlten Ewigkeit fragt der Computer endlich nach dem Passwort.
Was hat Frau von Eschborn gesagt? Hundename. Also Paul. Sehr originell! Um dieses Passwort zu knacken, brauchen Profis nur wenige Sekunden!
Böll erinnert sich an ein Gespräch mit einem IT-Sicherheitsexperten. Die Namen der eigenen Kinder oder des Hundes führten demnach die Hitliste der beliebtesten Passwörter an. *Ich muss Frau von Eschborn unbedingt auf die Sicherheitslücke aufmerksam machen!*
Endlich erscheint auf dem Bildschirm das Symbol der Suchmaschine Google. Böll gibt die Worte ‚rechtsradikal' und ‚Bergisches Land' ein und wartet. Während er auf den Bildschirm starrt, schiebt sich Paul, der Hund seiner Vermieterin, in den Raum. Diesmal

ohne zu knurren. *Die Mettenden und das Leberwurstbrot haben offenbar gewirkt!* Doch Paul bildet nur die Vorhut, Frau von Eschborn folgt ihrem Hund mit einem Tablett, auf dem sich die Wurstbrote türmen. Daneben eine kleine Schüssel mit Goudastückchen, nebst zwei Essiggurken und einer Flasche Reissdorf Kölsch. *Die Frau kann Gedanken lesen!*

Böll bedankt sich überschwänglich und wendet sich dann wieder unverzüglich dem Bildschirm zu. Während seine Augen auf den Bildschirm gerichtet sind, greift er mit der linken Hand zum Wursteller und beißt in das Brot. *Mann, tut das gut!* Dann der erste Schluck Bier. Böll schließt die Augen. *So muss Bier schmecken!*

Er wendet sich wieder dem Bildschirm zu und springt zwischen den verschiedenen Webseiten hin und her. Er erfährt, dass sich die rechte Szene auf Radevormwald und Wuppertal fokussiert, genau wie es Kuhle gesagt hat. Er liest, dass die rechtsradikale Partei »Das Bergische Land gehört uns« in einigen Kommunen vertreten ist und sich auch auf der Straße politisch ziemlich aktiv zeigt.

»Sieh mal an! Mahnwachen in Overath, Wuppertal, Wermelskirchen … warnen vor den Flüchtlingen ... wollen nur unser Geld ... vergreifen sich an unseren Frauen ...«, murmelt Böll leise die Zitate aus den Artikeln vor sich hin.

»Was für ein Blödsinn! Widerliche Glatzköpfe!«, schallt es hinter seinem Rücken. Böll fährt herum. Hinter ihm steht Frau von Eschborn und schaut ebenfalls auf den Bildschirm. *Sie hat die ganze Zeit mitgelesen!* Böll ist empört.
»Frau von Eschborn!«
»Anna.«
»Von mir aus. Anna. So geht das nicht!«, fährt er seine Vermieterin an.
»Was geht nicht?«, fragt Anna von Eschborn mit Unschuldsmiene.
»Sie können nicht heimlich hinter mir stehen und einfach mitlesen.«
»Heimlich hinter Ihnen stehen? Das ist immerhin mein Arbeitszimmer!«
An dem Argument ist was dran. Böll verstummt und fährt nun in deutlich sanfterem Tonfall fort: »Entschuldigen Sie, aber ich kann mit Ihnen nicht über die Ermittlungen sprechen!«
»Wer sagt denn, dass ich mit Ihnen über die Ermittlungen sprechen will? Ich dachte, Sie informieren sich ganz allgemein über die Gegend, in der Sie nun wohnen«, antwortet Frau von Eschborn, ohne mit der Wimper zu zucken.
Böll muss gegen seinen Willen grinsen. *Cleveres Mädchen. Sie hat mir geschickt den Schwarzen Peter zugeschoben!*

Als sie ihn schmunzeln sieht, legt sie verschwörerisch zwei Finger auf ihre Lippen wie Winnetou in den Romanen von Karl May.
»Ich kann schweigen wie ein Grab!«
Diese Geste hat er zuletzt auf dem Schulhof gesehen. Böll muss gegen seinen Willen schmunzeln. In betont strengem Tonfall fügt Frau von Eschborn nun an:
»Komm, Paul. Wir gehen und lassen den Kommissar jetzt ermitteln.«
An der Tür dreht sie sich noch einmal um und lächelt Böll spitzbübisch an. Böll lächelt zurück, obwohl immer noch ein Rest Empörung in ihm arbeitet.

***

Als Böll am nächsten Morgen aufwacht, fühlt er sich müde und zerschlagen. Er hat intensiv geträumt, doch er weiß nicht mehr genau, worum es ging. Vage Bilder spuken in seinem Kopf herum. Irgendetwas von Tarnkleidung und Springerstiefeln. Die Artikel, die er gestern Abend gelesen hat, haben in der Nacht ihre Wirkung entfaltet!
Es gibt also eine rechtsradikale Szene im Bergischen Land. Der Pfarrer und seine Schwester sind aus Spanien. Fremde, die in einer deutschen Pfarrei eingesetzt wurden. War das Anlass genug, um einen Mord zu begehen? Dass einige dieser Leute selbst vor

Mord nicht zurückschreckten, hat der NSU-Prozess in München gezeigt! Ist der Täter in diesem Milieu zu suchen?
Böll seufzt. *Wenn er doch nur einen der Drohbriefe in den Fingern hätte! Dann könnten sie das Papier auf Fingerabdrücke untersuchen oder sprachliche Besonderheiten herausfiltern. So aber ... Bisher war nur der Brief von Gomez an seine Schwester aufgetaucht und davon auch nur eine Seite!*
Böll dreht die Heizung auf, damit die Kühle der Nacht aus der Wohnung weicht. *Hoffentlich leiht Frau Eschborn mir ihr Auto! Schließlich muss mein Audi einige Tage in der Werkstatt bleiben.* Bei der Autovermietung hat er gestern niemanden mehr erreicht.
Beim Rasieren überlegt er, ob seine Frau möglicherweise schon in der Galerie ist, um Bilder und Skulpturen für die Ausstellung zu arrangieren. Aus Erfahrung weiß Böll, dass seine Frau in einer solchen Phase zwischen Euphorie und Niedergeschlagenheit schwankt und sich meistens zurückzieht, um in Ruhe arbeiten zu können. Schließlich sind die Erwartungen hoch und der Neid in der Kölner Kunstszene nicht gerade gering. Misslingt eine Ausstellung, zerreißen sich viele das Maul. Julia versucht daher, sich bei jeder neuen Ausstellung selbst zu übertreffen.

Nachdenklich geht Böll die Treppe hinunter und versucht auf dem Weg zur Küche, seine Frau auf dem Handy zu erreichen. Doch es meldet sich nur der Anrufbeantworter. *Sie ist also schon abgetaucht.*
Böll betritt die Küche. Frau von Eschborn hat an diesem Morgen ein Frühstück zubereitet, das Böll enttäuscht. Marmelade. Butter. Brot. Was soll er mit so einem Frühstück anfangen? Zögernd setzt er sich an den Tisch.
Ich muss Frau von Eschborn dringend über meine bevorzugten Speisen in Kenntnis setzen! Doch wie soll ich das anfangen? Die Dame ist eigenwillig. Ich muss behutsam vorgehen ...
»Anna, ich setze mich bei Ihnen immer an einen gedeckten Tisch ...«
»Nun, ich freue mich doch, wenn ich nicht alleine frühstücken muss«, unterbricht ihn Frau von Eschborn. »Probieren Sie mal von der selbstgemachten Marmelade. Glauben Sie mir, die ist köstlich! Aprikosen, Apfelsinen, ein Schuss Grappa. Bittersüß im Geschmack.«
Damit ist das Thema Lieblingsspeisen erst einmal vom Tisch. Böll entschließt sich, das Gespräch aus taktischen Gründen auf einen späteren Zeitpunkt zu verschieben. Stattdessen greift er beherzt zum Bergischen Stuten, schmiert Butter drauf und lässt

einen Klacks von der empfohlenen Marmelade auf dem Brot landen. Irgendetwas essen muss er schließlich.
»Den Quark habe ich von einem Bauern hier aus der Gegend und den Bergischen Blatz habe ich gestern selbst gebacken«, zwitschert Frau von Eschborn fröhlich in den Raum.
»Aha«, sagt Böll, der um diese Uhrzeit mit der Dynamik, die Frau von Eschborn an den Tag legt, noch nicht mithalten kann. Er beißt ins Brot.
Wow! Die Marmelade ist wirklich eine Sensation!
Da er den Mund voll hat, reckt Böll den Daumen nach oben, um Frau von Eschborn den Genuss anzuzeigen. Diese lächelt und schenkt ihm von dem köstlichen Kaffee nach. So viel Fürsorge geht Paul zu weit. Eifersüchtig kläfft er Böll an.
»Er will mit Ihnen frühstücken, Oliver.«
Aber ich nicht mit ihm, denkt Böll und sagt:
»Süßes Brot ist bestimmt schlecht für Pauls Zähne.«
»Dann geben Sie ihm doch etwas von dem alten Graubrot. Ich habe es gestern für Paul zurückgelegt.«
Böll gibt dem Deutsch Drahthaar die halbe, schon recht trockene Graubrotschnitte. Dieser schnappt sie sich und rennt aus dem Raum, um sie im Flur in Ruhe zu verspeisen, ohne dass ihm jemand seinen Frühstücksanteil streitig machen könnte. Währenddessen versucht Böll das Auto von Frau von Eschborn zu ergattern. Der V-Mann hat ihm gesimst,

dass sie sich heute Morgen treffen könnten, nachdem es gestern Abend nicht mehr geklappt hatte.
»Anna, ich habe gestern keine Autovermietung mehr erreicht. Darf ich auf Ihr Angebot zurückkommen und mir Ihren Geländewagen ausleihen?«
»Das dürfen Sie. Allerdings müssen Sie auch etwas für mich tun. Sie müssen eine Hochzeitstorte bei der Bäckerei Schnabel in Köln abholen. Die brauche ich für die Feier heute Nachmittag. Sind Sie so freundlich?«
»Das erledige ich gerne«, lügt Böll, obwohl er weiß, dass solche ‚kleinen Erledigungen' auf den verstopften Straßen in Köln keine kleine Angelegenheit sein werden. Aber was soll er machen?
Er braucht ein Auto und da er nach dem geplanten Treffen mit dem V-Mann zum Pathologischen Institut in Köln fahren muss, wird er die Torte wohl oder übel mitbringen müssen.

***

Als Böll die ersten Kilometer mit dem geliehenen Geländewagen fährt, fühlt er sich wie ein Jäger auf seinem Hochsitz im Wald. Er kann – dank der fast einen halben Meter hohen Reifen – Straße und Gelände wunderbar überblicken. *Herrlich!* Das angenehme Gefühl, das ihm das Steuern des Land Rovers beschert, überrascht ihn selbst. Bisher fand er das Protzen mit großen Autos lächerlich. Ihm ist zwar nicht verborgen geblieben, dass solche Geländewagen in der Stadt zurzeit mächtig angesagt sind, doch bisher hat er sich immer darüber lustig gemacht. *Geländewagen in der City! Also wirklich! Dennoch, der Wagen fühlt sich ziemlich gut an...*

Er erklärt sich seinen Sinneswandel damit, dass ein Geländewagen auf dem Land Sinn macht! Wo sollte man so ein Auto sonst fahren, wenn nicht auf dem Land! Dennoch wird er den unangenehmen Verdacht nicht los, dass sein Hochgefühl durchaus mit der Größe des Autos und den vielen PS unterm Hintern zusammenhängen könnte. Den Gedanken schiebt er jedoch schnell beiseite. Dank des geliehenen Autos hat er zumindest sein Leben wieder unter Kontrolle!

Als er auf dem Parkplatz des Thai-Restaurants in Vilkerath hält, scheint außer ihm niemand unterwegs zu sein. Der V-Mann hat ihm empfohlen, dort zu parken – weit genug entfernt von der konspirativen Wohnung.

Zum Glück sind die Gehwege vom Schnee schon freigeschaufelt. Mit zügigen Schritten passiert er das Restaurant 'Thai Elefant', geht vorbei an der Uhrmacherei Boxberg, dem griechischen Schnellimbiss 'El Greco', der Filiale der VR-Bank und biegt schließlich von der Kölner Straße in eine Gasse ein, in der sich das weiß getünchte Mietshaus befindet, das ihm der V-Mann genannt hat.

Er drückt den Klingelknopf. Sofort ertönt der Summer. Rasch nimmt Böll die Treppenstufen bis zur zweiten Etage. Die Tür ist angelehnt.
Im Flur tritt ihm ein Mann mittleren Alters entgegen. Groß, kräftig gebaut, mit sehr breiten Schultern. Die beiden Männer geben sich reserviert die Hand. Der Mann, der sich Eike van de Vries nennt, bittet Böll mit knappen Worten ins Wohnzimmer. Die Eleganz des Raumes verblüfft Böll. Bei dem schlichten Mietshaus hat er eher Gelsenkirchener Barock erwartet. Stattdessen stehen sechs Louis-Philippe-Stühle aus dunklem Holz akkurat um einen antiken Holztisch. Ein Sekretär aus Kirschholz und ein großes schwarzes Ledersofa ergänzen das Mobiliar. Auf dem Wohnzimmertisch steht zu Bölls Erstaunen ein hauchzartes Teeservice. So etwas Filigranes hat er bei dem bulligen Mann nicht vermutet.
»Darf ich Ihnen eine Tasse Tee anbieten?«, fragt van de Vries überaus höflich.
Böll nickt kurz mit dem Kopf, obwohl die Idee, Tee zu trinken, ihn nicht gerade begeistert.
»Möchten Sie einen ostfriesischen Tee oder bevorzugen Sie einen japanischen grünen Tee?«
»Ich nehme den Ostfriesen. Grüner Tee bereitet mir Übelkeit.«

»Oh, dann brühen Sie ihn falsch auf. Sie müssen den Grünen Tee vorher mehrfach aufkochen, bevor sie ihn trinken. Erst der dritte Aufguss ist trinkbar.«
Der Typ hätte auch gleich sagen können, dass sich für ihn beim Teetrinken die Spreu vom Weizen trennt: Menschen, die wissen, wie man Tee anständig trinkt und denen, die das nicht wissen.
»Aha«, antwortet Böll daher nur trocken. Er hat verstanden, dass es hier nicht nur ums Teetrinken geht. Offenbar will van de Vries den Unterschied zwischen kultiviert und unkultiviert noch ein wenig deutlicher herausarbeiten und fügt an:
»Wissen Sie, die Qualität des Wassers ist entscheidend für den Geschmack. Das Wasser darf nicht mehr als 80 Grad betragen, wenn es mit den Teeblättern in Berührung kommt.«
Böll ist nicht nur von der Teezeremonie unangenehm berührt, sondern auch von der Stimme des Mannes. Eine seltsam hohe Fistelstimme, die zu dem korpulenten Körperbau einfach nicht passen will. Mit »Wir in Norddeutschland trinken den Tee mit Kandiszucker und einem Schuss Sahne«, geht die Belehrung in kultiviertem Teetrinken weiter.
Böll nickt nur kurz, das Gehabe widert ihn an.
Soll sich der Typ doch in einem Gefühl von Überlegenheit suhlen, das löst hoffentlich seine Zunge.

Vielleicht plaudert er dann mehr aus, als er eigentlich will.

Sein Gegenüber gießt den goldbraunen Tee in die Porzellantassen, die mit einem feinem Goldrand verziert sind. Als der Tee auf den Kandiszucker trifft, knistert er leise. Vorsichtig lässt der Ostfriese die flüssige Sahne in den Tee gleiten. Der Vorgang bereitet dem Kerl sichtliches Vergnügen.

»Die Sahne entfaltet sich nur dann zu einer wunderschönen Blume, wenn man sie am Tassenrand langsam hineinfließen lässt«, erklärt van de Vries mit entzückter Stimme und reicht Böll mit seiner bulligen Pranke das zarte Gefäß.

Ist der Typ schwul? Böll kann sich nicht helfen, irgendwie wirkt das ganze Gehabe so auf ihn. *Ob er sich auch so affektiert in der rechten Szene benimmt?* Böll muss grinsen, als er sich die Szene vorstellt. *Kamerad, möchten Sie einen Grünen Tee oder bevorzugen Sie Earl Grey?* Er schüttelt unmerklich den Kopf. *Nee, bei denen lässt er vermutlich den Macker raushängen und säuft Bier.*

Böll nippt am Tee. Er ist überrascht, wie gut der schmeckt. *Wirklich ausgezeichnet!* Teetrinken zählt gewöhnlich nicht zu seinen bevorzugten Tätigkeiten, aber dieser Tee ist von außerordentlich guter Qualität! Während Böll den Tee schlürft, beobachtet er verstohlen sein Gegenüber, wie dieser mit einer leicht

manierierten Geste ebenfalls die Tasse zum Mund führt. Nach dem Teegenuss setzt der V-Mann die Tasse auf den zierlichen Unterteller, faltet die Hände ineinander und schaut Böll unverwandt an.
»Was kann ich für Sie tun, Herr Böll?«, fragt er mit einem überaus zufriedenen Unterton, nachdem die Frage, wer beim Teetrinken kultivierter ist, zu seinen Gunsten ausgegangen ist. Ein Tonfall, der sich haarscharf an der Grenze zum Blasierten bewegt. Böll wartet einige Sekunden mit seiner Antwort, um sich dann für eine ziemlich allgemeine Eingangsfrage zu entscheiden.
»Wie schätzen Sic die rechte Szene im Bergischen Land ein?« Noch während Böll die Frage ausspricht, spürt er, dass seine Frage nicht gut gewählt ist. Ein schlechter Einstieg ins Gespräch, verursacht durch seine Skepsis gegenüber V-Männern. Diese sind für Böll immer eine zweischneidige Sache. Nie ist sicher, ob sie wirklich nur einem Herrn dienen oder die Szene ebenfalls über die Arbeit von Verfassungsschutz und Polizei informieren. Sicher, manche wertvolle Information gibt es für die Polizei nur aus solchen dubiosen Quellen. Doch jeder Polizist, der mit diesen Quellen in Kontakt kommt, muss auf der Hut sein, ob es nicht eine falsche Fährte ist, die die Polizei bewusst in eine andere Richtung lenken soll! Denn für rechtsextreme Gruppen sind V-Männer, wenn sie

beidseitig bespielbar sind, unverzichtbar. Sie lassen sich in der Szene für ihr Insiderwissen über Polizei und Behörden feiern, halten aber zugleich beim Verfassungsschutz die Hand auf. Auf diese Art und Weise können sich nicht wenige V-Männer ein komfortables Leben erlauben. Böll ist sicher: Bei diesen Menschen bewegt man sich auf hauchdünnem Eis. Während ihm diese Gedanken durch den Kopf gehen, lässt er den Blick erneut durch die Wohnung gleiten. *Junge, dir geht es nicht schlecht! Die antiken Möbel müssen eine Stange Geld gekostet haben und die Ledercouch ist auch nicht von IKEA.* Die Erkenntnis trägt nicht dazu bei, sein Misstrauen zu zerstreuen.

»Was genau möchten Sie wissen?«, fragt der bullige Mann mitten hinein in diese Überlegungen.

»Nun, was macht die rechte Szene im Bergischen Land, um Mitglieder zu werben?«, präzisiert Böll seine Frage. Er weiß, dass die Rückfrage von van de Vries einer Zurechtweisung gleichkommt, weil seine zuvor gestellte Frage nur zweierlei für den V-Mann bedeuten kann: Entweder misstraut Böll ihm oder er ist ein Depp, der seine Hausaufgaben nicht gemacht hat. *Komm auf den Punkt*, heißt die unterschwellige Botschaft, *plaudern kannst du woanders*. Van de Vries fixiert ihn mit zusammengekniffenen Augen, als er antwortet:

»In Overath und Vilkerath sind das ‚Hamsterrad‘ und das ‚Kuckuck‘ die Versammlungsstätten der rechten

Szene. Die haben nach der Silvesternacht ordentlich Zuwachs bekommen.

Böll nickt. *Ja, nach der Kölner Silvesternacht, in der junge Marokkaner die Domplatte stürmten und unzählige Frauen belästigten, war die Stimmung gegen die Flüchtlinge gekippt.*

Kommissar Böll ist jedoch nie den Verdacht losgeworden, dass diese Sache von interessierter Seite organisiert worden war, damit genau das passiert.

Van de Vries ist mit seinem Vortrag noch nicht fertig und macht durch Gestik und Stimme deutlich, dass es sich dabei um wichtige Informationen handelt.

»Bei Konzerten der Band ‚Die lustigen Jungs' wird auch gerne rekrutiert. Die sind übrigens gar nicht so lustig, wenn sie auf Ausländer treffen.«

»Gibt es auch welche, die bereit sind, einen Ausländer zu töten?«, setzt Böll nach, der erleichtert ist, dass das Gespräch durch den missglückten Einstieg nicht schon zu Ende ist, bevor es begonnen hat.

Van de Vries kneift unmerklich die Augen zusammen, offenbar überrascht ihn die Stoßrichtung des Gesprächs. Er zögert, ringt sich dann aber doch dazu durch, einige Informationen preiszugeben.

»Einige der Jungs sind gewaltbereit. Aber morden? Ich denke, nein.«

»Priester? Schwule? Flüchtlinge? Da juckt es denen nicht in den Fingern?«, provoziert Böll.

Van de Vries wird wortkarg.
»Nein.«
Der V-Mann hat begriffen, dass Kommissar Böll prüfen will, wo er steht, ob er Leute aus der Szene in Schutz nimmt. Seinem Nein folgt daher eine betont sachliche Auskunft.
»Die Jungs haben weder Waffen noch sind die im Kampfsport ausgebildet. Das sind Verbalattacken von Halbstarken. Riskant wird es erst, wenn die mit Fußballfans, irgendwelchen Ultras, zusammentreffen. Deren Netzwerke sehen schon anders aus.«
»Was heißt das konkret?«, hakt Böll nach.
»Viele Ultras haben Waffen, sind sehr gut organisiert. Sie sind Vorbilder für die rechte Szene auf dem Land.«
»Also nur eine Frage der Zeit, bis es den ersten Toten gibt?«
Van de Vries schaut Böll in die Augen.
»Möglicherweise.«
Böll hält dem Blick seines Gegenübers stand.
»Vielen Dank für das Gespräch. Ich melde mich, wenn ich weitere Informationen benötige.«
Der Kommissar nickt dem Mann mit der Fistelstimme zu und beeilt sich, aus der Wohnung zu kommen. Er ist sicher, dass van de Vries am Ende des Gesprächs gepokert hat, sich interessant machen wollte, damit Verfassungsschutz und Polizei es für nötig befinden, ihn als Quelle auch weiterhin zu pflegen.

***

Böll steuert zügig den Autobahnzubringer an. Frei von Stau ist die Autobahn nach Köln nur zwischen zehn und vierzehn Uhr. Das gilt es zu nutzen. Er muss zum Pathologischen Institut in Köln-Lindenthal. Ein Termin, den er hasst. Schon der Geruch nach Ethanol, der ihm entgegenschlägt, wenn er das Gebäude betritt, ist ihm zuwider. In all den Jahren hat er sich nicht daran gewöhnen können. Professor Schulte, der Leiter des Pathologischen Institutes, ist zwar ein sympathischer Mann, doch Böll ist schleierhaft, wie man diesen Job freiwillig machen kann. Dennoch scheint Schulte seinen Beruf mit Passion auszuüben. Gutgelaunt begrüßt er den Kommissar:

»Oliver, wie geht es dir?« Die Frage wird von einem ansteckenden Lachen und einem kräftigen Händedruck begleitet. Böll schaut während der Begrüßung mit Faszination auf den riesigen Schnurrbart, den Schulte genau wie der Sänger der kölschen Band »De Höhner« trägt. Dabei bemerkt er, dass in dem opulenten Schnäuzer Brotkrümel hängen. Offenbar hat der Pathologe für ihn seine Mittagspause unterbrochen.

»Danke der Nachfrage. Es geht mir ausgezeichnet. Mein Auto ist in der Werkstatt, ich trage die Klamotten eines Verstorbenen, meine Frau ist wegen ihrer bevorstehenden Vernissage abgetaucht und ich darf mich mit der Schwester des Toten vergnügen, der bei dir gerade auf dem Tisch liegt. Und die ist, sagen wir mal, ein wenig seltsam.«

»Aha«, meint der Mediziner nur und streicht sich über seinen voluminösen Schnauzbart. Dabei kann er ein Schmunzeln kaum unterdrücken. Der Kommissar schätzt Schulte sehr – als Mensch und als Profi. Er hat noch nie erlebt, dass ihm bei der Arbeit Fehler unterlaufen sind. Ein Perfektionist, auch wenn seine joviale, lässige Art das nicht auf den ersten Blick vermuten lässt.

»Nun, angesichts der Ergebnisse der Obduktion, wird dir auch weiterhin nicht langweilig werden. Ich habe nämlich bemerkt, dass der Pfarrer einem akuten Herzversagen zum Opfer gefallen ist. Das ist seltsam, denn er trug einen Herzschrittmacher. Gewöhnlich ist ein solches Ding dafür da, einem schwachen Herzen zu helfen.«

»Du meinst, das Gerät hat versagt?«

»Möglicherweise. Ich werde es zu einer Prüfstelle schicken. Mehr kann ich noch nicht sagen. Ich habe zudem einige Gewebe- und Blutproben entnommen. Die Ergebnisse habe ich noch nicht. Um ehrlich zu sein: Es sieht nach einem ganz gewöhnlichen Herztod aus. Gibt es denn überhaupt Anhaltspunkte für einen Mord?«

»Es gibt einen Anfangsverdacht. Der Mann hat Drohbriefe bekommen. Das erwähnt er in einem Brief an seine Schwester. Die Drohbriefe selbst haben wir noch nicht gefunden. Vielleicht waren das auch nur die üblichen Verbalattacken von irgendwelchen Spinnern, denen aber keine Taten folgen. Die Schwester jedenfalls ist felsenfest von Mord überzeugt.«
»Was macht die Frau so sicher?«
»Sie hat davon geträumt.«
»Geträumt, soso ...«, sagt Schulte und streicht sich erneut über den an beiden Enden nach oben gezwirbelten Schnurrbart, eine Bartmode, die sich in Köln großer Beliebtheit erfreut. »Weißt du, Oliver, in all den Jahren habe ich eins gelernt: Manchmal ist die Intuition ein besserer Pfadfinder als der Verstand. Die Wissenschaft kann die Fakten liefern, mehr nicht. Das Puzzle aber müssen wir selbst zusammensetzen.«
Böll ist sprachlos. Schulte hätte er als Letzten verdächtigt, sich solchen Überlegungen hinzugeben. *Bin ich nur noch von Esoterikern umgeben?!?*
Schulte, der den Missmut auf Bölls Gesicht sieht, fügt hinzu:
»Ich spreche von Intuition, nicht von Kaffeesatzlesen, Oliver. Intuition ist die Fähigkeit, Erfahrungen mit aktuellen Beobachtungen zu verbinden und so eine Situation rasch einschätzen zu können.«

Als Böll nichts darauf antwortet, fährt der Pathologe fort: »Wir nehmen vieles wahr; nicht alles davon gelangt in unser Bewusstsein. Bei Autisten ist das anders: Bei denen sind viel zu viele Informationen gleichzeitig präsent, deswegen sind sie schnell überfordert, brauchen einen sehr genau strukturierten Tagesablauf. Die Kanäle sind sozusagen immer offen. Wir hingegen filtern und legen, wie bei einem gut sortierten Computer, Informationen in unserem Unterbewusstsein wie in einem Ordner ab und rufen diese nur dann auf, wenn wir ähnliche Situationen erleben. Das hilft uns, Situationen schnell einordnen zu können. Ein Vermögen, das überlebenswichtig sein kann. Man nennt es gemeinhin Intuition. Eine solche Intuition kann sich auch manchmal in Träumen äußern.«
Jetzt weiß Böll, was er an dem Mann noch mehr schätzt als seinen rheinischen Optimismus: Seine Fähigkeit, um die Ecke denken zu können, Ungewöhnliches zuzulassen, aber auch rechtzeitig wieder zu verwerfen, wenn es in die Irre führt. Erst diese Kombination von präzisem Wissen und einer Phantasie, die im Dienste der Wissenschaft steht, machen aus Schulte den außergewöhnlichen Pathologen, der auf internationalen Konferenzen so gefragt ist.
Während die beiden über Intuition sprechen und die Tatsache, dass diese von der Wissenschaft noch viel zu

wenig erforscht ist, gehen sie in den angrenzenden Raum, wo der spanische Pfarrer auf dem Seziertisch liegt. Böll ist immer wieder überrascht, wie friedlich Tote aussehen. Auch der verstorbene Pfarrer von Marialinden sieht aus, als ob er schlafen würde. Ein gütiges Gesicht, denkt Böll. Nur die wächserne Gesichtsfarbe des Pfarrers und die große Naht am Oberkörper deuten daraufhin, dass es sich um einen Toten handelt, der obduziert wurde.
Nachdem Schulte ihm mitgeteilt hat, wann die Ergebnisse der Gewebeuntersuchung und die Überprüfung des Herzschrittmachers zu erwarten sind, lässt Böll die weißen Kacheln und den Ethanolgeruch hinter sich, um nun die Aufgabe zu erledigen, die ihm Frau von Eschborn ans Herz gelegt hat: die Hochzeitstorte bei der Konditorei Schnabel abzuholen. Seine Uhr am Handgelenk sagt ihm, dass das Zeitfenster für diese scheinbar kleine Erledigung äußerst eng bemessen ist. In einer Stunde muss er schon wieder in Overath sein! Frau von Eschborn hat ihm eingeschärft, dass das Brautpaar um 15 Uhr – und keine Sekunde später! – die Torte anschneiden will.

***

So sehr Böll es genossen hat, mit dem Geländewagen über die Landstraßen zu brettern, so wenig Freude bereitet ihm das Auto nun in der City. Die Straßen in Köln sind einfach nicht für diese bulligen Autos gemacht. Bei Gegenverkehr sind es oft nur wenige Zentimeter zwischen ihm und dem entgegenkommenden Gefährt. Das lässt Bölls Adrenalinspiegel deutlich steigen. Wie diese Karossen in den engen Parkhäusern in Köln überhaupt die Kurven zum nächsten Parkdeck nehmen können, ist ihm ein Rätsel. Dieses Rätsel aber will er jetzt nicht lösen. Sein Gehirn konzentriert sich darauf, einen Parkplatz in der Nähe der Konditorei zu finden. Erstaunt stellt er fest, dass die Breite Straße gesperrt ist.
Oh je! Vermutlich wieder so ein Dreh für eine blöde Fernsehserie!
Es ist schließlich kein Geheimnis, dass in Köln unzählige Serien für RTL produziert werden. Bölls Augen scannen die Umgebung unablässig, um auch nur die kleinste Parklücke zu entdecken. Doch die ist selbst in den Nebenstraßen nicht zu ergattern.
Die Zeit drängt.
Er wird immer nervöser und lacht bitter auf, als er sich an einen Artikel erinnert, der vor Kurzem im Boulevardblatt ‚Die Aktuelle' gestanden hat. Der Artikel handelte von einem Mann, der mit einem Baseballschläger sein Auto demolierte, nachdem er

stundenlang erfolglos versucht hatte, einen Parkplatz zu finden.
Der Typ hat einfach die Schnauze voll gehabt! Genau wie ich! Trost gibt es für die Kölner bei dem alltäglichen Verkehrswahnsinn nicht, denn die Kölner Verkehrsbetriebe sind keine Alternative zum Auto, findet Böll. *Vielmehr zeichnet sich die KVB seit jeher dadurch aus, Taktzeiten nicht einzuhalten und bei den ersten Schneeflocken den Betrieb einzustellen!* Böll steht mit dieser Meinung über die KVB nicht allein. Da es jedoch keine Alternativen gibt – Fahrradfahren kann in Köln lebensgefährlich sein –, bleibt der Verkehr in Köln so wie er schon immer gewesen ist: chaotisch.
Als Böll bereits die dritte Runde dreht, um für den Land Rover irgendwo eine Nische zu finden, kriecht Panik in ihm hoch.
Zwanzig nach zwei! Und ich habe noch nicht einmal die Torte!
Der Gedanke, dass der Verkehr auf dem Kölner Autobahnring um diese Uhrzeit immer zähflüssiger wird, bereitet ihm zusätzliche Kopfschmerzen. Er will dem Brautpaar auf seiner Hochzeit nicht die Laune verderben! Allerdings fürchtet er die schlechte Laune Frau von Eschborns noch mehr! Da endlich scheint ein Parkplatz zu sein! Doch die junge Frau, die gerade ihren Peugeot öffnet, gibt ihm mit einem Handzeichen zu verstehen, dass sie nur ihre Handtasche vom

Rücksitz holen und keineswegs den Parkplatz räumen will. Jetzt ist es mit Bölls Geduld vorbei! Zum Glück hat er das Blaulicht aus seinem Audi mitgenommen!
Das kommt jetzt aufs Dach!
Nachdem er das Blaulicht auf dem Autodach platziert hat, biegt Böll, trotz der Sperrung, in die Breite Straße ein und parkt direkt vor der Konditorei Schnabel. Mit angemessen besorgter Miene, so als ob er in einem Einsatz wäre, steigt er aus. Unfreiwillig muss er grinsen, als ihn in die Gäste und die Angestellten in der Konditorei erschrocken anstarren. Ganz wohl ist ihm bei seiner Aktion allerdings nicht. Ihm bereitet der Gedanke Sorge, man könnte ihm vorwerfen, das Blaulicht für private Zwecke missbraucht zu haben. Insgeheim aber setzt er auf die allseits bekannte Laissez-faire-Haltung der Kölner. *Ist eine Hochzeit nicht eine wirklich wichtige Angelegenheit?* Zudem ist die angespannte Parksituation in Köln jedem bekannt, rechtfertigt er sein Tun vor sich selbst.
Als er der Verkäuferin den Abholschein reicht, entspannen sich deren Gesichtszüge sichtlich. Sie versteht nun, was das Blaulicht vor der Tür zu bedeuten hat. Sie kniept ihm verschwörerisch zu. Als sie mit der Hochzeitstorte zurückkommt, ist es nun an Böll, Entsetzen zu zeigen. Das Gebilde aus Sahne und Creme ist riesengroß! Sein Schrecken verstärkt sich noch, als die Verkäuferin ihm erklärt, für eine so große Torte

keinen passenden Karton zu haben. Er müsse die Torte einfach so, mit geöffnetem Deckel mitnehmen, gibt sie ihm zu verstehen. Böll mag sich gar nicht ausmalen, was der Torte auf dem Weg zur Hochzeitsfeier alles zustoßen kann! Bleibt ihm eine Wahl? *Nein! Die Zeit drängt!*
So balanciert er die Hochzeitstorte, die auf der Spitze mit einem albernen Hochzeitspärchen aus Zuckerguss geschmückt ist, vorbei an den geifernden Gästen und versucht, das Kunstwerk unfallfrei ins Auto zu hieven. Angelockt vom flackernden Blaulicht haben sich einige Schaulustige um den Geländewagen versammelt. Doch Böll ist das im Moment verdammt egal. Als er mit der riesigen Torte auf das Auto zusteuert, bemerkt einer mit typisch rheinischem Humor:
»Junge, Junge, die Trauung muss aber eilig sein, wenn die Polizei die Hochzeitstorte liefert! Liegt die Braut schon in den Wehen?«
Die Umstehenden lachen. Böll ignoriert die Bemerkung und konzentriert sich mit äußerster Anspannung darauf, nicht zu stolpern, so dass er die Rufe des jungen Mädchens zunächst nicht wahrnimmt. Doch die werden immer lauter.
»Papa? Papa!«
Böll dreht sich in die Richtung, aus der die Stimme kommt.
»Papa, was machst du denn hier?!?«

Vor ihm steht seine Tochter Saskia. Neben ihr eine Freundin, die ihn mit unverhohlener Neugierde anstarrt. Böll ist peinlich berührt. Er weiß nicht, was er sagen soll. Sein Gehirn ist im Moment mehr auf den Transport der Torte fokussiert. Saskia schaut ihn fassungslos an.

»Was machst du mit der Hochzeitstorte, Papa?!?« Und nach einer kurzen Pause stottert sie weiter:

»Mama hat gesagt, du wohnst jetzt im Bergischen Land …«

Böll fällt dazu nur ein Spruch ein, der nicht dazu beiträgt, die Situation zu entspannen.

»Saskia, es ist nicht das, wonach es aussieht.«

»Wonach sieht es denn aus?«, fragt seine Tochter, immer noch völlig irritiert.

»Ich erkläre dir das später. Ich bin jetzt in Eile. Ich muss zum Hochzeitsfest.«

»Zum Hochzeitfest?«, fragt Saskia fassungslos.

Irgendwie hat Böll das Gefühl, dass seine letzten Worte nicht die gewünschte Wirkung erzielen, um seine Tochter zu beruhigen.

Doch er hat jetzt keine Zeit. Mit quietschenden Reifen fährt er los. Im Rückspiegel sieht er noch, wie Saskia ihm entgeistert hinterherschaut. Die Autos stauen sich bereits auf der Zoobrücke. Das war nicht anders zu erwarten! »Mist!«, flucht Böll und haut auf das Steuerrad. Die Uhrzeiger erinnern ihn unerbittlich

daran, dass ihm noch genau zwanzig Minuten bleiben. Doch die Blechlawine quält sich in Zeitlupe über die frisch geteerte Autobahn.
In solchen Momenten will ihm nicht einleuchten, warum die Menschheit das Auto erfunden hat. *Schritttempo geht schließlich auch ohne Auto!* Zwar spielt er mit dem Gedanken nochmals das Blaulicht einzusetzen, doch er lässt es bleiben. Die Gefahr, von Kollegen dabei erwischt zu werden, ist auf der Autobahn um ein Vielfaches höher als vor der Konditorei.
Erst nachdem er die Kreuzung Köln-Ost hinter sich gelassen hat, entspannt sich die Verkehrssituation. Böll drückt das Gaspedal durch. Denn eins ist klar: nicht nur das Hochzeitspaar wartet auf das mehrstöckige Kunstwerk aus Butter, Zucker und Sahne, auch das sahnige Ungetüm will verzehrt werden. Irgendwie hat die Torte an Façon verloren ...
Oh Gott! Die Heizung! Ich habe vergessen, die Heizung abzustellen!
Hastig schaltet er die Warmluft ab. Doch die Torte ist nachtragend, die obere Etage neigt sich bereits in Richtung Fahrertür. *Schrecklich!* Er mag sich nicht ausmalen, was geschieht, wenn die Sahnetorte in sich zusammensinken sollte, bevor das Brautpaar sie feierlich anschneiden kann!

Böll jagt den Tacho auf 180 hoch. *Wenn von der Torte noch etwas übrig sein soll, muss er sich sputen!*
Als er endlich mit dem Wagen vor das Gutshaus rollt, hört er fröhliches Gläserklirren und laute Unterhaltung. *Zumindest hat die Stimmung noch nicht gelitten!*, tröstet sich Böll. In diesem Moment schießt Frau von Eschborn durch die Tür.
»Wo bleiben Sie denn? Her mit der Torte! Wir können keine Zeit mehr verlieren. Los, binden Sie sich die Schürze um und bringen Sie das Ding in den Saal!«
Böll hat gehofft, die Verantwortung für die Sahnetorte spätestens bei der Lieferung loszuwerden. Nun aber sieht er sich mit einer neuen Herausforderung konfrontiert. Widerworte sind zwecklos, soweit kennt er Frau von Eschborn schon. Also lässt er sich die grüne, bis zu den Fußknöcheln reichende Kellnerschürze willenlos umbinden, während ein Küchengehilfe Wunderkerzen auf der Torte drapiert. Da sich der Hochzeitskuchen inzwischen leicht nach rechts neigt, drehen Frau von Eschborn und Böll das Sahnegebilde auf dem Servierwagen in Richtung Saal, so dass die Neigung frontal nicht zu erkennen ist.
»Nun aber rein damit!«, kreischt Frau von Eschborn mit schriller Stimme.

***

Frisch rasiert und geduscht steht Böll am nächsten Tag vor seiner Chefin. Ruth Hansen betrachtet eingehend seine Cordhose und das Flanellhemd, zeigt aber ihr Erstaunen über seinen neuen Look nicht, obwohl die Kleidung für jemanden, der zuvor Boss-Anzüge getragen hat, höchst ungewöhnlich ist. Das Landleben und der harte Winter haben offenbar Bölls Einstellung zu dem, was gute Kleidung ausmacht, grundlegend geändert.

Wie ein Landlord sieht er aus, geht es Ruth Hansen durch den Kopf. *Fehlt eigentlich nur noch das Whiskyglas in der Hand! Löst seine Fälle in den schicksten Restaurants und Cafés der Umgebung, anstatt im Kommissariat zu arbeiten!*

Hansen schüttelt unmerklich den Kopf. Diese sinnliche Lebenseinstellung der Rheinländer ist ihr als norddeutscher Protestantin zutiefst fremd. Während der stillen Musterung durch die Polizeihauptkommissarin, fasst Böll den Fall kurz zusammen. Er vergisst dabei nicht, seine Zweifel am V-Mann van der Vries zu schildern. Hansen zieht die Brauen hoch.

»Lassen Sie mir van de Vries in Ruhe. Er ist ein guter Mann. Er hat uns schon in vielen Fällen wichtige Hinweise gegeben.«

»Sie vertrauen ihm?«, fragt Böll in seiner direkten Art. Mit der Antwort lässt sich seine Chefin Zeit.

»Vertrauen ist ein großes Wort. Bisher jedenfalls haben seine Angaben gestimmt.«

»Aha«, sagt Böll nur und hält bedeutungsvoll inne. Weitere Diskussionen sind jetzt nicht ratsam.

Als er nach dem Gespräch in sein Büro geht und seinen Computer einschaltet, quellen unzählige Mails in seinen Account.

Grauenhaft! Ist das Internet nicht erfunden worden, um uns alle durch eine schnelle Kommunikation zu entlasten und so Zeit zu sparen? Das Gegenteil ist der Fall! Das Internet ist ein Zeitdieb!

In diese düsteren Gedanken platzt sein Kollege Kuhle, der soeben den Raum betritt und ihn mit den Worten begrüßt:

»Schön, dich zu sehen. Ich habe gar nicht mit dir hier im Kommissariat gerechnet!«

Das sitzt! Böll antwortet nicht darauf. Ist ihm zu blöd. Nach kurzer Pause fügt Kuhle an: »Du siehst so verändert aus.«

»Verändert?«, fragt Böll, immer noch verärgert.

»Ja, ich habe dich noch nie in ockerfarbenen Cordhosen und grünkariertem Hemd gesehen. Sehr zünftig.«

Böll schaut an sich hinunter.

»Ach das, ja. Ich habe noch keine Zeit gehabt, mir meine Klamotten von zu Hause abzuholen. Meine neue Vermieterin war so freundlich, mir die Kleidung ihres verstorbenen Mannes zu leihen.«

»Nun, genügend Zeit, eine riesige Hochzeitstorte in Köln abzuholen, hast du aber schon gehabt, nicht wahr?«
Böll ist verblüfft. *Woher weiß Kuhle ...?*
»Gestern erreichte mich eine interessante Mail. Ein Passant hat dich beobachtet und fotografiert. Das Foto hat er an die Mail angehängt.«
Böll schaut Kuhle erschrocken an.
Wortlos dreht dieser seinen Bildschirm zu Böll und präsentiert ihm das Foto. Tatsächlich, auf dem Foto ist er mit der Torte zu sehen, genau in dem Moment, als er versucht, sie in den Wagen zu hieven. Die Uhrzeit ist auf dem Bild genauso zu erkennen wie das eingeschaltete Blaulicht auf dem Dach des Geländewagens.
Peinlich! Was soll er darauf antworten?
Stille breitet sich im Raum aus. Doch das Gefühl von Beklommenheit hält bei Böll nicht lange an. Es wird abgelöst von purer Empörung.
Nur ein ‚Immi', ein humorloser Immigrant, ein Zugezogener, der nicht in Köln geboren ist, kann zu so einer kleinkarierten Schandtat fähig sein!
Wütend faucht Böll: »Wie du weißt, musste ich gestern zum Pathologischen Institut in Köln. Meine Vermieterin war so freundlich, mir ihr Auto zu leihen, weil meins seit gestern unfallbedingt in der Werkstatt ist. Da sie die Torte nun nicht selbst abholen konnte, hat

sie mich gebeten, sie mitzubringen. Wie sollte ich da nein sagen?«
»Deine Hilfsbereitschaft in Ehren, aber warum hast du mit Blaulicht direkt vor der Konditorei geparkt?«, insistiert Kuhle unnachgiebig.
»Na, warum wohl? Weil ich bereits zwanzig Runden gedreht hatte und immer noch kein Parkplatz in Sicht war!«
»Dir ist schon klar, dass das kein Grund ist, oder? Wenn Frau Hansen davon erfährt und der Mann tatsächlich Anzeige erstattet, wird deine Parkplatznot eine Abmahnung nicht verhindern.«
Als Kuhle ihn nach diesem Einwand nur noch schweigend anschaut, weiß Böll, dass es Eins zu Null für Kuhle steht. Er fügt sich ins Unvermeidliche.
»Okay, du hast etwas gut bei mir, wenn du die Mail nicht an die Hansen weiterleitest.«
Kuhle grinst.»Darauf komme ich bei Gelegenheit zurück.«
Mit einer lässigen Geste, die den Triumph nicht verbergen kann, schmeißt Kuhle ihm nach dem gewonnenen Wortgefecht eine dicke Mappe zu. Zeitungsartikel über die rechte Szene im Bergischen Land.
Es ist nicht zu übersehen: Kuhle hat im Archiv fleißig recherchiert. Böll ist es bereits aufgefallen, dass sich sein Kollege dort ausgezeichnet auskennt. Er weiß

immer, wo er welche Unterlagen finden kann. Der Kommissar ist überzeugt: An Kuhle ist nicht nur ein ausgezeichneter Archivar, sondern auch ein exzellenter Historiker verlorengegangen. Es ist sicher auch kein Zufall, dass Kuhle sich in seiner Freizeit sowohl der regionalen Geschichte seiner Heimat als auch der Erforschung seines Familienstammbaums mit Hingabe widmet. So kommt es, dass Böll bestens darüber informiert ist, dass Kuhles Familie über acht Ecken mit den Grafen von Berg, der dem Bergischen Land seinen Namen gegeben haben, verwandt ist. Böll war bis zu diesem Zeitpunkt immer davon ausgegangen, dass die vielen Hügel in der Landschaft der Grund für den Namen dieser Region sind. *Weit gefehlt!* Allerdings nervt ihn, dass Kuhle unbedingt auch seinen Stammbaum recherchieren will.

Vermutlich will er ein für alle Mal feststellen, dass ich nicht mit Heinrich Böll verwandt bin!

Er selbst möchte das lieber in der Schwebe lassen. Denn manchmal ist es äußerst nützlich, wenn diese Vermutung angestellt wird, etwa wenn blasierte Mäzene oder eingebildete Künstler in ihrer Ehrenfelder Altbauwohnung aufkreuzen.

Böll greift zur Mappe und nickt seinem Kollegen dankbar zu. Er wird in ein gemütliches Café gehen und dort die Unterlagen studieren: Er kann sich in einer angenehmen Umgebung einfach besser konzentrieren

als im Büro. Das grelle Neonlicht im Büro behindert sein Denken. Er braucht einfach ein ansprechendes Ambiente, um in Ruhe nachdenken zu können. Darüber haben sich schon seine Kollegen in Köln immer mokiert. Doch Böll hält an dieser Praxis fest. Schließlich sind die Begleitumstände seines Berufes ungemütlich genug! So oft er kann, versucht der Kommissar daher Inseln der Ästhetik in seinem Alltag zu finden. Seine Wahl fällt diesmal auf Schloss Bensberg. Dort, im Stadtteil Bensberg, kennt er sich bereits einigermaßen aus. Doch die Euphorie der Bewohner über 'ihr' Bergisch Gladbach kann er nicht nachvollziehen. Sicher, die Stadt ist ein teures Pflaster und ein Haus in Bergisch Gladbach sein Eigen nennen zu dürfen, ist ein unmissverständlicher Hinweis darauf, nicht einem Bettelorden anzugehören.
In ästhetischer Hinsicht aber überzeugt ihn die Stadt nicht. Es fehlt an einer zusammenhängenden Stadtplanung. Alles wirkt wie wahllos zusammengewürfelt – genau wie in Köln.
Doch das war in Köln nicht immer so. Seine Großmutter hatte ihm als Kind Fotos gezeigt, auf denen Böll die einstige schöne Architektur der Ringe, Plätze und Straßen in Köln erkennen konnte. Doch nach dem Zweiten Weltkrieg hatte der schnelle Wiederaufbau Vorrang, ästhetische Überlegungen wurden in den Hintergrund gedrängt. Böll findet das sehr bedauerlich,

vor allem dann, wenn er, zusammen mit seiner Frau andere Städte besucht. Städte wie Wien, München oder Hamburg, die die Ästhetik ihres Stadtbildes nicht vernachlässigt haben. Dann wird ihm in aller Deutlichkeit bewusst, welches Verbrechen die Architekten im Nachkriegsdeutschland an Köln begangen haben. Der Masterplan des Stararchitekten Albert Speer, Sohn des berühmt-berüchtigten Hitler Architekten, im Jahre 2008, der mit wertvollen Hinweisen versuchte, wieder ein wenig Harmonie ins Stadtbild zu bringen, ging im üblichen Kölner Filz irgendwann unter.

In Bensberg gilt Bölls Liebe allein dem Schloss. Es beherbergt eine wunderschöne Lobbybar, in die sich Böll nicht zum ersten Mal flüchtet. Der Fußboden aus schwarz-weißen Kacheln, die unglaublich bequemen Sessel in Kingsize-Größe und die erlesenen weißen Kaffeetassen verbreiten ein Flair, das Böll zu schätzen weiß. Dort angekommen, gönnt er sich einen doppelten Espresso und vertieft sich in die Mappe. Plötzlich wird er von einer Stimme, die ihm verdammt bekannt vorkommt, aus seiner Lektüre gerissen. Als er hochschaut, steht Frau von Eschborn gutgelaunt und energiegeladen vor ihm.

»Hallo, Oliver!«

»Was machen Sie denn hier, Anna?«, fragt er lahm, weil ihm nichts Besseres einfällt.

»Bridge. Meine Leidenschaft für Bridge führt mich ins Schloss. Seit vielen Jahren treffe ich mich mit meinen Damen einmal die Woche.«

»Nun, dann möchte ich Sie nicht weiter stören ...«, setzt Böll an. Doch auch von diesem Wink mit dem Zaunpfahl, ihn doch bitte in Ruhe arbeiten zu lassen, lässt sich Frau von Eschborn nicht abschrecken. Unaufgefordert setzt sie sich neben ihn in den Sessel.

»Oliver, es gibt da noch etwas Wichtiges, das Ihren Fall betrifft. Es ist mir heute Morgen eingefallen, als Sie schon fort waren«, fügt die resolute Dame in vertraulichem Tonfall an.

»Als da wäre?«, fragt Böll und zieht dabei die rechte Augenbraue hoch.

»Vor einem halben Jahr gab es einen Skandal, der mit dem verstorbenen Spanier zu tun hatte.«

Jetzt ist Böll ganz Ohr.

»Es gibt da eine extrem konservative katholische Gruppe in Marialinden. Denen war der Spanier ein Dorn im Auge. Genaugenommen waren es seine Predigten, die der Gruppe gegen den Strich gingen.«

»Was war denn an seinen Predigten so anstößig?«, fragt Böll, der jetzt alarmiert ist.

»Der Spanier sprach davon, dass die Hölle für Christen nicht so wichtig sei, wichtiger sei die Suche nach Gott. Das hat denen wohl nicht geschmeckt. Die Furcht vor der Hölle ist ja auch viel wirkungsvoller, um die

Menschen mit Angst in Schach zu halten. Sie haben seine Predigten heimlich aufgezeichnet und dem Kölner Kardinal zugespielt.«

»Und wie hat der reagiert?«, hakt Böll nach.

»Die Sache war noch nicht entschieden, als er starb. Man munkelte, dass ihm ein Predigtverbot drohen könne. Gomez musste wegen der Sache mehrmals beim Kardinal vorstellig werden.«

***

Nun ist Böll in seinem Element. Niemand, wirklich niemand, hat ihn auf diese Sache aufmerksam gemacht. Weder die Schwester des toten Pfarrers noch die Rosenkranzfrauen. *Dabei hat der Skandal in der Zeitung gestanden!* Um so schnell wie möglich einen Termin beim Erzbischof zu bekommen, lässt Böll seine Kontakte spielen. Axel, ein alter Freund seit Schultagen, vermittelt ihm den Kontakt zum Pressesprecher des Kardinals und so fügt es sich, dass Böll nur wenige Stunden nach dem Gespräch mit Frau von Eschborn im Vorzimmer des Kardinals sitzt und darauf wartet, dass sich die Tür öffnet. Er weiß, dass die Wartezeit in Vorzimmern bedeutsam ist: Es ist immer ein Signal, wie lange er warten muss. Zieht sich das Warten hin, kann es Ärger ausdrücken, überhaupt mit ihm, dem Kriminalkommissar, sprechen zu müssen. Wenn die Wartezeit die üblichen zwanzig Minuten überschreitet, kann das als Zeichen gewertet werden, den sozialen Unterschied zwischen ihm und demjenigen, den er zu befragen hat, deutlich zu machen. Wer warten lässt, kann es sich eben leisten. Jemanden warten zu lassen, kann aber auch als Waffe eingesetzt werden, beispielsweise um jemanden zu verunsichern. Allein in Köln gab es noch eine weitere Variante: Kölner sind einfach schrecklich unpünktlich. Anders als im Rest Deutschlands nimmt man es mit der Zeit nicht so genau. Anarchistische Verhaltensweisen, die bereits während der preußischen Besatzungszeit in Köln das Herrschaftsgetriebe ins Stottern brachten. Ein Viertelstündchen mehr oder weniger spielt in Köln keine Rolle. Der italienische Einfluss, der durch die Römer in die Stadt gekommen war, ist selbst im 21. Jahrhundert noch zu spüren.

Nach rund einer halben Stunde öffnet sich die Tür und Erzbischof Waldemar Kretschmar tritt ins Vorzimmer. Mit eiligen Schritten und einem jovialen Lächeln im Gesicht steuert der füllige Kirchenmann auf Böll zu. Herzlich umfasst er mit beiden Händen die Rechte des Kommissars und schüttelt diese kräftig zur Begrüßung.

»Herr Böll, entschuldigen Sie bitte, dass ich Sie warten ließ, aber das Telefonat konnte ich leider nicht unterbrechen. Wenn der Sekretär vom Papst anruft, legt man nicht einfach auf«, sagt der Kardinal in überaus höflichem Tonfall.

Sehr elegant, dieser Hinweis, denkt Böll. *Er lässt mich länger als üblich warten, macht es mit Charme wett und nutzt die Verspätung, um seine eigene Bedeutung durch das Telefonat mit dem Sekretär des Papstes herauszustellen. Chapeau!*

Doch Böll ist um eine Antwort nicht verlegen.

»Aber das macht doch nichts, Eure Eminenz. Wer würde nicht gern mit jemanden telefonieren, der dem neuen Papst so nahe ist?«

Böll will mit dieser Antwort die Reaktion des Kardinals testen. Schließlich ist bekannt, dass nicht alle vom neuen Papst Franziskus begeistert sind. Demut. Mitleid. Maßhalten. Das fordert der neue Papst von den Kirchenmännern. Einige der Kardinäle empfinden das als Zumutung. Konservative Kreise in der Kirche hatten sich zudem der Hoffnung hingegeben, dass mit Benedikt XVI. die Rückkehr zum Alten, Wahren hätte vollzogen werden können. Das Zweite Vatikanische Konzil unter Johannes XXIII. werten diese Kreise als einen der größten Fehler in der Geschichte der Kirche. Doch mit dem überraschenden Rückzug Joseph Ratzingers aus dem Amt des Papstes hatten sich diese Pläne zerschlagen – oder sie waren zumindest auf Eis gelegt.

Doch der Kölner Kardinal lässt sich nicht in die Karten schauen. Statt zu antworten, lächelt Kretschmar Böll herzlich an und bittet mit einer weit ausholenden Geste in sein Büro. Mit unüberhörbar kölschem Zungenschlag sagt er:
»Kommen Sie herein, Herr Kommissar.«
Böll nimmt das Manöver mit Respekt zur Kenntnis. *Statt Position zu beziehen, tut er so, als ob ich bloß eine höfliche Floskel ausgesprochen hätte, die es ihm erlaubt, nicht darauf zu antworten, und gibt sich ansonsten überaus freundlich.*
Böll schaut sich im Büro des Kardinals um. Der Raum ist groß, ein riesiger Sekretär beherrscht das Zimmer. An der Wand hängt ein Gobelin mit der Darstellung der heiligen Ursula und den 11.000 Jungfrauen, die in Köln wegen ihres Glaubens von den Hunnen hingerichtet wurden. So jedenfalls die Legende. Doch in Köln zweifelt man seit jeher an der Zahl der Jungfrauen. Wo sollten im lebensfrohen Köln so viele Jungfrauen herkommen? Zahlreiche Witze entzünden sich an diesem Thema – nicht nur im Karneval.
Die lederne Sitzecke, in der Böll Platz nehmen soll, erweist sich als nicht sehr bequem. *Auch eine Möglichkeit, Besuch rasch wieder loszuwerden,* denkt Böll. Der Kardinal, der zugleich auch Erzbischof von Köln ist, setzt sich ihm gegenüber und schlägt unter seiner schwarzen Soutane die Beine übereinander.

»Was kann ich für Sie tun?«, fragt er, während seine Sekretärin, die in ein undefinierbares Grau-Braun gekleidet ist, Kaffee und Wasser serviert. Böll ist immer wieder fasziniert, wie farblos sich die weiblichen Angestellten der katholischen Kirche kleiden, sich sozusagen unsichtbar machen können. Böll beobachtet den Serviervorgang und lässt sich Zeit, bevor er mit seinen Fragen beginnt.

Soll der Kardinal doch auch ein wenig auf meine Fragen warten. Schließlich räuspert sich Böll und sagt: »Ich weiß nicht, ob Ihr Pressesprecher, Herr Noethen, Sie über den Todesfall von Felipe Gomez in der Pfarrei Marialinden informiert hat?«

Böll gibt mit der Frage zu erkennen, dass seine Strippen bis in das Presseamt des Kardinals reichen.

»Nein, leider nicht«, antwortet dieser und wirkt ein wenig zerstreut.

Vielleicht, mutmaßt Böll, *will er auch nur zerstreut wirken, stellt Unwissenheit und Desinteresse zur Schau, um den Ball flach zu halten. Immerhin geht es um einen ungewöhnlichen Todesfall in seinem Bistum, der sich inzwischen bis nach Köln herumgesprochen hat. Die Boulevardpresse versäumte es nicht, mit Wonne auf das Thema einzusteigen Unwahrscheinlich, dass dies dem Kardinal nicht zu Ohren gekommen sein sollte!*

Da dieser jedoch die Frage verneint, hebt Böll zu einer Erklärung an:

»Felipe Gomez, der in Marialinden als Pfarrer diente, ist am vergangenen Sonntag während der Heiligen Messe verstorben.«
»Das tut mir außerordentlich leid, aber die Nachricht ist noch nicht bis ins Erzbistum vorgedrungen.«
Mit dieser Antwort zeigt der Erzbischof dem Kommissar seine Grenzen. Er, Böll, spielt im Regionalen, er selbst, Kardinal und Erzbischof von Köln, bewegt sich in bedeutsameren Sphären. Was dort ein Skandal ist, ist in einer Großstadt wie Köln höchstens etwas fürs Boulevardblatt.
»Seltsam«, kontert Böll. »Die Aktuelle hat davon groß berichtet.«
»Nun ja, die Boulevardpresse lese ich nicht.«
Böll glaubt ihm kein Wort. Schließlich weiß jeder, der ein wichtiges Amt bekleidet, dass die Berichterstattung der Boulevardpresse darüber entscheidet, was die Leute von einem halten, und nicht das, was in der Frankfurter Allgemeinen Zeitung steht.
»Aber der Name Felipe Gomez sagt Ihnen etwas?«
»Ehrlich gesagt: nein«, bedauert der Kardinal und rückt seine viereckige, großflächige Brille zurecht.
»Nun, Pfarrer Gomez hat mehrere Termine hier im Generalvikariat gehabt. Soweit ich weiß, drohte ihm ein Predigtverbot.«
»Ein Predigtverbot? Das glaube ich nicht«, gibt sich der Kardinal ahnungslos. »Ehrlich gesagt, kann ich mir das

kaum vorstellen. Das ist immer nur das letzte Mittel, wenn jemand massiv gegen die Lehren der katholischen Kirche verstößt. Warten Sie bitte einen Augenblick. Ich lasse die Personalakte holen.«
Bei den letzten Worten erhebt Kardinal Kretschmar sich von seinem Stuhl, öffnet die Tür und sagt zu seiner Sekretärin:
»Frau Weidemann, können Sie mir bitte die Akte …«, der Kardinal dreht sich zu Böll und fragt: »Wie war doch gleich der Name?«
»Felipe Gomez«, antwortet Böll, der den Kardinal bewundert, wie dieser seine Unwissenheit zelebriert und damit ein schauspielerisches Talent offenbart, das so manchen Schauspieler vor Neid erblassen ließe.
»Ja, richtig ... Frau Weidemann, bitte besorgen Sie mir die Personalakte von Felipe Gomez.«
Die Zeit, bis die Akte herbeigeschafft wird, nutzt Böll, um mit dem Kardinal über den Nachwuchsmangel der katholischen Kirche zu sprechen. Schließlich war Gomez genau aus diesem Grund nach Marialinden gekommen.
»Eure Eminenz«, beginnt Böll und gibt mit dieser erneuten Titelnennung seinem Gegenüber zu verstehen, dass er sich in der Kirchenhierarchie bestens auskennt.
»Was machen Sie jetzt mit der vakanten Stelle? Werden Sie wieder jemanden aus Spanien holen?«

»Schauen Sie, es ist noch viel zu früh, über einen Nachfolger nachzudenken. Bis ein neuer Pfarrer benannt wird, wird der Kaplan stellvertretend die Aufgaben übernehmen. Im Übrigen kann ich zwar einen neuen Pfarrer für die Gemeinde bestimmen. Die Gemeinde kann das, zumindest rein rechtlich, auch selbst tun, was aber faktisch so gut wie nie vorkommt.«
»Wie war es denn im Fall von Herrn Gomez? Hat die Gemeinde ihn selbst ausgesucht?«
Eine Fangfrage. Wenn er die beantworten kann, ist ihm der Fall bekannt. Doch der Kirchenmann zeigt sich ausgeschlafen und antwortet:
»Das kann ich Ihnen erst beantworten, wenn ich die Akte habe.«
»Warum holte die Kirche ein Spanier nach Marialinden? Ist der Nachwuchsmangel in der katholischen Kirche so akut, wie er in den Medien immer beschrieben wird?«, versucht Böll das Gespräch am Laufen zu halten.
»Es ist noch viel schlimmer, mein Lieber. Ich gebe Ihnen ein Beispiel. Früher gingen viele jungen Männer nach Afrika, um zu missionieren. Heute kommen afrikanische Priester, um in unseren Pfarreien auszuhelfen.«
Böll ist von dieser offenherzigen Antwort überrascht. *Oder ist diese Offenheit vielleicht Teil einer*

Inszenierung? Will der Kirchenfürst signalisieren, dass er nichts zu verbergen hat?

»Wäre es da nicht an der Zeit, das Zölibat abzuschaffen?«, provoziert Böll.

»Ich bin ganz offen zu Ihnen. Ich halte das Zölibat für eine höchst sinnvolle Sache. Jemand, der Familie hat, kann sich den kirchlichen Aufgaben nicht so widmen, wie jemand, der diese Verantwortung nicht trägt.«

»Wenn sich aber der Priestermangel weiter so dramatisch zuspitzt, wäre es vielleicht doch eine Idee. Meinen Sie nicht?«

»Nein. Es liegt weniger am Zölibat als am Zeitgeist. Es gilt heutzutage nicht mehr als ein Privileg, Priester sein zu dürfen. Diese Demut muss schon im Kindesalter vermittelt werden. Eine Erziehungsfrage.«

In dem Moment öffnet sich die Tür, die Sekretärin huscht ins Zimmer und überreicht dem Kardinal die Akte. Böll verstummt, weil er es für klüger hält zu schweigen, während der Erzbischof in der Akte blättert. Plötzlich tippt dieser mit dem Zeigefinger auf ein Papier.

»Hier steht es. Gomez wurde tatsächlich von der Gemeinde vorgeschlagen.«

»Und warum wurde Felipe Gomez mehrfach von Ihnen zum Gespräch einbestellt?«

»Richtig ja, Ihre Eingangsfrage. Nun, ich sehe, dass nicht ich, sondern mein Vorgänger das angeordnet hat. Ich kann Ihnen also nicht viel dazu sagen.«

»Es wird doch sicher einen Aktenvermerk geben. Worum ging es denn in den Gesprächen?«, bohrt Kommissar Böll unbeirrt weiter.

»Lassen Sie mich nachschauen...« Der Kardinal blättert in den Unterlagen und findet schließlich das Protokoll. »Nun, es ging offenbar darum, dass Herr Gomez beim Abendmahl die Liturgie nicht korrekt eingehalten hat.«

»Die Liturgie?« Böll ist verblüfft. *Wegen so etwas war Gomez zum Erzbischof zitiert worden?*

»Ja, die Liturgie ist bei uns Katholiken bedeutsam. Die Wandlung beim Abendmahl ist wichtig. Sehr wichtig sogar. Schließlich glauben wir, dass die Hostie bei der Wandlung zum Leib Christi wird. Bei den Protestanten ist das anders. Sie erinnern nur an das Abendmahl, wenn sie gemeinsam den Wein trinken. Sie sehen: Liturgische Fragen sind keine Nebensächlichkeit.«

»Welche Konsequenzen hat das für Gomez gehabt?«

»Nun, es war offenbar noch keine endgültige Entscheidung gefallen. Aber am Ende hätte ein Verbot stehen können, die Messe lesen zu dürfen.«

***

Thomas betrachtet sich stolz im Spiegel. Durch das Boxen hat er an Muskeln zugelegt. Sein Gesicht sieht jetzt markant und männlich aus. Das ist ihm sehr wichtig, noch wenige Monate zuvor hat sein Gesicht so etwas Weiches, Kindliches gehabt. Das ist zum Glück weg. An seinem Aussehen hat er in den vergangenen Monaten hart gearbeitet. Jeden Tag hat er trainiert. Wie besessen. Er hat sich einen vier Millimeter kurzen Bürstenhaarschnitt schneiden lassen, dann hat er sich selbst, einer plötzlichen Eingebung folgend, eine Glatze rasiert. Er trägt jetzt dunkle Klamotten. Schwarze Jeans, schwarzes Hemd, schwarze Springerstiefel. Seine Mutter, bei der er immer noch wohnt, hat sich darüber lustig gemacht.

Aber was weiß die Schlampe schon! Macht mit den Männern rum, seit sein Vater das Weite gesucht hat, raucht, ist fett geworden. Hat die Putzstelle aufgegeben, lebt von Hartz IV. Gut, ich lebe auch von Sozialhilfe, aber ich habe wenigstens eine Vision für die Zukunft! Eine Zukunft, in der Deutschland wieder zu alter Größe aufsteigen wird! Menschen mit dunkler Haut, Menschen, die in Moscheen beten, kein Schweinefleisch essen und deren Frauen Kopftücher tragen, haben hier nichts zu suchen. Punkt. Aus. Schluss. Da gibt es nichts zu diskutieren!

Wenn die erst wieder zurück in ihrer Heimat sind, sie an der Kasse bei Lidl nicht mehr vor ihm stehen, dann,

davon ist Thomas überzeugt, wird auch er endlich eine gute Ausbildungsstelle finden. Als Automechaniker. So lange heißt es warten, auf der Hut sein und die richtigen Zeichen setzen. *Man muss es denen, die bleiben wollen, ungemütlich machen. Hinterher werden uns alle dankbar sein! Selbstverständlich heimlich. Nach außen tun die feinen Pinkel immer so, als ob ihnen die Flüchtlinge leid täten. In Wahrheit aber sind sie froh, dass einer wie ich das in die Hand nimmt. Verlogenes Pack! Da sind ich und meine Freunde anders. Offen, geradeheraus, sagen wir, was wir denken, auch wenn es der Karriere schadet.*
Gut, die meisten seiner Freunde haben gar keine Karriere, nicht mal einen Job. Nur manchmal Gelegenheitsjobs, bei denen es das Geld auf die blanke Kralle gibt. Jobs, bei denen immer mehr Flüchtlinge auftauchen, die bereit sind, für drei Euro schwarz zu malochen. *So eine Scheiße! Die machen nur die Preise kaputt!*
Zuletzt musste er in einem Lager mit so einem Typen arbeiten. Der konnte mit seinen dünnen Ärmchen die Kisten kaum schleppen. Hat mal gerade zehn Kisten in einer Stunde geschafft. Er dagegen das Doppelte.
Der Typ kriegt trotzdem genauso viel Geld wie ich! Das ist doch total ungerecht! Und dann dieses Gelaber in den Pausen! Hat erzählt, in Syrien als Intellektueller gearbeitet zu haben.

Thomas hat im Internet nachgeschaut. Intellektueller ist gar kein Beruf. *Will der Typ mich für dumm verkaufen?* Was ein Intellektueller genau macht, weiß er nicht. Ist ihm auch egal. Und dann diese Jammergeschichten, wie schlimm der Krieg gewesen sei, wie gefährlich die Flucht!
Will der mein Mitleid? Da kann ich ja nur lachen! Glaubt Ahmad oder Ahmed oder wie auch immer er heißt, dass mein Leben in Deutschland bisher ein Zuckerschlecken gewesen ist? Und überhaupt: Wieso läuft der Typ weg und kämpft nicht mit der Waffe in der Hand für sein Land, wie ein richtiger Mann? Nein, Thomas spürt kein Mitleid. Menschen wie Ahmed verstopfen Wohnungen, klauen Jobs, drücken die Preise für die Arbeit und gaffen den deutschen Frauen hinterher. Er hat genau beobachtet, wie der dunkle Typ mit den dünnen Ärmchen und der dicken Brille der blonden Filialleiterin hinterher gestiert hat. *Nein, die Typen müssen weg. Raus hier!*
Wenn er diese Wut in sich spürt, auf jeden und alles, trifft er sich mit den anderen im 'Kuckuck'. Sie reden dann nicht viel, trinken Bier und drehen die Musik von ‚Böhse Onkelz' auf volle Lautstärke. Das Mitgrölen tut richtig gut. Am liebsten mag er den Song ‚Bullenschwein'.
Heute Abend wollen sie sich wieder treffen. Uwe, sein bester Freund, hat das über WhatsApp angekündigt.

Die Nachricht war mit drei Smileys versehen. Er weiß, was das bedeutet: Es wird bald wieder eine Aktion geben! Der Abend dient zur Vorbereitung. Es kribbelt ihm bereits in den Fingern. Sollen die anderen die Hände in den Schoß legen. Er und seine Freunde wissen, was zu tun ist!

***

Böll kennt Axel Wagner seit frühester Jugend. In der Schulzeit sind sie unzertrennlich gewesen, auch heute noch sind sie enge Freunde. Böll hat miterlebt, mit welchem Elan Axel den Beruf des Journalisten ausgeübt hat. Durch ihn hat er erfahren, wie der Beruf regelrecht den Bach runtergegangen war. Den großen Verlagen, hatte Axel bei einem ihrer Kneipenbesuche geklagt, gehe es nur noch darum, Kohle zu machen. Nicht allein das Internet habe die Zeitungen gekillt, sondern die Gier! So würden Stellen gekürzt, ehemals fest angestellte Redakteure outgesourcet und die müssten nun für einen Hungerlohn arbeiten. In einem Textpool würden alle Texte der Journalisten eingestellt. Seitdem bedienten sich alle Zeitungen, die zum Verlag gehören, aus dem gleichen Pool.
»Kein Wunder, dass die Leute kaum mehr Zeitungen kaufen. Steht ja überall das Gleiche drin!«, hatte Böll seinem Freund damals beigepflichtet.

Am Ende, so hatte Axel damals berichtet, saßen nur noch drei Journalisten in der Redaktion, in der einst zwanzig ihren Dienst versehen hatten. Axel hatte es auch getroffen. Seitdem flatterten in die unterbesetzte Redaktion vom Kölner Stadtblick Pressetexte von Unternehmen und Verbänden, die unhinterfragt ins Blatt gehoben wurden, weil keine Zeit für Recherche bliebe. Sein Freund hatte die einsetzende Hofberichterstattung bissig kommentiert: »Jetzt können die da oben tun und lassen, was sie wollen. Sie können ungestört ‚klüngeln'.«

Doch Axel gibt nicht auf. Er ist ein Dinosaurier und hält daran fest, weiterhin gut recherchierte Geschichten zu schreiben. Aber er erlebt immer öfter, dass von den Redaktionen abgewinkt wird. Das wolle doch keiner lesen, heißt es dann. Verkaufen kann Axel an die Redaktion fast nur noch die »Blümchengeschichten«, wie er sie nennt: bunte, völlig harmlose Artikel über das Kölner Leben. In den Artikeln müssen nur sehr oft die Wörter »Köln«, »Kölsch« oder »FC Köln« vorkommen. Auf die Informationen, die er im Kölner Stadtblick erfährt, vertraut Böll daher schon lange nicht mehr. Es ist eben nie gut, wenn ein Blatt in einer Stadt ein Monopol hat. So kommt es, dass er bei wichtigen Kriminalfällen immer wieder seinen alten Freund kontaktiert, wenn er tragfähige Informationen über Personen oder Geschehnisse benötigt – so auch heute.

Als Böll an der Tür in der Körnerstraße in Ehrenfeld klingelt, hört er sofort das brummende Geräusch, das ihm signalisiert, dass sich die Tür öffnen lässt. Offenbar hat Axel ihn erwartet. Als Böll die 60 Stufen bis zur Dachwohnung hochgestiegen ist, freut sich sein Freund sichtlich, ihn wiederzusehen.
»Komm herein in die gute Stube.«
Das ist pure Ironie, weiß Böll, denn die einst gemütliche Wohnung in der Körnerstraße in Ehrenfeld ist im Winter schon lange nicht mehr gut geheizt. Axel beschränkt sich darauf, Küche und Arbeitszimmer zu wärmen. Er muss sparen.
»Was kann ich dir anbieten? Eine Tasse Muckefuck?«
Böll nimmt dankend an: Gemeinsam Malzkaffee mit Milch zu trinken, erinnert beide an Schulzeiten. Als sie mit dampfenden Tassen am Küchentisch sitzen, gucken sie sich an und müssen lachen. Wie Pennäler.
»Was führt dich zu mir?«
»Kardinal Kretschmar.«
»Ach, der Kretschmar«, sinniert Axel und nickt mit dem Kopf.
»Genau der. Die Lobeshymnen aus dem Kölner Stadtblick kenne ich. Was mich interessiert: Wie ist er wirklich?«
»Ne kölsche Jung. Kommt ursprünglich aus dem Severinsviertel. Kennt die Kölner wirklich. Gibt sich volksnah, also ganz anders als der vorherige Kardinal.«

»Ist er so weltoffen, nett und liberal, wie die Presse zu seiner Amtseinführung geschrieben hat?«

»Wenn du mich so direkt fragst: nein. Ein Wolf im Schafspelz.«

»Aha. Das passt auch eher zu dem raffinierten Schlagabtausch, den ich vor einer halben Stunde im erzbischöflichen Haus erleben durfte.«

»Du warst bei ihm? Warum?«, fragt Axel verwundert.

»Ein neuer Fall. In Marialinden ist ein Pfarrer während der Messe tot zusammengebrochen.«

»Ich habe davon gelesen. Du ermittelst in dem Fall?«

»Ja, erst sah alles nach einem plötzlichen Herztod aus. Doch dann tauchte ein Brief des Pfarrers auf, in dem er davon berichtet, dass er Drohbriefe erhalten habe. Darin steht, dass er einen tödlichen Unfall erleiden würde, wenn er nicht verschwinde.«

»Und was hat der Kardinal damit zu tun?«

»Nun, einige Kirchgänger haben heimlich die Predigten des verstorbenen Pfarrers mitgeschnitten und haben diese dem Vorgänger von Kretschmer zugespielt ...«

»Die haben bei Kardinal Schwednitz gepetzt?«, fragt Axel.

»Ja, Felipe Gomez wurde einbestellt. Der Kardinal drohte ihm damit, in Zukunft die Messe nicht mehr lesen zu dürfen. Angeblich liturgische Fehler bei der Wandlung.«

»Und was ist auf dem Mitschnitt zu hören?«

Böll muss grinsen. Sein Freund stellt immer noch die richtigen Fragen, hat immer noch Biss.

»Er predigte, dass Christen keine Angst vor der Hölle haben müssen. Wichtiger sei die Suche nach Gott. Das ist wohl einigen sauer aufgestoßen. Und nicht nur in Marialinden. Kardinal Schwednitz sah die Sache wohl ähnlich.«

»Das überrascht mich nicht. Wie der war, wissen wir alle. Der bewegte sich im Dunstkreis von Opus Magnum, einer religiösen Sekte. Religiöse Fanatiker, wenn du mich fragst.«

»Was ist mit dem neuen Kardinal? Wie tickt der? Bewegt der sich in den gleichen Kreisen wie sein Vorgänger?«

»Gute Frage. Ich bin mir nicht ganz sicher, aber ich vermute, dass er das tut. Interessanterweise hat er in seiner Öffentlichkeitsarbeit eine Wendung um 180 Grad vollzogen, zumindest seit Papst Franziskus am Ruder ist. Einem ehemaligen Kollegen ist es gelungen, ihm ein neues, liberales Image zu verpassen. Zum Dank leitet er jetzt die Pressestelle des Erzbistums.«

»Dessen Ergüsse über den neuen Kardinal kenne ich aus der Zeitung. Der reinste Schmus!«, empört sich Böll.

»Tja, weißt du, Oliver. Ich bin immer wieder erstaunt über das schwache Erinnerungsvermögen vieler Menschen. Vor allem der Kölner. Vor seiner Berufung zum Kardinal hat sich Kretschmar über die Wahl von Franziskus zum Papst sehr enttäuscht geäußert. Jetzt aber scheint es ihm opportun zu sein, in seinem Fahrwasser mitzuschwimmen.«

»Ein Lippenbekenntnis?«, hakt Böll nach.

Jetzt muss Axel grinsen. Sein Freund hört immer die richtigen Zwischentöne heraus.

»Ja, ich vermute, dass das ein groß angelegtes Ablenkungsmanöver ist. Man passt sich der neuen Situation geschickt an. Taucht sozusagen unter, indem man nicht kundtut, was man wirklich denkt, schützt damit seine Kreise, agiert aber weiter im Hintergrund, betreibt möglicherweise den Fall von Franziskus. Vielleicht warten sie auch nur auf den baldigen Tod des neuen Papstes. Der Mann ist immerhin schon über achtzig.«

»Wie hat der vorherige Kardinal auf die Denunziation reagiert?«, will Böll von seinem Schulfreund wissen.

»Der frühere Kardinal Schwednitz ist solchen Hinweisen gern nachgegangen. Meistens war das mit verheerenden Folgen für die Betroffenen verbunden.«

***

Axel und er haben sich verquatscht. Es ist bereits halb sieben und um sieben Uhr beginnt die Vernissage in der Galerie seiner Frau. Doch vorher will sich Böll umziehen. Schließlich wird sich in der Galerie heute Abend die 'Hot Volee' von Köln ein Stelldichein geben, auch wenn es bei solchen Anlässen in Köln weitaus weniger fein zugeht als in Düsseldorf, der Stadt, mit der die Kölner eine intime Feindschaft pflegen.
Doch er hat Angst, die Altbauwohnung in Ehrenfeld, in der er seit acht Jahren mit seiner Familie wohnt, anzusteuern, obwohl sie nur wenige Meter von der Körnerstraße entfernt ist. Denn er weiß: Jede Minute zählt. Um sieben Uhr abends sind die großen Ausfahrtstraßen, die Innere Kanalstraße und die Aachener Straße, dicht. Dort aber befindet sich die Galerie seiner Frau.
Böll trifft eine Entscheidung: Wenn er pünktlich sein will, muss er auf das Umziehen verzichten. Er muss sofort zur Galerie eilen, wenn er die Eröffnungsworte noch mitbekommen will! Der Kommissar tritt aufs Gaspedal und erreicht in sensationellen zwanzig Minuten die Galerie. Das Schicksal scheint ihm heute geneigt zu sein, denn er findet sofort einen Parkplatz in der Tiefgarage am Rudolfplatz. Er weiß, dass seine Frau von seiner Cordhose samt Holzfällerhemd nicht begeistert sein wird, aber immerhin ist er pünktlich!

Als Böll die Tür der Galerie öffnet, rammt er dabei fast die beiden Männer, die das Catering anliefern. Das Buffet kommt, wie immer, vom Szenelokal 'Metzgerei & Salon Schmitz', das direkt gegenüber der Galerie liegt und im Design an eine Metzgerei aus den 50er-Jahren erinnert. Die Lieferanten kennen Böll und nicken ihm zu, während sie die Platten mit Mettbrötchen und 'Schwatzbrut mit Flönz' durch die schmale Eingangstür balancieren.
Seine Frau flattert aufgeregt zwischen Volker Paffenholz, dem ausstellenden Künstler, und dem Fotografen des Boulevardblattes ‚Prominent'– den alle in Köln nur ‚Tünn' nennen – hin und her. Julia hat ihren Mann noch nicht bemerkt und so schleicht sich Böll von hinten an seine Frau heran, um sie mit einem Kuss in den Nacken zu überraschen. Genau in dem Moment, als seine Frau vor Schreck überrascht aufschreit, schießt der Kölner Paparazzo ein Foto. Ein schönes Foto, das morgen sicherlich die Rubrik Klatsch & Tratsch zieren wird. Seine Frau freut sich über die kostenlose Publicity. Doch dann dreht sie sich um und starrt ihren Mann überrascht an.
»Wie siehst du denn aus?!«
»Wie meinst du das?«, spielt Böll den Ahnungslosen.
»Na, diese Attrappe als Junge vom Land in Cordhose und Holzfällerhemd.«

»Reine Not, mein Schatz. Wenn es schneit, ist es im Bergischen ein paar Takte kälter als hier in Köln. Frau von Eschborn hat mir die Klamotten ihres verstorbenen Mannes ausgeliehen. Wie du weißt, habe ich noch keine Gelegenheit gehabt, zu Hause ein paar Hosen und Pullover mitzunehmen.«

»Du hast noch nicht mal Zeit gehabt, dich vor der Vernissage umzuziehen?«, fragt seine Frau mit deutlicher Missbilligung in der Stimme.

»Nein, ich war beim Kölner Kardinal und anschließend bei Axel, um Inform...«

»Ach, du warst bei Axel! Na, dann weiß ich, warum dir die Zeit gefehlt hat, dich umzuziehen. Ihr habt bestimmt wieder kein Ende gefunden«, unterbricht ihn seine Frau.

»Nun, es war ein informatives Gespräch ...«

»Na, klar«, beendet seine Frau den Disput und wendet sich den ersten Gästen zu. Es ist das Ehepaar Reuters, die als Mäzene in der Kölner Kunstszene viel Einfluss haben. Böll kann die beiden nicht ausstehen. Bussi hier und Bussi da. Mehr Geld als Kunstverstand. Doch die Künstler buhlen um die Reuters. Wer von ihnen gefördert wird, hat in Köln leichtes Spiel, gilt als etabliert. Einige unangenehme Abende hat Böll mit seiner Frau schon mit den Reuters in ihrer Villa verbringen müssen. Statt eines anständigen Abendessens gab es Erdnüsse und sauren Sekt, der außer Sodbrennen noch nicht einmal einen angenehmen Schwips verursachte. Mit Julia macht er sich regelmäßig über die beiden 'Kniesbüggel' lustig. Aber Geld und Geiz gehen oft Hand in Hand. Das Scheckheft wird nur gezückt, wenn die Presse dabei ist. Hinter vorgehaltener Hand lästern die Kölner über die Reuters, auch wenn es heute Abend keiner versäumen wird, ihnen die Hand zu schütteln.

Böll sieht, dass Walter Reuter auf ihn zusteuert. Als er die Gefahr erkennt, knipst er sofort sein freundliches Vernissage-Gesicht an. Als der Mann schließlich neben ihm steht, klopft ihm der Mäzen auf die Schulter.

»Mein Lieber, ich habe gehört, dass du versetzt worden bist. Das muss ja ganz schrecklich sein, so fern von deinem geliebten Köln«, heuchelt der Mann mit Stirnglatze Anteilnahme.

»Im Bergischen Land lebt es sich sehr angenehm«, sagt Böll mit Trotz in der Stimme, wohl wissend, dass niemand ihm in Köln Glauben schenken wird, weil ein Kölner sich nicht vorstellen kann, dass man dieser lebensfrohen Stadt freiwillig den Rücken kehrt.

»Selbstverständlich, mein Guter, selbstverständlich«, bemerkt Walter Reuters gönnerhaft und fügt mit Blick auf seine Kleidung süffisant hinzu:

»Na ja, wenn man in der Nachbarschaft von Kühen und Schafen lebt, ist robuste Kleidung bestimmt wichtig. Aber die Landschaft ist toll. Meine Frau und ich waren

im Sommer dort wandern.« Das Kompliment, arrogant vorgetragen, unterstreicht nur seine herablassende Haltung. Bölls Frau hat das Geplänkel mitbekommen und steht mit säuerlicher Miene daneben. Die Überheblichkeit der Reuters geht ihr schon lange auf die Nerven! Auch der Fotograf hat den kleinen Schlagabtausch mitbekommen. Doch ehe Böll dagegenhalten kann, setzt Susanne Mitscherlich, eine bekannte Kölner Bildhauerin, zur Laudatio auf den Künstler Volker Pfaffenholz an, dem heute die Vernissage gewidmet ist. Böll lässt die Rede an sich vorbeirauschen und greift mehrfach in den Kölschkranz, den der Köbes immer wieder mit frischem Kölsch aus dem Fass auffüllt und zwischen den durstigen Gästen herumreicht. Zügig lässt Böll das obergärige Bier die Kehle hinunterrinnen. Mit einem weiteren Kölsch in der Hand schlendert Böll an den Porträts von Volker Paffenholz vorbei, die ihm gut gefallen. Endlich mal keine abstrakten Ergüsse, sondern Bilder, auf denen tatsächlich etwas zu erkennen ist! Dem Künstler ist es gelungen, die Gesichter höchst lebendig zu gestalten und zugleich seine eigene Perspektive einzubringen. Während Böll die Bilder eingehend betrachtet, steht plötzlich wie aus dem Nichts der Maler neben ihm und klopft ihm kameradschaftlich auf den Rücken.
»Na, bist du reumütig nach Köln zurückgekehrt?«

»Nein. Wieso? Ich habe doch erst vor wenigen Monaten im Bergischen Land meinen Job angefangen! Es gefällt mir übrigens gut dort«, antwortet Böll und ergänzt energisch: »Wirklich!« Als Antwort erntet er einen mitleidvollen Blick und einen abrupten Themenwechsel.

»Übrigens toller Look. Ziemlich cool. Hätte ich nicht gedacht, dass du dich trauen würdest, dein Styling so radikal zu ändern! Auf mich hast du früher immer wie dieser Brunetti, dieser Fernseh-Kommissar in Venedig, gewirkt. Anzug und Schlips. Immer so ein bisschen 'etepetete'.«

Als Antwort rollt Böll mit den Augen und antwortet ergeben:

»Ja, danke. Manchmal muss man sich einfach neu erfinden.«

***

Immer wenn er die Marienstatue anschaut, jagt ein Schauer durch seinen Körper. Wunder soll sie vollbracht haben. Das zieht alljährlich viele Pilger nach Marialinden. Während der Festoktav Anfang Juli wird sie in einer Prozession feierlich durch den Ort getragen. Andächtig betrachtet er die heilige Muttergottes. *Wie schön sie ist! Wie gütig! Wie mütterlich!* Sie erinnert in an seine Mutter, die er vergöttert hat. *Was für eine schöne Aufgabe es doch ist, ein Kind zu gebären! Leben zu schenken! So wie Maria, die Mutter Jesu es getan hat. Sie hat den Sohn Gottes angenommen, obwohl sie nicht verheiratet war. Und das zu jener Zeit, als es verpönt war, unehelich ein Kind zu bekommen! Welcher Mut in dieser Frau gesteckt haben muss! Maria hat erkannt, dass es die vornehmste Aufgabe der Frau ist, Leben zu schenken. Ruhm, Macht, Ehre. Wie falsch es doch ist, das als Frau anzustreben!*

Doch er fühlt auch Mitleid mit den jungen Frauen. Wie schwer es doch für eine junge Frau heutzutage ist, diesen einen richtigen Weg zu finden! Das Geschrei der Medien verwirrt den Geist der jungen Mädchen, lenkt sie vom Eigentlichen ab. Er ist überzeugt: Es ist der Teufel selbst, der durch die Medien spricht! Und wie immer zeigt der Teufel nicht sein Antlitz, ist listenreich wie die Schlange, kommt als Verführung daher. *Freiheit! Das Recht auf Selbstbestimmung! Gleichstellung mit dem Mann! Doch all dieses dumme Zeug dient nur dazu, die Frauen von ihrem vorherbestimmten Weg abzubringen. Der Teufel will die Ordnung Gottes zerstören! Nichts anderes ist sein Ziel.*

Der Küster bückt sich und hebt einen kleinen Tannenzweig auf, der dort hingefallen ist, als sie die Kirche für den Advent geschmückt haben.

Wir müssen aufmerksam sein, sehr aufmerksam sein! Die Gefahr da draußen ist das Eine, etwas anderes gilt, wenn die Gefahr von innen kommt und das falsche Wort mitten in der Kirche verkündet wird. Der Teufel ist flexibel! Er kann jede Gestalt annehmen, er kann sogar in den Körper eines Gottesmannes schlüpfen, wenn dessen Geist nicht gewappnet ist.

Deswegen unterstützt er aus tiefer Überzeugung einen Gebetskreis von Müttern, die ihre Söhne zu Männern Gottes erziehen wollen.

Junge Männer, die stark genug sein werden, um den Kampf mit dem Teufel zu gewinnen! Herz, Geist und Körper dieser Männer müssen auf diese schwierige Aufgabe vorbereitet werden, damit sie nach ihrer Weihe zu heiligen Männern werden, die die Sakramente spenden und sich nicht in einer falsch verstandenen Seelsorge verzetteln. So wie der neue Papst in Rom.

Mit großer Konzentration zündet der 60jährige die Kerzen für die Morgenandacht an.

Rituale sind so wichtig! Nur Dummköpfe glauben, dass sie ohne Sinn sind! Tatsächlich sind Rituale wie ein Kompass. Sie zeigen dem einfältigen Geist der Menschen, wo der richtige Weg ist. Rituale geben Sicherheit und Orientierung in einer Welt voller Ungewissheit. So ist der Advent die Zeit der Ruhe und der Einkehr. Was aber tun die Menschen da draußen? Sie rennen wie die Verrückten in die Geschäfte. Kaufen und kaufen! Denken, dass das Weihnachtsfest eine riesige Party ist! Der Küster bekreuzigt sich und beendet damit seinen Rundgang durch die Kirche.

***

Nach der Nacht im eigenen Heim findet sich Böll allein am Frühstückstisch wieder. Seine Frau ist auf dem Weg zum Arzt und seine Tochter schafft es nicht, vor neun aus den Federn zu kriechen. Gern hätte Böll mit ihr über den Vorfall vor der Konditorei gesprochen. Diese ungeklärte Situation steht zwischen ihnen. Auch sein Sohn teilt das Frühstück nicht mit ihm. Auf den letzten Drücker stürmt er in die Küche, trinkt hastig einen Schluck Milchkaffee, bevor er die Tür ins Schloss fallen lässt. Irgendwie hat sich Böll das Wiedersehen mit seiner Familie etwas anders vorgestellt.
Aber was soll's, immerhin hat er frische Klamotten in seinem Koffer!
Er schließt sorgfältig die Tür der Altbauwohnung ab, die in einem Jugendstilhaus in der Rothehausstraße im Kölner Stadtteil Ehrenfeld liegt.
Überraschenderweise hält sich der Stau auf der Autobahn heute in Grenzen. Bereits nach 40 Minuten hat er Marialinden erreicht. Er stellt den roten Land Rover auf einem der wenigen Parkplätze ab, die sich neben dem Dom befinden. Der Schnee ist durch die

Kälte der Nacht verharscht und knirscht unter seinen Sohlen. Nun sehen auch die Linden, die im kleinen Park neben dem Dom stehen, so aus, als ob sie frieren würden.

Als Böll die Kirchentür öffnet, vernimmt er eine Musik, die ihn bis ins Mark trifft. Eine wunderschöne, glasklare Stimme umfängt ihn! Er hört das Ave Maria, wie er es noch nie gehört hat! Wie elektrisiert bleibt er am Eingang stehen, schließt die Augen und hört nur noch diese absolut reine, engelsgleiche Stimme.

Böll kommt erst wieder zu sich, als der Gesang verstummt. Noch ganz benommen von der Musik erinnert er sich vage, dass er nach Marialinden gefahren ist, um mit dem Chorleiter zu sprechen.

Er weiß inzwischen, dass Peter Orth im Pfarrgemeinderat sitzt. Wer da drin ist, kennt die Stimmung in der Gemeinde. Böll ist fest entschlossen, die Mauer des Schweigens zu durchbrechen. Er fasst sich mit Zeigefinger und Daumen an die Nasenwurzel, eine Geste, die er macht, wenn er sich besonders konzentrieren muss.

Was ist hier in Marialinden wirklich los? Die Frauen, die den Rosenkranz für den toten Pfarrer gebetet haben, haben mich nach Strich und Faden belogen! Wer wird mir die wahre Geschichte erzählen? Wer hat die Aufnahmen zum Kardinal geschickt?

Peter Orth, der die Sängerin mit der Orgel begleitet hat, kommt bedächtig die Treppe herunter, die vom Kircheneingang zur Empore führt. Ihm folgt ein junges Mädchen, dem die engelsgleiche Stimme gehören muss. Klein, mager, mit blondem Haar und durchsichtiger Haut.
Böll geht auf die beiden zu.
»Mein Name ist Böll. Ich ermittle im Todesfall des Pfarrers. Kann ich Sie kurz sprechen?«, fragt er in strengem Tonfall.
»Selbstverständlich«, antwortet der Gesangslehrer kurz angebunden, fast so, als hätte er ihn, den Kriminalkommissar, erwartet.
Das blond-blasse Gesangswunder bleibt neben dem großgewachsenen Mann mit dem kinnlangen weißen Haar stehen. Schüchtern, Schutz suchend. Böll kann sich gar nicht vorstellen, dass eine so unauffällige Person das Ave Maria derart göttergleich singen kann!
Einem plötzlichen Einfall nachgebend, wendet sich Böll zuerst der jungen Dame zu.
»Sie haben wunderschön gesungen. Ich bin noch ganz berührt von Ihrem Ave Maria. So habe ich es noch nie gehört!«, sagt er.
Das Mädchen errötet leicht und antwortet mit einem Lächeln, das dem unscheinbaren Gesicht Zauber verleiht.
»Vielen Dank. Aber ich muss noch viel üben.«

Bei den letzten Worten senkt das Mädchen die wasserblauen Augen.
»Darf ich Ihren Namen erfahren?«
»Angela Sandowski«, sagt das zarte Geschöpf und schaut unterwürfig zu ihrem Musiklehrer.
»Angela, waren Sie am vergangenen Sonntag bei der Heiligen Messe?«
Sie nickt mit dem Kopf und haucht ein »Ja.«
»Ist Ihnen etwas aufgefallen? Gab es in dieser Messe irgendetwas Ungewöhnliches?«
Das Mädchen schüttelt den Kopf.
»Bitte versuchen Sie sich zu erinnern!«, insistiert Böll.
Doch das Mädchen verneint erneut und schaut Böll ängstlich an.
»Können Sie mir sagen, wo Sie gesessen haben, als der Pfarrer zusammenbrach?«
»Ich ... ich hatte einen Platz ganz vorne ... Ich kniete und betete ... doch dann ...«
Ärgerlich fährt der Chorleiter dazwischen.
»Niemand hat irgendetwas Merkwürdiges bemerkt. Wie auch? Wir haben die Heilige Messe zusammen gefeiert. Ich habe an dem Sonntag die Orgel gespielt. Es gab wirklich nichts Außergewöhnliches, bis Pfarrer Gomez tot zusammenbrach.«
»Aha ...«, sagt Böll und reibt mit seiner Hand über sein Kinn. Er lässt sich von der Aggression des Chorleiters nicht beeindrucken. Das Katz-und-Maus-Spiel ist

eröffnet. Immerhin ist es Böll gelungen, den Chorleiter aus der Reserve zu locken, indem er zuerst das Mädchen befragt hat. Das ermutigt ihn, mit der Überraschungsstrategie fortzufahren.
»Sagen Sie, Herr Orth, wer könnte die Drohbriefe geschrieben haben?«
Böll sieht, wie der Organist die Augenbrauen hochzieht, was seinem Gesicht einen überraschten Ausdruck verleiht.
»Welche Drohbriefe?«, fragt der Mann mit den weißen Haaren, die wie eine Löwenmähne seinen Kopf umrahmen.
»Ach, ich dachte, das wäre in der Gemeinde bekannt gewesen? Pfarrer Gomez wurde bedroht.«
»Bedroht?«, gibt sich der Musiker spröde.
Böll kann nicht erkennen, ob er blufft.
»Ja«, antwortet Böll ebenso spröde. Das Mädchen scheint die Anspannung zwischen den Männern zu spüren, ihre Augen eilen zwischen den beiden ängstlich hin und her.
Böll lässt die Pause wirken. Es ist immer gut, wenn der Befragte nervös wird.
»Nun, Sie müssen mir schon ein bisschen mehr Informationen geben, sonst kann ich Ihnen nicht weiterhelfen«, unterbricht Orth die Stille mit aggressivem Unterton.

»In den Drohbriefen stand, dass Gomez zurück nach Spanien gehen solle. Wenn er diesem Rat nicht folge, werde er einem Unfalltod zum Opfer fallen. Wer schreibt solche Briefe?«
Während er die Worte betont langsam ausspricht, beobachtet Kommissar Böll sein Gegenüber mit zusammengekniffenen Augen. Doch Orths Gesicht gibt nichts preis.
»Offenbar ein Verrückter«, kommentiert der Chorleiter.
»Wieso verrückt?«
»Ein normaler Mensch wird so etwas wohl kaum tun!«
Böll riecht es regelrecht, wenn jemand lügt oder Informationen zurückhält. Der Mann, da ist sich Böll sicher, will nur so viel preisgeben, wie unbedingt notwendig ist. Ohne Provokation geht es also nicht.
»Haben Sie damals eigentlich für Gomez gestimmt, als der Gemeinderat beschloss, mit dem Spanier die vakante Pfarrerstelle zu besetzen?«
»Ich … nun, ich ... nein«, stottert Orth wenig souverän. Er scheint überrascht zu sein, dass Böll so gut informiert ist.
»Warum haben Sie ihn nicht gewählt?«, setzt Böll unerbittlich nach.
»Weil ... weil ich der Auffassung war, dass ein Pfarrer, der die Region gut kennt, jemandem vorzuziehen wäre, der die Menschen hier nicht kennt«, erklärt Orth zögerlich.

»Mochten Sie Gomez?« Noch ein Überraschungscoup.
»Ob ich ihn mochte? Warum möchten Sie das wissen?«, empört sich Orth.
»Einfach, um mir ein Bild zu machen.«
»Nun, wenn es Sie beruhigt. ... Ja, ich mochte ihn, obwohl ich ihn nicht gewählt habe ... Gomez war ein umgänglicher Mensch.«
»Wer hat die Predigt von Gomez heimlich aufgenommen und zum Kardinal geschickt?«
»Zum Kardinal? «
»Ich bitte Sie. Das stand in der Zeitung.«
»Warum fragen Sie mich das? Woher soll ich das wissen? Ich habe davon auch erst aus der Zeitung erfahren!«, echauffiert sich der Organist.
Doch Böll hat das Erschrecken in Orths Augen gesehen. Da ist mehr. Er muss nur tief genug graben.
»Gibt es jemanden, dem Sie eine solche Denunziation zutrauen?«
»Nein.« Die Antwort kommt schnell.
Böll hat gehofft, durch das Stakkato an Fragen seinem Kontrahenten vielleicht einen Namen entlocken zu können. *Fehlanzeige.*
Der hagere Mann dreht sich zu seiner Meisterschülerin um, so als ob er weiteren Fragen ausweichen möchte, und sagt zu ihr:
»Du kannst jetzt nach Hause gehen. Herr Böll braucht dich bestimmt nicht mehr.«

Böll lässt das Mädchen ziehen, verlangt aber nach ihrer Adresse, für den Fall, dass er weitere Fragen habe. Dass er die haben wird, weiß er bereits jetzt. Er vermutet, dass das Mädchen öfters in der Kirche ist, um für den Auftritt an Heiligabend zu proben. Vielleicht hat sie etwas von den Drohbriefen mitbekommen. Oder kann sich an eine Bemerkung erinnern, die nun, nach dem Tod des Pfarrers, bedeutsam ist. Doch er will sie allein befragen, ohne Orth, der offensichtlich für sie Förderer, Beschützer und vielleicht auch Aufpasser ist.

Das blonde Geschöpf schiebt die graue Kapuze ihres Dufflecoats über den Kopf und huscht mit eiligen Schritten aus der Kirche.

Böll wendet sich wieder dem Mann zu, der ganz offensichtlich kein Vergnügen an dem Gespräch hat. Doch die Verabschiedung seiner Schülerin hat ihm einen Moment des Verschnaufens verschafft.

»Sie trauen es also keinem in der Gemeinde zu, während der Messe heimlich die Predigt aufzuzeichnen und den Mitschnitt dann an den Kardinal zu schicken?«

»Nein«, wiederholt Orth mit Nachdruck.

»Aber irgendwer muss es getan haben. Die Aufzeichnung liegt im Generalvikariat in Köln. Deswegen wurde Gomez vom Kardinal einbestellt.«

»Das ist richtig«, stimmt der Chorleiter dem Gesagten zu. Mehr aber sagt er nicht. Böll auch nicht. Währenddessen schaut der Kommissar dem Musiker in

die Augen. Dieser hält dem Blick stand. Schließlich bricht Böll das Schweigen.
»So eine Aktion fällt doch auf. Selbst wenn man die Aufnahme mit dem Handy macht. Das Gerät muss doch nah genug ans Mikrofon gehalten werden«, versucht Böll es noch einmal.
»Nein, das fällt nicht auf«, antwortet Orth, vielleicht einen Tick zu schnell. »Wir haben hier an den Pfeilern Lautverstärker. Wenn das Aufnahmegerät nah genug ist, ist der Mitschnitt akustisch sehr gut.«
»Sie kennen sich in solchen Dingen aus?«, fragt Böll ironisch und hofft, ihn mit dieser Frage in die Enge zu treiben.
Doch Orth windet sich geschickt aus der Schlinge.
»Als Konzertmeister und Dirigent weiß man über Beschallung in Räumen ganz gut Bescheid.«

***

Böll hat schlechte Laune, wenn er merkt, dass er belogen wird. Dass Orth nicht die Karten auf den Tisch gelegt hat, ist offensichtlich. Auch die Rosenkranzfrauen haben ihn in die Irre geleitet, indem sie ihm von Gomez vorgeschwärmt haben, ohne auch nur mit einem Wort zu erwähnen, dass es einen Skandal um die Predigtaufnahmen gegeben hat. Böll wundert sich darüber, dass die Frauen den Fall nicht erwähnt haben. Es wäre klüger gewesen, dies zu tun, schließlich stand alles in der Zeitung. Bestenfalls hat es ihnen einen Zeitgewinn gebracht. Dafür aber ist sein Misstrauen geweckt. Böll bleibt stehen, obwohl ihn nur noch wenige Schritte vom Pfarramt trennen.

Zeitgewinn. Ja, das könnte die Motivation gewesen sein. Doch wofür? Die Rosenkranzfrauen sind womöglich nicht so harmlos, wie sie aussehen.

Er klingelt. Die Öffnungszeiten des Pfarramts sind auf dem Schild neben der Tür angezeigt: von 10-12 Uhr und dann nochmal nachmittags von 15-17 Uhr. *Auch keine übermäßige Seelsorge*, schießt es Böll durch den Kopf.

Die Tür öffnet sich und Frau Grau, die Leiterin der Frauengruppe, steht vor ihm. Böll ist überrascht, sie hier anzutreffen. Eigentlich wollte er sich nach ihrer Adresse im Pfarramt erkundigen.

»Guten Morgen, Frau Grau. Das ist aber schön, dass ich Sie hier treffe! Kann ich reinkommen?«

»Ja, ich ...« Frau Grau ist es sichtlich unangenehm, so unverhofft auf Böll zu treffen. Sie sucht nach Worten:

»... Herr Böll ... Ich ... ich habe noch jemanden im Sprechzimmer. Setzen Sie sich bitte dort solange auf die Bank.«

Mit ihrem watschelnden Entengang, der Böll schon beim ersten Treffen aufgefallen war, kehrt Frau Grau

ins Sprechzimmer zurück. Sie trägt immer noch diese unsägliche graue Wollhose und an den Füßen Gesundheitsschuhe, die er schon an seiner Oma nicht leiden konnte.
Böll setzt sich wie ihm geheißen auf die harte Holzbank. Er fühlt sich in die Zeit als Kommunionkind zurückversetzt, als er mit den anderen darauf wartete, dass der Beichtstuhl frei wurde und man sich hinknien musste, um seine Sünden zu gestehen. Genau wie damals spürt er ein leichtes Ziehen in der Magengegend. Durch die schwere Holztür hört er gedämpfte Stimmen.
»Wissen Sie, viele Leute wollen in unserem schönen Dom heiraten. Aber wenn man heiratet, geht es um mehr als um eine schöne Kirche für ein tolle Feier … solche Paare wollen wir hier nicht ... das Eheversprechen ist ein Sakrament ... bis dass der Tod Euch scheidet ... ein unauflösliches Versprechen ...«, hört Böll die Leiterin der Rosenkranzgruppe mit strenger Stimme sagen. Er vernimmt kurz darauf die Stimme einer jungen Frau, vermutlich der Braut. Doch was sie sagt, kann er nicht verstehen. Sie spricht zu leise. Auch der Bräutigam äußert sich nur mit gedämpfter Stimme.
So gleiten Bölls Gedanken in die Vergangenheit ab. Er erinnert sich daran, als Julia und er kirchlich heiraten wollten. Sie gerieten dabei an einen Pfarrer, der viele

salbungsvolle Worte sprach und Julia darauf hinwies, dass sie nach der Geburt auch den Muttersegen empfangen könne. Julia war damals ganz verdattert gewesen und fragte, was das für ein Segen sei. Der Pfarrer erklärte, dass es sich dabei um die Aussegnung nach einer Geburt handele, um sie von der Sünde zu reinigen. Julia starrte ihn mit offenen Mund an und fragte, von welcher Sünde sie denn befreit werden müsse, nachdem sie ein Kind zur Welt gebracht habe. Das Gespräch endete damit, dass sie nicht bei diesem Pfarrer heirateten. Böll muss lachen, als er sich daran erinnert, wie Julia dem Mann kontra gab und dieser bei der Verabschiedung ihm den Rat gab, sich die Ehe mit dieser Frau nochmals gründlich zu überlegen. Nicht jede Frau sei für die Ehe geeignet.

Die nächste Viertelstunde vergeht quälend langsam. Dann, endlich, öffnet sich die Tür. Das Brautpaar tritt heraus. Beide sehen aus, als ob sie in einen sauren Apfel gebissen hätten. Grußlos bahnen sie sich ihren Weg zum Ausgang. Böll legt den Gemeindebrief, in dem er lustlos geblättert hat, zur Seite, und steht auf. Doch statt ihn hineinzubitten, bleibt Frau Grau, die, wie Böll vermutet, auch das Sekretariat des Pfarramtes leitet, im Flur stehen und fragt in distanziertem Tonfall:

»Was kann ich für Sie tun?«

Böll kann ihr an der Nasenspitze ablesen, dass sie weiß, warum er hier ist. Lügen haben eben kurze Beine. Er greift in seine psychologische Trickkiste und geht auf Frau Grau zu, baut sich mit seiner ein Meter fünfundachtzig großen Statur ganz nah vor der alten Frau auf, so dass diese unwillkürlich zurückweicht. Erneut lässt Böll, wie schon beim Chorleiter, eine kleine Pause entstehen, so dass Frau Grau ein unwilliges »Was wollen Sie?« von den Lippen entweicht.

Mit einer betont ruhigen Stimme, die jedoch seinen unterdrückten Zorn nicht verbirgt, feuert Böll die erste Frage ab.

»Frau Grau, warum haben Sie mich belogen?«

»Belogen? Wie kommen Sie darauf?«, antwortet die Kirchenfrau mit unsicherer Stimme.

»Sie haben mir erzählt, dass Pfarrer Gomez äußerst beliebt gewesen sei.«

»Das war er auch.«

»Leider haben Sie vergessen zu erzählen, dass es bei den Konflikten in der Pfarrei nicht nur um Karnevalslieder auf dem Weihnachtsmarkt ging, sondern um einen handfesten Skandal. Irgendjemand in der Gemeinde hat Predigten von Herrn Gomez heimlich mitgeschnitten und diese an den Kardinal weitergeleitet.«

»Und was habe ich damit zu tun?«, zeigt sich die ältere Dame bei der Befragung widerspenstig.

»Sie wussten davon und haben es mir verschwiegen.«

»Ach, das war doch nur ein Spinner. Die Gemeinde hat damit nichts zu tun.«
Böll ist wütend. Die alte Dame versucht, ihn weiter an der Nase herumzuführen.
»Frau Grau, halten Sie mich für dumm? Marialinden ist ein kleiner Ort. Da kennt jeder jeden. Wer hat die Aufnahmen zum Kardinal geschickt?« Böll macht Druck, hat das Drumherumreden satt.
»Sie unterstellen mir, diese Person zu kennen? Das ist ungeheuerlich. Ich werde mich bei Ihrer Vorgesetzten beschweren!«, antwortet die alte Frau mit sich überschlagender Stimme. Die Wut hat ihre Wangen rot gefärbt.
Böll ist verblüfft. Eine solche harsche Reaktion hat er nicht erwartet. Ihn wundert auch, dass sie weiß, dass er eine Chefin und nicht einen Chef hat. Man hat in der Gemeinde also schon Erkundigungen über ihn eingezogen. Das ist interessant.
»Ich unterstelle gar nichts. Ich stelle Fragen. Ich bitte Sie diese zu beantworten. Und zwar wahrheitsgemäß«, fährt Böll die sich zuspitzende Situation ein wenig herunter.
»Das habe ich getan. Ich kenne diese Person nicht«, keift Frau Grau zurück.
Böll wechselt abrupt das Thema: Überrumpeln ist oft eine gute Taktik, um Lügen zu entlarven oder Menschen Geheimnisse zu entlocken.

»Wissen Sie, dass Pfarrer Gomez Drohbriefe bekommen hat?«
»Ja, davon wusste ich«, faucht Anneliese Grau, wenig beeindruckt von seiner Überrumpelungsstrategie.
»Sie wussten davon?!«, echot Böll ungläubig.
»Ja, Herr Gomez hat sich mir anvertraut.«
»Er hat Ihnen die Briefe gezeigt?!«
»Nein, er hat mir nur gesagt, dass er welche erhalten hat und mich gefragt, was ich davon halte.«
»Was haben Sie geantwortet?«
»Dass er die Briefe nicht ernst nehmen soll. Menschen, die sich für Gott und die Kirche einsetzen, werden öfters angefeindet.«
»Sie haben ihm nicht geraten, zur Polizei zu gehen?«
»Nein.«
»Warum nicht?«
»Weil ich solche Drohbriefe auch bekommen habe. Es ist das Beste, wenn man solche Briefe nicht beachtet und sie direkt in den Papierkorb schmeißt.«
»Sie haben auch Drohbriefe bekommen?!«, fragt Böll nun völlig fassungslos. Diese Kehrtwende hat er nicht erwartet.
»Ja.«
»Warum haben Sie das nicht gleich erzählt?«
»Wie gesagt. Ich habe es nicht für so wichtig gehalten.«
»Haben Sie noch einen dieser Drohbriefe?«, fragt Böll atemlos.

Anneliese Grau antwortet nicht sofort, legt die hohe Stirn in Falten.
»Warten Sie. Es könnte sein, dass ich einige der Briefe noch habe. Ich wollte sie später schreddern, wenn ich Zeit habe. Kommen Sie bitte mit ins Sekretariat. Ich werde nachschauen.«
Böll folgt ihr, aufgewühlt von der Tatsache, bald bestes Beweismaterial in Händen zu halten. Die alte Frau öffnet mehrere Schubladen des wuchtigen Schreibtisches und sucht, wird aber nicht fündig. Schließlich baut sie sich vor dem weißen Regal an der Wand auf und greift mit den Händen in einen dicken Stapel Papier. Wieder nichts. Plötzlich huscht eine Erkenntnis über ihr Gesicht. Schnellen Schrittes eilt sie ins Nebenzimmer. Als sie ins Sekretariat zurückkehrt, trägt sie einen riesigen Knäuel aus geschreddertem Papier in ihren Händen. Den Papierberg legt sie triumphierend vor Bölls Füße.
»Ich habe die Papiere doch schon geschreddert!«
Böll ist entsetzt. Glaubte er noch vor wenigen Minuten, in dem Fall ein gutes Stück vorangekommen zu sein, sieht er nun seine Hoffnungen schwinden.
Wie sollen mir diese Papierfetzen helfen?, fragt sich Böll verzweifelt. Die Beweise sind greifbar nah und doch so fern. Anneliese Grau zeigt nun Initiative. Aus ihrer Handtasche zieht sie einen Einkaufsbeutel, der zu einem kleinen praktischen Bündel zusammengeschnürt

ist. An den vielen Plastiktüten, die sich im Meer zu riesigen Plastikfeldern sammeln, ist Anneliese Grau jedenfalls nicht schuld. Eine wie sie hat, ohne jeden Zweifel, ihren Einkaufsbeutel immer dabei. Mit raschen, zielgerichteten Bewegungen schiebt sie die Papierschnipsel in die Einkaufstasche und überreicht diese Böll. Der steht wie ein begossener Pudel vor der durch viele Rosenkränze gestählten Frau und nimmt den Beutel samt Schnipsel mit einer laschen Handbewegung entgegen. Böll tapert ähnlich benommen aus dem Pfarramt wie das Brautpaar zuvor. Die alte Frau hat auch ihn schachmatt gesetzt.

Ich muss nachdenken. Der Fall weitet sich aus und liegt anders, als ich zunächst angenommen habe. Vielleicht ist nicht Rassismus das Motiv für die Drohbriefe, wie ich zunächst vermutet habe, oder die Frage, wie das Evangelium zu interpretieren sei, sondern Hass auf alles Religiöse. Möglich ist auch das.

Plötzlich verspürt er großen Hunger.

Ich muss jetzt etwas essen, damit ich nachdenken kann. Mit knurrendem Magen geht das nicht. Ging noch nie.

Immerhin zeigt das Ziffernblatt seiner Uhr bereits halb eins an. Als Böll zum Auto geht, hört er Frau Grau rufen. Er dreht sich um und sieht, wie sie zwei große Kisten anschleppt und neben sein Auto stellt.

»In diesen Kisten können die Drohbriefe auch sein!«, teilt sie ihm mit und schlurft grußlos ins Pfarramt zurück. Böll packt gottergeben die beiden Kartons auf die Rückbank und wundert sich, wie viel Papier in so einem kleinen Pfarramt geschreddert wird. *So viele Geheimnisse?*

***

Er steigt ins Auto, zündet den Motor und fährt in Richtung Pilgerstraße. Kurz bevor er in diese einbiegt, grüßt er den Italiener vom Brotkörbchen, der sich soeben vor seiner Bäckerei eine Zigarette anzündet. In zügigem Tempo passiert er die Kindertagesstätte Marialinden, fährt an dem Autohändler Clever vorbei und beobachtet auf der linken Seite ein Pärchen, das entlang der Baumallee seinen Golden Retriever in der Kälte spazieren führt. Vor dem Kreisverkehr taucht ein Bauernhof auf, dem einige in Marialinden den Spitznamen ‚Ponderosa' verpasst haben – in Anlehnung an die Ranch aus der berühmten Fernsehserie ‚Bonanza', die inzwischen Kultstatus erlangt hat.
Er muss sich sputen, um rechtzeitig zum Restaurant in Overath-Steinenbrück zu kommen. Kuhle hat sein Kommen für 13 Uhr angekündigt. Böll hat längst bemerkt, dass dieser die Treffen mit ihm nutzt, um aus dem Kommissariat herauszukommen. Dass er durch

Böll neue Restaurants kennenlernt, scheint Kuhle auch nicht gerade zuwider zu sein. Doch zugeben würde er das nie! Abgesehen von diesen kleinen Fluchten aus dem Alltag ist sein Kollege ein richtiger Bürohengst. Er mag es, Akten zu wälzen, im Internet zu recherchieren, Telefonate zu führen. Insofern ergänzen er und Kuhle sich gut, denn er selbst zieht das direkte Gespräch vor, mag es nicht, im Büro zu hocken.
Böll parkt direkt vor dem Restaurant Piemonteca, über dessen Eingangstür noch immer das Schild 'Altenbrücker Mühle' befestigt ist. Als er mit seiner Frau das erste Mal dort essen war, hatte sie sich von der Innenausstattung des Restaurants beeindruckt gezeigt. Tische und Stühle ganz in Weiß. Ein toller Kontrast zu den Holzbalken des Fachwerkhauses.
Er nimmt an einem kleinen Tisch Platz und ist froh, dass die Stühle trotz des modernen Designs sehr bequem sind. Kuhle ist noch nicht da. Die Zeit bis zu der Ankunft seines Kollegen will er nutzen, um seine wichtigsten Gedanken zu diesem Fall in einem seiner Schreibhefte zu Papier zu bringen. Diese dünnen Schreibhefte für Erstklässler sind eine alte Macke von ihm. Darüber hatten sich seine Kollegen in Köln schon lustig gemacht. Was er denn da Schönes in sein Poesiealbum schreibe ...
Doch Böll weiß, was er an den Heften hat. Sie sind handlich, passen in jede Tasche, er kann sie überall

kaufen und am Ende eines Falles kann er sie wunderbar abheften. Ihm ist es jedenfalls noch nie passiert, dass alle Daten spurlos verschwanden, weil der Computer seinen Geist aufgab. So zeichnet Böll auch heute eine Skizze, wer bei dem vorliegenden Fall mit wem in Verbindung steht und welche Fragen sich für ihn daraus ergeben.

Mitten in seine Aufzeichnungen platzt Kuhle, der sich beschwert, dass er seine Mittagspause bereits verbraucht habe, nur um von Kommissariat bis zum Restaurant zu kommen.

»Du hast mir nicht gesagt, dass es direkt um die Ecke liegt. Ganz in der Nähe des Komissariats. Deswegen bin ich erst nach Overath gefahren. Das nächste Mal reiche ich meinen Urlaub ein, bevor ich mich mit dir zum Essen verabrede.«

»Nun krieg dich wieder ein und setz dich«, lacht Böll und nippt an seinem Glas Rotwein, einem Barbera d'Alba aus dem Piemont. »Ich kann dir das Filet vom Weiderind in Bärlauchkruste mit Süßkartoffeln-Pommes' empfehlen. Ist echt sensationell.«

Kuhle verzieht das Gesicht.

»Süßkartoffeln? Nee, ist nicht mein Ding.«

»Das musst du wirklich probieren! Die sind nicht zu vergleichen mit herkömmlichen Pommes frites. Sie haben einen leicht karamellisierten Geschmack. Dazu das äußerst zarte Fleisch. Fantastisch! Überhaupt ist die Küche hier sehr ambitioniert.«

Böll schließt genießerisch die Augen, als er sich an das Menü erinnert, dass er mit seiner Frau vor wenigen Wochen in dem Restaurant genossen hat. Doch Kuhle winkt ab und studiert die Speisekarte. Dann wendet er sich zur Kellnerin, die bereits auf seine Bestellung wartet.

»Ich nehme das Risotto mit Kabeljau.«

Böll nickt, auch eine gute Wahl.

»Möchten Sie einen Glas Weißwein dazu?«, fragt die Kellnerin.

»Also die Weine solltest du unbedingt kosten. Die sind hier gut sortiert«, wirft Böll ein und schnalzt anerkennend mit der Zunge. Doch Kuhle winkt erneut ab, murmelt etwas von »Ich bin im Dienst.«

Stattdessen torpediert er Böll lieber mit der Frage:

»Habe ich die SMS richtig gelesen? Du lädst mich heute ein?«

»Ja«, meint Böll nur und prostet seinem Kollegen zu.

»Wo ist der Haken?«

»Die Sache hat keinen Haken. Ich habe nur eine Frage...«

»Wusste ich es doch!«, unterbricht Kuhle seinen Kollegen, während dieser den Einkaufsbeutel von Frau Grau herüberreicht. Kuhle lugt hinein und schaut ihn ratlos an.

»Was ist das? Deine Aktenvermerke von letztem Jahr? Hast du gemerkt, dass die nichts wert sind?«, feixt er.
»Darin sind wichtige Beweisstücke. Drohbriefe. Die hat nicht nur der Pfarrer erhalten, sondern auch Frau Grau.«
»Ist nicht wahr, oder? Die Grau ist auch bedroht worden? Drohbriefe in Serie? Das entbehrt nicht einer gewissen Komik«, amüsiert sich Kuhle.
»Es gibt nur ein Problem: Frau Grau hat die Briefe geschreddert, zusammen mit anderen Briefen und Unterlagen aus dem Sekretariat des Pfarramtes.«
»Nein.«
»Doch.«
»Was machen wir jetzt?«
»Das wollte ich dich fragen. Du kennst dich doch mit Akten und Bibliotheken aus. Vielleicht fällt dir etwas ein!«
»Soll ich die klitzekleinen Papierfetzen etwa mit Uhu zusammenkleben?«, fragt Kuhle mit deutlich ironischem Unterton.
Böll lässt eine Kunstpause entstehen und zieht bedeutungsschwanger eine Augenbraue hoch. Kuhles Gesichtszüge entgleiten.
»Das meinst du nicht ernst, oder?«
»Nun, ich dachte, das kommt deinen Interessen entgegen. Du liebst es doch, als Historiker deine Nase in alte Dokumente zu stecken.«

Kuhle antwortet nichts und starrt Böll an, als ob er es nicht fassen könnte, was sein Kollege da von ihm verlangt. Dann wird er nachdenklich und fragt nach einer geraumen Zeit, in der sich Böll das zarte Weiderind hat schmecken lassen:
»Bist du schon mal im Fraunhofer Institut für Produktionsanlagen und Konstruktionstechnik gewesen?«
»Nein, sollte ich?«
»Ja, ich würde dir empfehlen, da mal vorbeizuschauen. Die setzen für die Stasi-Unterlagen-Behörde diejenigen Papiere wieder zusammen, die die Mielke-Brüder bei Nacht und Nebel vernichtet haben, als die DDR unterging. Selbst winzige Papierfetzen fügen die wieder zusammen.«
Böll ist beeindruckt.
»Woher weißt du das?« In seiner Frage schwingt unverhohlene Bewunderung.
»Kannst du dich noch an den Einsturz des Kölner Stadtarchivs erinnern?«
»Ja, klar.«
»Das Kölner Stadtarchiv plant, die Urkunden aus dem Mittelalter dort rekonstruieren zu lassen. Du weißt, die Urkunden wurden bei dem Einsturz schwer beschädigt.«
»Wer hat dir das denn ins Ohr geflüstert??«

»Ein alter Studienkollege hat mir das gesteckt. Er arbeitet im Stadtarchiv.«

»Da fahr ich hin.«

»Zu meinem Freund?«

»Nein, zu diesem Produktions- und Anlagengedöns.«

»Das ist aber nicht in Köln.«

»Nicht?«

»Nein. Die hocken in Berlin.«

»Berlin? Hm. Ich bin kein Berlin-Fan. Die Papierschnitzel sind aber die einzige heiße Spur, die wir im Moment haben.«

»Diesen Dienstausflug kriegst du bei Frau Hansen niemals durch!«

»Wetten?«, kontert Böll.

***

Nicht Böll, sondern Kuhle gewinnt die Wette. Polizeihauptkommissarin Ruth Hansen genehmigte den Berlin-Trip nicht. Daraufhin reichte Böll zwei Urlaubstage ein. Die wiederum genehmigte Hansen sofort. Das ärgert Böll maßlos. Je länger er darüber nachdenkt, desto mehr regt er sich auf. Die Möglichkeit, für die Dienststelle Geld zu sparen und ihn auf private Kosten recherchieren zu lassen, war für die sparsame Protestantin Hansen wohl zu

verführerisch; zumal zu diesem Zeitpunkt nicht einmal klar war, ob die Berlinreise ein brauchbares Ergebnis zeitigen wird.
Diese Überlegungen beschäftigen Böll, als er am frühen Morgen vom Overather Bahnhof mit dem Regionalzug Richtung Kölner Hauptbahnhof aufbricht. Zwei Kisten mit zerschnittenem und zerknülltem Papier im Schlepptau. Die Pappkisten baumeln an selbstgebastelten Tragegriffen an seinen Händen. Seine kleine lederne Reisetasche, die nur mit einem Hemd, Wäsche zum Wechseln und einer Kulturtasche bestückt ist, hat er über der Schulter. Mehr braucht er für zwei Tage nicht.
Böll nimmt im Zug Platz und betrachtet eingehend die Fahrgäste, wobei er sich bei den vielen Gesichtern, die er in Zügen trifft, immer gerne vorstellt, zu welchen Verbrechen der eine oder andere imstande wäre, wenn er dazu Gelegenheit hätte. Doch das Interesse an seinen Mitmenschen weicht schon bald einem schläfrigen Zustand, verursacht durch das gleichmäßige Ruckeln der Bahn, das Quietschen der Bremsen und die zischenden Laute, wenn die Türen des Regionalzugs sich öffnen und schließen. Die Landschaft rauscht an ihm vorbei, nur vage nimmt er ein Freibad wahr, dessen Becken winterlich eingepackt ist, als der Zug an Hoffnungsthal vorbeifährt.

Erst an der Trimbornerstraße wird Böll unsanft aus dem meditativen Zustand herausgerissen. Jetzt quillt die Großstadt in den Zug. Türken, Araber und die, die sich die linksrheinischen Mieten nicht leisten können, quetschen sich in den überfüllten Zug. Kein Zufall, denn die Haltestelle liegt im Stadtviertel Köln-Kalk. Ein sozialer Brennpunkt.
Als sich neben seinen Sitzplatz ein junges Mädchen stellt, das in seiner rechten Hand einen Coffee-to-Go-Becher balanciert, fürchtet Böll um seinen Boss-Anzug aus feinster Wolle. Denn bei jeder Kurve schwappt Kaffee aus dem Becher. Das Mädchen trägt kurze Jeans, die knapp über dem Hintern enden und darunter schwarze, blickdichte Strümpfe. Ihr langes Haar hat sie zu einem straffen Dutt zusammengebunden. Dank ihrer Ohrstöpsel beamt sie sich mit Rapmusik aus der morgendlichen Tristesse. So bemerkt sie nicht, dass Böll immer wieder versucht, den Kaffeefontänen auszuweichen. Doch anstatt auf ihre Umwelt zu achten, starrt die junge Frau teilnahmslos aus dem Fenster und wippt im Takt der Musik mit dem Kopf. Kommissar Böll richtet ein Stoßgebet gen Himmel. Bis zum Deutzer Bahnhof sind es nur noch wenige Minuten. Dort will er umsteigen und die S-Bahn zum Flughafen nehmen.
Hoffentlich bleibt mein Anzug bis dahin verschont!

Als die Türen sich an der Haltestelle öffnen, versucht er sich einen Weg durch die überfüllten Gänge zu bahnen. Seine zwei sperrigen Pappkisten sind dabei nicht gerade hilfreich. Obwohl er sich geschickt an den Menschen vorbeischlängelt, ständig um Verzeihung bittend, wenn er mit den Pappkisten jemanden anrempelt, schafft er es nicht rechtzeitig zum Ausgang. Zischend schließen sich die Türen und der Zug rollt gemächlich auf die Hohenzollernbrücke. *Mist!*
Er weiß, was nun folgt: Mindestens eine Viertelstunde Wartezeit auf der Brücke, bis das Signal zur Weiterfahrt kommt. Normalerweise bewundert Böll die kühne Eisenkonstruktion der Hohenzollernbrücke mit den dreifachen Rundbögen, eine Erscheinung, die zum Kölner Stadtbild gehört wie der Kölner Dom. Doch heute hat er keinen Blick dafür. Heute muss er einfach nur rechtzeitig zum Flughafen kommen!
Während der Zug auf den Gleisen ausharrt, schweift Bölls Blick auf den Kölner Dom, der direkt neben dem Hauptbahnhof liegt. Immer wieder ist er fasziniert, wenn er diese riesige gotische Kathedrale betrachtet.
Wie tief gläubig müssen die Menschen im Mittelalter gewesen sein, um sich an ein solches grandioses Bauwerk herangewagt zu haben!
Doch fertig geworden waren die Kölner mit dem Mammutwerk nicht. Rund 600 Jahre lebten sie mit einem Dom ohne Türme. Erst die Preußen, für Kölner

unerträglich disziplinierte Menschen, ließen die Türme Anfang des 19. Jahrhunderts zu Ende bauen. Dass der Dom nun endlich fertig war, fanden die Kölner zwar toll, aber sie waren wenig erbaut von der Tatsache, dass die Preußen dafür gleich zweihundert Jahre in ihrer Stadt blieben und diese regierten.
Immerhin, schmunzelt Böll, *hat diese Erfahrung mit dem Dom die Kölner gelehrt, wie man mit dem Unvollständigen im Leben zurechtkommt. Darin sind sie bis heute Meister!*
Da der Zug immer noch auf den Gleisen steht, lässt Böll seinen Blick auf den Musical Dome gleiten, der sein blaues kuppelförmiges Zeltdach direkt neben dem Hauptbahnhof am Breslauer Platz aufgeschlagen hat. Auch das Zelt sollte eigentlich nur vorübergehend dort stehen, um dem Musical 'Gaudí' für eine kurze Weile eine Spielstätte mitten in der Innenstadt zu bieten. Doch, wie so oft in Köln, ist das Provisorium inzwischen zu einer Institution geworden. Niemand denkt noch ernsthaft darüber nach, das Zelt wieder abzubauen.
Ein leichtes Ruckeln des Zuges signalisiert Böll die Weiterfahrt. *Endlich!*
Er versucht, sich auf seine Reise nach Berlin zu konzentrieren. Nun gut, Berlin zählt nicht gerade zu seinen Lieblingsstädten, dennoch ist er von der Metropole fasziniert. Dabei ist dieses grundsätzlich

Garstige, dieses abweisende Verhalten, dieses permanente Meckern vieler Berliner für eine rheinländische, fröhliche, den Menschen zugewandte Seele nur schwer zu verkraften. Da Böll aber weiß, dass er nicht ewig in Berlin bleiben muss – der Stadt, die immer noch die Currywurst für den Höhepunkt kulinarischen Erlebens hält –, freut er sich sogar ein wenig auf die Großstadt im Osten. Eine willkommene Abwechslung zu seinem zurzeit eher ländlichen Leben, bei dem er jedoch, wie er sich eingesteht, auf den Geschmack gekommen ist.

***

Elena starrt die Decke an. Sie hat bis zu Felipes Tod gern in diesem alten Fachwerkhaus gelebt. Die Decken mit den Holzbalken haben ihr von der Vergangenheit erzählt, die alten Mauern auf sie urig gewirkt, den knarzenden Holzboden hat sie als gemütlich empfunden. Doch jetzt, seitdem ihr Bruder tot ist, kommt ihr das alte Haus eng vor – eng wie eine Gefängniszelle. Die niedrige Zimmerdecke drückt auf ihr Gemüt. Es kommt ihr so vor, als ob sich die schweren Holzbalken ihr entgegenwölbten und ihr die Luft aus den Lungen pressten. Auch die kleinen Fenster wirken auf sie nun wie Gefängnisfenster, winzige Gucklöcher, die das Innere nicht erhellen, sondern ins

Dunkle tauchen und die Sehnsucht nach dem Draußen groß werden lassen. Doch sie muss bleiben. Sie will unbedingt, dass Felipes Tod aufgeklärt wird. Das ist sie ihm schuldig. Wenn sie ihre Koffer packt und nach Spanien zurückkehrt, werden die Ermittlungen rasch eingestellt. Da ist sie sich sicher!

Der Wecker zeigt ihr an, dass gerade mal fünf Minuten vergangen sind, seitdem sie das letzte Mal auf das Zifferblatt geschaut hat.

Die Nacht will einfach nicht vergehen! Seit drei Nächten geht das so!

Immer wieder hat sie den gleichen Traum, aus dem sie schweißnass erwacht. Sie rennt Hand in Hand mit ihrem Bruder Felipe durch die Gassen Pamplonas. Zusammen mit den anderen Jungen, die vor den Stieren davon laufen. Die Stierhatz im Juli, eine Riesengaudi! Schon ihr Großvater hat dabei mitgemacht. Mädchen dürfen das eigentlich nicht. Doch Felipe hält ihre Hand. Ganz fest. Seite an Seite rennen sie in ihrer weißen Kleidung den Stieren davon. Sie dreht sich um und sieht in die blutunterlaufenen Augen eines Stiers, der sie fixiert. Er bläht die Nüstern und rast direkt auf sie zu. Sie rennt. Rennt um ihr Leben. Sie ist vollkommen atemlos, dreht sich erneut um, der Stier ist jetzt ganz nah. Sie stolpert, fällt hin, Felipes Hand rutscht weg. Sie ist nun allein, hört das Lärmen der anderen nur noch aus der Ferne. Sie blickt zum Stier, ist starr vor

Angst, kann sich nicht bewegen, noch nicht einmal schreien. Ihr Mund formt ein lautloses Entsetzen. Der Stier nimmt Anlauf ...
Sie schreit und wacht durch ihren eigenen Schrei auf. Ein Alptraum, der sie seit dem Tod des Bruders quält.. Sie zittert am ganzen Körper vor Angst, die nicht nachlässt, obwohl sie weiß, dass es nur ein Traum gewesen ist. Doch das Wissen hilft nicht. Die Angst brennt in ihr, auch jetzt, ist lebendig, nichts Vergangenes.
Seit ein paar Tagen hat dieses Gefühl sie im Griff. Das Gefühl, ihr Leben wäre bedroht.
Sie hat es weggedrückt, doch es meldet sich unerbittlich im Traum zurück. Ist präsent. Liegt es an den Blicken der anderen? Wenn sie in der Bäckerei das Brot holt? Wenn sie auf dem Markt einkaufen geht, in der Kirche betet?
Alle sind freundlich. Doch die Blicke sind anders als früher. Streng, mit einer Spur Missbilligung. Sie halten Distanz. Oder bildet sie sich das nur ein?
Doch die Angst ist überdeutlich da. Warnt sie. Wovor? Ist ihr Leben bedroht? Hat Felipes Mörder es auch auf sie abgesehen?
Sie lauscht in die Nacht. Ihre Sinne sind bis aufs Äußerste gespannt. Nichts. Absolute Stille. Selbst die Katzen sind bei dem räudigen Wetter lieber in den Häusern.

Als sie kurz davor ist, wieder in den Schlaf zu gleiten, hört sie es. Ein Kratzen. Rascheln. Ihr Herz pumpt. Dann Schritte. Sie erstarrt. Bleibt völlig regungslos liegen, kann sich nicht bewegen – so wie im Traum.
Das Geräusch ist im Zimmer.
Ohne jeden Zweifel. Ihre Gedanken rasen. Sie hat gestern Abend alles abgeschlossen. Fenster und Türen zugemacht. Die grünen Schlagläden fest zugezogen. Seit Felipes Tod steht auf ihrem Nachttisch ein Pfefferspray. Doch sie ist unfähig, nach der Sprühdose zu greifen, ihre Arme sind bleischwer, genau wie ihre Beine. Sie kann nicht um Hilfe rufen, ihre Zunge klebt am Gaumen. Sie versucht, ihren Atem ruhig zu halten, stellt sich schlafend. Vielleicht ist der, der jetzt in ihrem Zimmer ist, nur ein Dieb, kein Mörder. Soll er nehmen, was er haben will!
Sie lauscht, versucht, durch ihr Hören den unbekannten Feind abzutasten. Sie spürt, da ist etwas Leichtes, Samtenes, der Feind ist nicht groß, nicht schwer. In einem plötzlichen Reflex greift sie zur Nachttischlampe und schleudert sie in Richtung des Geräuschs. Ein lautes Kreischen, das die Überraschung und den Schrecken ausdrückt, aus dem Nichts angegriffen zu werden.
Es ist der Schrei einer Katze.
Elena knipst die Deckenbeleuchtung an. Miu-Miu, die graue Perserkatze der Familie Teldoff von nebenan

schaut sie mit weit aufgerissenen Augen an. Fast muss sie lachen, als sie erkennt, vor wem sie sich gefürchtet hat. Sie springt aus dem Bett, packt die Katze am Nacken, die sich fauchend wehrt und schleppt sie aus dem Schlafzimmer. Als sie ins Esszimmer tritt und das Licht einschaltet, sieht sie, wie das Tier sich hat ins Haus schleichen können. Die Haustür ist angelehnt und klappert gegen den Türrahmen.
Klack, klack.
Warum ist die Haustür offen?Cómo es eso posible? Wie ist das möglich?
Ein kalter Luftzug macht ihr bewusst, dass sie bloß ein dünnes Nachthemd trägt. Sie setzt die Katze auf das Kopfsteinpflaster vor der Haustür. Die Perserkatze schießt kreischend davon. Elena schließt die Tür. Tief in Gedanken versunken, flüchtet sie sich, immer noch barfuß, von den kalten Kacheln zum Teppich. Sie ist verwirrt. Sie hat gestern Abend die schwere Eichentür definitiv abgeschlossen und auch das Sicherheitsschloss zugedreht! *Wie hat sich die Türe nur öffnen können?*
Plötzlich kriecht ein Gedanke in ihr hoch. Wie kleine, spitze Nadelstiche sickert die Erkenntnis in ihren Kopf und erzeugt im Magen ein flaues Gefühl. *Wer hat außer mir noch einen Schlüssel zu der Wohnung?*
Elena friert, auf ihren Armen bildet sich Gänsehaut. Die Vorstellung, dass jemand sich in ihre privaten Gemächer geschlichen hat, während sie schlief, lässt sie

frösteln. *Soll das eine Warnung sein? Hat der Täter mit Felipe das gleiche Spiel getrieben?*

***

Das Flugzeug zieht Schleifen über Berlin. Sie dürfen noch nicht in Tegel landen. Für Böll eine willkommene Gelegenheit die roten Dächer, die riesigen Straßen, den Fernsehturm, die mehrstöckigen Gebäude zu bewundern. Ja, Berlin ist groß, riesengroß, eine echte Metropole.

Er zieht sein Handy aus dem Rucksack, um seine Mails zu checken, doch die Stewardess sieht es und hebt warnend den Zeigefinger. Er ärgert sich, hat nie verstanden, wieso die Handys während eines Fluges ausgeschaltet bleiben müssen.

Als ob so ein kleines Ding einem riesigen Flugzeug gefährlich werden könnte! Wenn das tatsächlich stimmt, müssen wir alle beim Fliegen viel mehr Angst haben! Funkwellen sind doch schließlich überall in der Luft oder etwa nicht?

Böll schüttelt den Kopf und steckt sein Mobilgerät wieder in den Rucksack. *So ein Blödsinn!* Die Aussicht, am Förderband lange auf seine beiden Kisten warten zu müssen, steigert seine Laune auch nicht gerade.

Endlich setzt der Flieger zur Landung an und kommt schließlich nach einer sanften Abbremsung zum

Stehen. Böll weiß, was jetzt kommt: Applaus der Fluggäste, um dem Piloten für die perfekte Landung zu danken. Doch nichts dergleichen geschieht. Geschäftig springen die Männer – es sind tatsächlich nur Männer – aus ihren Sitzen und greifen zielstrebig nach ihren Aktentaschen. Während er sich mit der Männertruppe aus dem Flugzeug die Gangway runter und in den Bus schiebt, fällt ihm auf, dass die meisten gedeckte blaue oder graue Anzüge tragen. Offenbar Bundesbeamte, die zwischen Bonn, der ehemaligen Regierungshauptstadt, und Berlin hin- und herpendeln. Köln-Tegel. Tegel-Köln; zumindest so lange, bis der neue Flughafen Berlin-Brandenburg fertiggestellt ist.
Sofern er je fertiggestellt wird, ergänzt Böll im Stillen. *Tja, da pendeln sie seit Jahren, die Beamten der Ministerien. Das ist der Preis, den sie bis heute zahlen müssen,* denkt Böll, *weil sie ihren Job in Bonn samt Häuschen im Grünen nicht gegen Berlin eintauschen wollten, als Berlin erneut Hauptstadt wurde.*
Wenn es nach Böll gegangen wäre, hätte die Hauptstadt auch weiter Bonn heißen können.
Die graublaue Masse bewegt sich zum Ausgang.
Böll ist erleichtert, dass es sich um Berufspendler handelt, denn das bedeutet: Sie reisen nicht mit viel Gepäck. Das Förderband wird daher seine beiden Kisten schnell ausspucken. Mit der Vermutung liegt er richtig.

Mit viel Schwung greift er die leichten und doch so wichtigen Kisten vom Band, schlendert durch den unbesetzten Zoll und steuert danach den Informationsschalter der Berliner Verkehrsbetriebe im Terminal A an, um sich zu erkundigen, wie er mit dem Bus zur Pascalstraße in Berlin-Wilmersdorf kommt. Er beugt sich von der Seite zum Schalter und spricht den Mann hinter der Glasscheibe an:
»Sagen Sie, welcher Bus …«
»Jehn Se sofort hinter die weiße Linie!«, blafft der Mann hinter der Glasscheibe ihn ohne Vorwarnung an. Erschrocken über den scharfen Ton, stellt sich Böll dorthin, wie es ihm der Mann in der BVB-Uniform befohlen hat. Und ärgert sich. Über den Ton, der ihn immer wieder verblüfft, obwohl er schon so oft in Berlin gewesen ist.
Berliner Schnauze. Darauf sind die auch noch stolz!
Noch mehr ärgert ihn die Tatsache, dass niemand vor ihm steht, es also keinen Grund gibt, ihn warten zu lassen. Der Uniformierte hält es noch nicht einmal für nötig, sich für seinen barschen Ton zu entschuldigen, geschweige denn zu begründen, warum er ihn warten lässt. Der Mann starrt gebannt auf den Bildschirm, ohne auch nur einmal aufzublicken. Böll würde jede Wette eingehen, dass er nicht die Abfahrtzeiten der Busse studiert, sondern sich irgendein Computer-Game

heruntergeladen hat und ihn warten lässt, weil das Spiel noch nicht zu Ende ist!
Er hat jetzt die Schnauze voll und verlässt wütend das Terminal. *Dann eben ein Taxi! Die Spesen für die Berlinreise ersetzt mir sowieso niemand. Das macht den Kohl nun auch nicht fett!*
Im Taxi läuft es nicht besser. Auch da gibt es für Böll gratis Kostproben der Berliner Schnauze. Der Fahrer, ein Türke aus Kreuzberg, meckert über die Berliner, die falsche Baupolitik, das miserable Essen in der Stadt und steht beim Meckern einem waschechten Berliner in nichts nach.
So also funktioniert Integration in Berlin!
Als der Fahrer eine Schimpftirade über die Politiker ablässt und Böll immer noch nicht in das Gemeckere einsteigt, lästert er über die Fahrgäste. Böll hofft, dass sie bald am Ziel sind. Doch die Fahrt dauert. Er vergaß, dass es in Berlin Zeit braucht, um von A nach B zu kommen. Viel Zeit!
Als der Taxifahrer registriert, dass er mit Böll nicht ins Gespräch kommt, dreht er die Musik auf volle Lautstärke.
Endlich hält das Taxi vor dem weißen Gebäude, in dem die Fraunhofer-Gesellschaft für Produktionsanlagen und Konstruktionstechnik ihren Sitz hat. Um der nervtötenden orientalischen Musik im Taxi zu entkommen, verzichtet Böll aufs Wechselgeld.

Nur raus!
Er stolpert aus dem Auto und zerrt dabei seinen Rucksack und die sperrigen Kisten heraus. Während Böll sich abmüht, bleibt der Fahrer seelenruhig sitzen und raucht, wobei er seinen Ellbogen lässig aus dem geöffneten Fenster lehnt und Böll bei seinen Verrenkungen zuschaut. Kaum hat Böll die Autotür zugeschmissen, drückt der Fahrer auf's Gaspedal.
Der Kommissar blickt dem Gefährt konsterniert hinterher. *Raues Pflaster, dieses Berlin!*
Im Institut empfängt ihn ein freundlicher Praktikant. Böll vermutet, dass der junge Mann sicher noch nicht lange in Berlin lebt, weil seine gute Laune noch keinen Schaden genommen hat. Er erkundigt sich nach der Wissenschaftlerin, die ihm Kuhle genannt hat. Der Praktikant bittet ihn zu warten.
Monika Weißenfels erscheint nach zwanzig Minuten auf der Bildfläche und Böll ist erstaunt: Sie sieht nicht aus, wie man sich gemeinhin eine etablierte Historikerin vorstellt: Skinny-Jeans, eng am Bein anliegend, die Hosenbeine mit Schnitten und Löchern modisch aufgerissen. Dazu ein Tattoo am Hals (und vielleicht auch noch anderswo), ein voluminöser Wollpulli, bei dem Böll schon schwitzt, wenn er ihn nur ansieht, und hennarot gefärbte Haare, die enorm aggressiv wirken und die in Berlin wohl nie aus der Mode kommen – obwohl die Hausbesetzerzeit längst

vorbei ist. Ihr Haar ist zu sperrigen Dreadlocks gedreht, die Bob Marley gut standen, bei Monika Weißenfels aber eher an ein Vogelnest erinnern. Als krönenden Abschluss trägt sie ein Piercing in der Oberlippe.

Na, das kann ja heiter werden, denkt Böll und setzt sein charmantestes Lächeln auf. Das jedoch wird nicht erwidert. Stattdessen gibt es einen kräftigen Händedruck, der so zupackend ist, dass selbst Böll in die Knie geht und sein Lächeln einfriert.

»Na, denn kommen Se mal mit«, berlinert die Historikerin, die ihm von Kuhle als Expertin auf dem Gebiet der Rekonstruktion historischer Dokumente empfohlen worden ist. Böll schnappt sich die beiden Pappkisten und geht hinter ihr her. Höfliche Gesten gelten im preußischen Berlin offenbar als überflüssiger Schnickschnack, denn ihre Hilfe beim Tragen der Kisten hat sie nicht angeboten. Von Small-Talk, um miteinander warm zu werden, hält sie offenbar auch nicht viel. Böll hat zwei klägliche Versuche gestartet, das Gespräch in Gang zu bringen. Dann hat er es aufgegeben. So gehen die beiden schweigend den Flur entlang. Am Ende des Flurs öffnet die Wissenschaftlerin eine Tür. Vor ihnen liegt ein Raum, der etwa 100 Quadratmeter groß ist und Böll an eine Fabrikhalle erinnert, bestückt mit vier Maschinen, die wie überdimensionale Fotokopierer aussehen.

***

Angela kniet vor ihrem Bett und betet. Die Oberin hat ihr nach dem Gespräch empfohlen, den Angelus zu beten und währenddessen den Bußgürtel zu tragen. Den soll sie nicht nur während des Gebets tragen. Sie darf ihn den ganzen Tag nicht ablegen, denn Eitelkeit und Hochmut zählen zu den Todsünden. Die Bestrafung ist unvermeidlich gewesen, sie hat es gewusst, noch bevor sie heute Morgen zum Gespräch gegangen ist. Denn als Novizin ist sie verpflichtet, ihrer Leiterin alles zu erzählen. Träume, Gefühle, Begebenheiten ihres Alltags. »Die Seele sauber halten«, nennen sie das im Opus Magnum. Mindestens einmal pro Woche findet ein solches Gespräch statt.

Heute aber hat Angela die Oberin selbst aufgesucht. Sie muss reden, ihr Gewissen hat sie in der Nacht arg geplagt! Sie muss ihr sagen, wie sehr sie sich über das Lob des Kommissars, ihre Stimme sei engelsgleich, gefreut hatte! Sie bekommt Gänsehaut, wenn sie an seine Worte denkt: Er habe das »Ave Maria« noch nie so wunderschön vernommen. Er hat ihr das Gefühl gegeben, etwas Besonderes zu sein! Sie fühlt den Stolz tief in sich, wenn sie an seine Worte denkt. Ja, und sie hat auch immer wieder an ihn denken müssen.

All das hat sie der Leiterin des Studentinnenwohnheims erzählt. Diese hat ihr zugehört, ohne sie zu unterbrechen. Am Ende ihres Berichts hat Angela den Kopf gehoben und in die Augen der Heimleiterin geschaut. In deren Blick hat sie gelesen, wie schlimm ihr Vergehen gewesen ist.
Sie hat eine gerechte Strafe erhalten.
Neben den täglichen sieben Stundengebeten – Vigil, Laudes, Prim, Terz, Sext, Non und der Vesper am Abend – muss sie nun mehrmals am Tag den Angelus beten, so oft sie kann. Sie soll darüber hinaus mehrere Tage den Bußgürtel tragen, ihn fest zuziehen, damit die Stacheln sich in den Oberschenkel bohren und sie den Schmerz spürt. Nachts soll sie nicht das Bett aufsuchen, sondern auf dem Boden schlafen. Erst wenn die hochmütigen und auch die sinnlichen Gedanken nicht wiederkehren, soll sie damit aufhören. Das hat ihr die Oberin mit auf den Weg gegeben.
Sie weiß, dass die Heimleiterin sie straft, um ihr Seelenheil zu retten. Sie vertraut ihr und doch ist ihr das Gespräch schwergefallen, denn sie schämt sich. Angela weiß, dass ihr Weg bis zum feierlichen Gelübde, das sie auf ewig an Gott und den Orden bindet, noch weit ist. Nur derjenige, dessen Seele rein und dessen Geist reif genug ist, sich von der Welt abzuwenden, darf dieses Gelübde leisten.

Sie bekreuzigt sich ein letztes Mal und erhebt sich. Dabei drücken die Metallstacheln des Bußgürtels in ihr Fleisch. Sie beißt die Zähne zusammen, bis der Schmerz abklingt. Die Leiterin hat sie gemahnt, dass sie lernen müsse, den Schmerz zu ertragen, bis sie ihn und sich selbst nicht mehr spüre. Nur so lerne sie, die eigenen Bedürfnisse hintanzustellen und die Gemeinschaft an erste Stelle zu setzen. Das Geschehene zeige, dass sie auf dem inneren Weg noch nicht sehr weit sei.
Angela hat eine weite graue Hose gewählt, damit der Bußgürtel nicht zu sehen ist. Sie muss nun zu ihrem Patenkind Anton. Vor einem halben Jahr ist ihr die Aufgabe zugeteilt worden, sich um den siebenjährigen Jungen mit Down-Syndrom zu kümmern. Zu ihrer Überraschung hat die Leiterin ihr Mitgefühl und die Zuneigung zu dem Jungen, den sie zu betreuen hat, getadelt. Die Liebe zur Gemeinschaft sei wichtiger, äußere Einflüsse dürfe man nicht an sein Herz lassen, hat die Oberin sie gemahnt. Wenn ihr dies nicht gelänge, würde sie von der Aufgabe abgezogen werden. Doch sie will Anton nicht hergeben, der Junge ist ihr ans Herz gewachsen.
Aber vielleicht muss ich genau das lernen: diejenigen loszulassen, die ich liebe, um mich ganz und gar Gott zu widmen.

Angela ist verzweifelt, als sie in die Bahn steigt. Sie wird es niemals schaffen. Tief in ihrem Inneren weiß sie: Sie ist kein wertvoller Mensch. Der Teufel hat leichtes Spiel mit ihr. Erneut steigt die Scham in ihr hoch.

***

Böll hat das geschredderte Papier behutsam auf die Arbeitstische gelegt. Nun sind fünf Praktikanten damit beschäftigt, eine erste grobe Vorsortierung zu machen. Welche Papierstücke passen zueinander?
Sind Ähnlichkeiten da, werden diese auf ein Fließband gelegt und abgelichtet. Auf dem Bildschirm kann Frau Doktor Weißenfels erkennen, welche Vorschläge der Computer für die weitere Zuordnung macht.
Dabei berücksichtigt die ausgefeilte Software, Ergebnis eines millionenschweren Forschungsprojektes, Papierstruktur, Farbe, Schriftart und andere Auffälligkeiten, so dass die Zuordnung gelingen kann. Letztlich entscheidet jedoch nicht die Technik, sondern ein Wissenschaftler darüber, was zusammengefügt wird. Das Softwareprogramm macht nur Vorschläge.
Böll wird ganz schwindlig, wenn er daran denkt, wie viele Tage oder Wochen das gewöhnlich dauert. Als er sich bewusst wird, wie vergeblich die Verfolgung dieser Spur möglicherweise ist, weil ihm einfach die Zeit

davonläuft, sieht er plötzlich die gepiercte Oberlippe von Frau Doktor Weißenfels vor seinem Gesicht. Da er jedoch seinen trüben Gedanken nachhängt, nimmt er nicht wahr, was sie sagt.
Sie stupst ihn an, damit er zuhört.
»Icke sachte jerade, det wir die Süßen hier jetzt mal ihre Arbeit machen lassen. Wah, eh?«
Böll ist verwirrt. »Wir bleiben nicht hier?«
»Nee, bloß nich. Kommen Se mit.«
Böll und die Wissenschaftlerin verlassen den Raum. Mit zügigen Schritten geht die Akademikerin in ihr Büro und greift sich ihre Bomberjacke und eine Military-Mütze mit dicken Ohrenklappen. Diese Mützen aus dem Bestand der sowjetischen Armee waren nach dem Mauerfall in Berlin ein Hit, erinnert sich Böll, und wurden damals auf jedem Trödelmarkt angeboten. Als sie zu ihm zurückkehrt, sagt sie:
»So, wir beede fahrn jetzt zum Jendarmenmarkt.«
»Und was machen wir da?«, fragt Böll überrascht.
»Essen jehen. Im ‚Borchardt'.«
»Im ‚Borchardt'? Dem Promilokal? «
»Der Kuhle hat mir versprochen, det icke für den Sondereinsatz von dir zum Essen einjeladen werde. Und in diese Schickimicki-Bude wollte icke schon immer.«
Kuhle, dieser Filou, hat Versprechungen hinter seinem Rücken gemacht!

Die Wahl des Restaurants überrascht ihn. So wie sich die Akademikerin kleidet und gibt, hätte er eher auf ein Lokal in Kreuzberg getippt.
So kann man sich täuschen, lächelt Böll still in sich hinein. Sorgen bereitet ihm die Tatsache, dass sein Ausflug nach Berlin nun teurer wird als angenommen.
Als sie am Ernst-Reuter-Platz in die U-Bahn steigen, ist er angenehm überrascht, wie oft die Bahnen in Berlin fahren, ist er doch in Köln Wartezeiten gewöhnt, die sich nicht nur ewig anfühlen, sondern auch sind, vor allem bei Schnee und Regen. An der Haltestelle ‚Stadtmitte' verlassen sie die Bahn.
Als sie aus den Tiefen des Berliner Untergrundes auftauchen, schneidet die kalte Luft in ihre Gesichter. Dicke Atemwolken bilden sich vor ihren Mündern. Jetzt weiß er, warum die Historikerin eine Military-Mütze trägt! Bis zu dieser Erkenntnis hielt er das für modisches Statement. Doch jetzt weiß er: Berlin ist im Winter kalt. Saukalt.
Böll gräbt seinen Nacken tiefer in seinen Cashmere-Schal, den er mehrfach um seinen Hals geschlungen hat, und schlägt den Kragen des Burberry-Mantels hoch. Doch der Mantel ist für Herbsttage gemacht, nicht für Wintertage in Berlin, die deutlich härter sind als die mäßig kalten, eher feuchten Wintertage im Rheinland, dort, wo der Schnee

schmilzt, bevor er den Boden berührt. Grund genug, das ‚Borchardt' zügig anzusteuern.
»Mann, loofen Se doch nicht so schnell. Da komm icke ja jar nischt mit«, mosert Monika Weißenfels.
»Entschuldigen Sie, aber mein Mantel wärmt nicht annähernd so gut wie Ihre Bomberjacke und Ihre Fellmütze. Ich muss mich bewegen, sonst kriege ich 'ne Grippe.«
»Is ja schon jut«, beschwichtigt sie und passt sich zügig dem Laufschritt Bölls an. »Se sind aber janz schön sportlich«, röchelt sie nach wenigen Minuten. »Na ja, müssen Se als Kommissar wahrscheinlich auch sein. Als Wissenschaftler is man ja automatisch so nen Stubenhocker.«
Böll schaut ihren Teint an, der in der Tat derart blass ist, dass man zwangsläufig auf eine Tätigkeit mit staubigen Akten schließen muss. Als ihr Atem rasselnd wird, erreichen sie zum Glück das ‚Borchardt'.
Dort empfängt sie angenehme, zurückhaltende Eleganz. Rot bespannte Sitzecken, schlichtes, weißes Damasttuch auf den Tischen, davor braune, ebenso schlichte Holzstühle. Weiß getünchte Wände, mattgrüne Marmorsäulen und ein Duft aus der Küche, der Böll das Wasser im Munde zusammenlaufen lässt. Dazu ein Sound aus Tellergeklapper, Lachen und internationalem Stimmengewirr. Ein Flair, den es nur in den ganz großen Metropolen dieser Welt gibt.

Plötzlich wirkt die kesse Frau Doktor Weißenfels gar nicht mehr so kess. Angesichts des versammelten Who-is-Who der Berliner Republik an den Tischen steht sie ratlos am Eingang. Nun übernimmt Kommissar Böll die Führung, gibt dem Kellner mit einem Handzeichen zu verstehen, dass sie zwei Sitzplätze benötigen.

Mit einem »Da haben Sie aber Glück gehabt, da wird gerade was frei, sonst geht ohne Reservierung mittags gar nichts« führt dieser sie an einen kleinen Tisch. Kommissar Böll rückt fürsorglich Frau Doktor Weißenfels den Stuhl zurecht und nimmt ihr gegenüber auf der Bank Platz. Verstohlen schaut sich die Akademikerin um. Mit gedämpfter Stimme flüstert sie ihm zu: »Icke jlaub, icke bin nischt richtig anjezogen für so nen Lokal.«

Böll ist zwar der gleichen Meinung, tröstet sie aber wie ein Gentleman darüber hinweg. »Och, immer nur Jil Sander oder Escada Business-Anzug wie die anderen Damen hier ist doch langweilig. Sie machen den Laden doch erst interessant.«

»Meenen Se«, haucht sie, während sie mit den Händen versucht, ihre hennaroten Dreadlocks ein wenig zu bändigen und über das Tattoo am Unterarm schamvoll den Pullover schiebt. Böll bekräftigt seine Aussage mit einem gutmütigen Kopfnicken.

Der Kellner reicht ihnen die Menükarte und bleibt wartend am Tisch stehen, um die Bestellung aufzunehmen.
Nachdem die Wissenschaftlerin mit dem Hang zu gruftigem Outfit die Preise studiert hat, schiebt sie erschrocken die Hand vor den Mund.
»Ach, herrje. Det det hier so teuer is, wusste icke nischt.«
»Macht nichts, jetzt sind wir hier. Jetzt genießen wir das Essen auch«, sagt Böll tapfer. Er schaut sich um. In der Tat sitzen im Borchardt viele bekannte Gesichter beim Mittagessen. Der amtierende Regierungssprecher, der gekonnt den Politzirkus für die Regierung in Schach hält, eine französische Schauspielerin, die auch heute wie im Film ‚Chocolat' einen wunderbaren Schmollmund zur Schau trägt und Stefan Seiblitz, der Chefredakteur eines bekannten Politmagazins, arrogant wie immer. Und das sind nur die, die er auf den ersten Blick erkennt. Sicher sitzen hier auch noch einige Staatssekretäre und Lobbyisten großer Konzerne und Verbände, deren Gesichter nie im Fernsehen auftauchen, die aber in Wahrheit die Strippen in der Politik ziehen.
Böll wählt Wild mit Preiselbeeren und einen roten, trockenen Merlot, während sich Frau Weißenfels in der Speisekarte zu verlieren scheint. Hilflos schaut sie Böll an. Der springt ihr bei.

»Also, Hollywood-Star Johnny Depp soll im Borchardt das Wiener Schnitzel mit Wonne verzehrt haben. Wissen Sie, das wird hier wie in Wien gemacht. Die nehmen echtes Kalbfleisch und braten es in Butter.«
Das mit Johnny Depp hatte er bei seinem letzten Besuch im Borchardt von einem Regierungsbeamten erfahren, der am Nebentisch gesessen hatte.
»Det nehm icke«, sagt sie erleichtert.
Der Kellner begreift, was vor sich geht und unterstützt die verzagte Frau dabei, die Bestellung abzuschließen.
»Gnädige Frau, darf ich Ihnen dazu einen Weißwein empfehlen? Vielleicht einen trockenen Silvaner? Der passt ganz ausgezeichnet dazu.«
Die Wissenschaftlerin nickt ergeben. Auf ihrer Stirn glänzt Schweiß. Böll kann nicht einschätzen, ob das vom überaus warmen Wollpulli kommt oder von der Anstrengung, in einem solchen piekfeinen Lokal wie diesem eine Bestellung unfallfrei aufzugeben.

***

Elena hat sich in der Kirche in die letzte Bank gesetzt. In ihren zitternden Händen hält sie ein Papier, das sie heute Morgen auf dem Küchentisch gefunden hat. Ein Drohbrief, auf dem nur ein Satz steht.
»Du stirbst, wenn du nicht gehst.«

Sie weiß nun mit Sicherheit: Die Haustür hat vergangene Nacht nicht zufällig offen gestanden! Elena Gomez ist völlig durcheinander. In ihr toben Angst, die an Panik grenzt, gemischt mit Wut und einer trotzigen 'Jetzt-erst-recht-Haltung'. In diesen Aufruhr der Gefühle schleicht immer wieder die tief empfundene Trauer um ihren Bruder. Sie hatten zusammengehalten wie Pech und Schwefel. Zum ersten Mal im Leben ist sie allein. Tiefe Ratlosigkeit macht sich in ihr breit. Während sie betet, merkt sie nicht, dass ihr Tränen die Wangen hinunterlaufen. Voller Verzweiflung betet sie zu Gott, er möge ihr helfen, ihr den richtigen Weg weisen. Plötzlich fühlt sie eine Hand auf ihrer Schulter. Sie schaut hoch und blickt in das Gesicht einer alten Dame. Diese beugt sich zu ihr runter und flüstert ihr ins Ohr:
»Kann ich Ihnen helfen?«
Elena nickt. Sie ist unfähig zu sprechen. Die Frau kommt ihr wie ihre eigene Mutter vor. Sie ist der Strohhalm, nach dem sie gesucht hat. Die Frau legt beschützend den Arm um sie, nickt dem Küster vielsagend zu und führt sie aus der Kirche.

***

Angela schaut Anton zärtlich an. Er ist ein so lieber Junge, dennoch hat seine Mutter ihn ins Heim gegeben. *Wie konnte sie nur?*
Sie beobachtet, wie er geschickt den elektrischen Traktor zusammenbaut, den sie ihm zum Geburtstag geschenkt hat. Seine Freude ist groß, denn mit Autos, Traktoren, mit jeglichem technischen Spielzeug, beschäftigt er sich leidenschaftlich gern. Zum Dank hat er sich ihr an den Hals geschmissen, ihr Gesicht über und über mit Küssen übersät und vor Freude geweint. Diese Freude zu sehen, ist für Angela das schönste Geschenk.
Doch seit der Beichte heute Morgen forscht sie misstrauisch in ihrem Herzen, ob diese Freude gut und richtig ist. Ist ihre Freude nicht so selbstlos wie es aussieht?
Will ich vielleicht für das Kind die wichtigste Person sein? Will ich seine Liebe für mich allein?
Sie weiß es nicht, so tief sie auch in ihre Seele hineinschaut. Sie weiß nur, dass sie eine tiefe Liebe zu dem Jungen spürt. Doch die Oberin hat sie gewarnt, dieser Liebe nachzugeben. Wieder steigt die Verzweiflung in ihr hoch.
Alles, was sich richtig anfühlt, ist doch irgendwie falsch!
Die Überzeugung, alles in ihrem Leben bisher falsch gemacht zu haben, beschleicht sie, seitdem sie im

Orden lebt. Die anderen haben sie beruhigt: Die Wahrheit zu schauen, fühle sich zunächst falsch an, weil man zuvor im Unwahren gelebt habe, doch später erkenne man, was wahr oder unwahr sei.
Wie aber kann sie jetzt noch ihren eigenen Gefühlen trauen? Wie kann sie Gutes von Bösem unterscheiden?
Sie ist dankbar, dass sie im Orden leben darf.
Dort wird sie beschützt, vor dem Bösen bewahrt.
Solange sie selbst nicht weiß, was gut für sie ist, muss sie auf die Frauen und Männer hören, die den Orden leiten. Sie wissen, was gut für sie ist. Sie vertraut darauf, dass diese Menschen sie zu einem Werkzeug Gottes formen werden. Sie will tun, was von ihr verlangt wird. *Von ganzem Herzen!*
Eine erste Gehorsamspflicht hat sie bereits erfüllt, als sie eine besondere Aufgabe für Orth, ihren Musiklehrer, erledigt hat. Dafür hat man ihr zum ersten Mal Lob gezollt. Sie streichelt gedankenverloren über Antons dunkle Locken, der jauchzend mit seinem neuen Traktor spielt. Angela beschließt, sich in Zukunft noch mehr anzustrengen. Gott möge ihr gnädig sein und sie erleuchten!

***

Böll ist zufrieden. Die ungewohnte Umgebung und der ausgezeichnete Wein haben Weißenfels' Zunge gelöst. Sie hat ihm erklärt, was sie so den lieben langen Tag am Institut macht. ‚In der Vergangenheit rumwühlen' hat sie das genannt. Nicht in irgendeiner, sondern in der Vergangenheit der DDR. Schwerpunkt Stasi.

Sie hat ihm erzählt, wie damals, als die Mauer fiel, die Unterlagen von den Mitarbeitern der Staatssicherheit in höchster Eile entsorgt wurden, damit Agenten unentdeckt, Verbrechen im Nebel der Vergangenheit verschwanden und konspirative Wohnungen auch tatsächlich konspirativ blieben. Diesen Nebel zu lichten, die Wahrheit dennoch ans Tageslicht zu holen, betrachtet Monika Weißenfels als die wichtigste Aufgabe ihres Lebens. Das hat sie Böll anvertraut.

Nicht ohne Grund, denn ihre Eltern waren Oppositionelle in der DDR. Sie hatten ‚rübergemacht' als sie noch klein war. Doch mit der Flucht nach Westberlin waren sie die Stasi noch lange nicht los. Sie blieb ihr ständiger Begleiter: Ihr Dreirad, mit dem sie so gerne fuhr, war plötzlich beschädigt, sie verletzte sich schwer, ihr Vater hatte einen beinahe tödlichen Unfall, dessen Ursache nie geklärt wurde. Das Gefühl beobachtet zu werden, ließ nie nach.

Alles Sinneseindrücke, die nicht belegbar waren, die aber dazu führten, dass andere, denen man davon erzählte, glaubten, man wäre psychisch krank. Genau diesen Eindruck zu erwecken, wäre Ziel der Stasi gewesen, um die geflüchteten Bürgerrechtler von Freunden, Verwandten, Nachbarn und Arbeitskollegen zu isolieren. Das hatte Monika Weißenfels nach der Wende erfahren, als sie die Akten, die die Stasi über ihre Eltern angelegt hatten, gelesen hatte. Die Abhörmaßnahmen und subversiven Einflussnahmen der Stasi hatte sie minutiös in der Akte ihrer Eltern nachverfolgen können. Sie hatten sich also nicht getäuscht! Die Stasi hatte sie nie aus den Augen gelassen!

Ihre Familie war daran zerbrochen.

»Wissen Se, wat det Schlimmste war?«, fragt sie am Ende ihres Berichtes, die Böll wie eine Lebensbeichte vorkommt.

Böll schüttelt den Kopf.

»Det uns niemand jeglaubt hat. Wir waren zwar im Westen, aber jetzt noch isolierter als in der DDR. Für mich is et janz schlimm, det se die Olle vom Honecker ohne Strafe nach Chile haben verduften lassen. Dabei war die eene der Schlimmsten! Die hat Eltern die Kinder wechjenommen! Die hat ihre Verbrechen nie einjesehen! Musste se ooch nischt. Wie viel andere ooch nischt. Die meisten Täter wurden nie bestraft. Det is unerträglich für mich.«

»Das verstehe ich«, sagt Böll, der nun nachvollziehen kann, warum sie bei der Rekonstruktion des

Stasi-Archivs hervorragende Arbeit leistet. Intrinsische Motivation, nennen das Psychologen.

»Icke behaupte mal, det wir bis heute nischt det janze Ausmaß der Stasiaktivitäten aufgeklärt haben, wie aktiv die im Westen gewesen ist. Icke bin zutiefst davon überzeugt, det vieles, wat wir für historische Wahrheit halten, in einem janz anderen Licht erscheint, wenn wir einfach noch mehr Akten zusammenfriemeln.«

»Das kann ich mir gut vorstellen nach all dem, was Sie erzählt haben«, zeigt sich Kommissar Böll fasziniert von dem Geschilderten.

»Icke nenn Ihnen nur een Beispiel. Benno Ohnesorg. Sagt Ihnen det noch wat?«

»Ja, klar. Das war doch der Student, der beim Besuch des Schahs von Persien von einem Polizisten erschossen wurde. Danach begann die Radikalisierung der 68er-Bewegung.«

»Jenau, die Radikalisierung kam, weil alle jlaubten, det der Ohnesorg von einem Polizisten, also vom deutschen Staatsapparat, kaltblütig ermordet worden wäre. Daraufhin jründete sich die Rote Armee Fraktion und ermordete Politiker. Blöd nur, det et nischt der böse Staat im Westen war. Der Polizist, der Ohnesorg erschossen hat, war Stasi-Mitarbeiter! Die wollten mit dem Mord jenau diese Radikalisierung in der Studentenbewegung bewirken. Is ihnen ja ooch jelungen!«

»Wenn in dem geschredderten Material der Stasi noch viele solcher Geschichten stecken, dann kommen auf uns ja noch interessante Zeiten zu …«, merkt Böll nachdenklich an.
»Det kann man wohl sagen! Jenau deswegen wird immer wieder versucht, die Aktendeckel ein für alle mal zu schließen. Icke und mein Team aber sind wie Bluthunde, die dran bleiben und die Spur verfolgen bis wir am Ziel sind.«
»Das beruhigt mich zu hören!«, antwortet Böll höchst zufrieden, denn seine Papierfetzen sind offenbar in den richtigen Händen. Wenn sie eine Spur hergeben, würde diese Frau sie finden. Wie ein Spürhund, der die Witterung aufnimmt.

***

Kuhle hat Böll versprochen, sich um die Schwester des toten Pfarrers zu kümmern. Böll hat ihn zudem gebeten, sie noch einmal zu befragen, ob ihr in der Zwischenzeit weitere, wichtige Informationen eingefallen seien.
In der Mittagspause ist er über den Weihnachtsmarkt in Bergisch Gladbach geschlendert, hat mit den Kollegen einen Punsch getrunken und den großen Weihnachtsbaum bestaunt, der in der Mitte des Konrad-Adenauer-Platzes aufgebaut ist. Das hat ihm

gefallen. Irgendwie ist er in den letzten Jahren immer sentimentaler geworden.
Nun aber muss er sich nach der Mittagspause wieder mit dem Mordfall befassen. Ein Wechselbad der Gefühle. Hier weihnachtliche Vorfreude, dort eine gewalttätige Realität, die den anderen Teil der Welt, die zivilisierte – wenn es sie denn gibt –immer wieder bedroht. Seine Zweifel, dass es eine ‚heile Welt' jenseits des Kriminellen gibt, werden von Jahr zu Jahr größer.
Er ist einfach schon zu lange bei der Kripo.
Diese negative Weltsicht ist ein Berufsrisiko, denkt Kuhle und passiert den Kreisverkehr, an dem das Landgasthaus Sonne liegt. Er erinnert sich, dass er in der Gaststätte mit Böll mal einen Pfälzer Saumagen gegessen hat, das Leibgericht des verstorbenen Bundeskanzlers Helmut Kohl. Als die Domtürme von Marialinden vor ihm auftauchen, versucht er sich auf die Aufgabe zu konzentrieren, die nun vor ihm liegt.
Doch die depressiven Gedanken kehren zurück.
Er denkt an die Strafrichter, die mit den Jahren immer garstiger werden, einfach weil sie schon so oft belogen worden sind und gesehen haben, was Menschen einander antun. Er jedenfalls zieht den Innendienst vor. Wenn man nicht direkt mit den Menschen spricht, Distanz zu ihnen hält, kann er den Fall als ‚Fall' betrachten. Das ist für seine Seele besser! Sich in einen

Fall so reinzuwühlen, wie Böll es immer wieder tut, ist ihm suspekt.

Lieber erledigt er die Hintergrundrecherchen und unterstützt Böll, der an der Front der Ermittlungen steht, mit einem Wissen, das er sich in vielen Jahren erarbeitet hat. Oft kann er wichtige Hinweise geben, die schließlich helfen, den Fall zu lösen. Jedenfalls ist das die Version, die er sich abends vor dem Einschlafen erzählt. Das hier aber, zu einer Frau zu fahren, die als Hinterbliebene mit dem Mord an ihrem Bruder leben muss, und zwar lebenslänglich, ist überhaupt nicht sein Ding. Er parkt vor dem Dom und schlägt den Mantelkragen hoch, als er aus dem Auto steigt.

Meine Güte! Das ist ja hier noch einen Rock kälter als in Bergisch Gladbach!

Er klingelt an der Tür des Pfarrhauses und lauscht. Nichts. Keine Stimme. Keine Geräusche im Hausinneren. Nur Stille. Als er ein zweites Mal klopft, öffnet sich die Tür, wie von Geisterhand. Offenbar war die Tür nur angelehnt. Er tritt in das Haus und ruft:

»Frau Gomez? Sind Sie da? Ich bin es, Kuhle, der Kollege von Kommissar Böll.«

Wieder nichts. Allmählich beschleicht ihn ein mulmiges Gefühl. Es ist lange her, dass er seine Waffe gebraucht hat, aber das Haus wirkt auf ihn derart düster, dass seine Hand zum Gurt gleitet. Die Waffe zieht er aber nicht. *Noch nicht.*

Abermals ruft er den Namen. Keine Reaktion. Jetzt zieht er die Waffe.
Was ist hier los?
In den vielen Jahren seiner Tätigkeit als Kripobeamter hat er gelernt, dass Orte, an denen ein Verbrechen geschehen ist, eine seltsame Atmosphäre haben. Die negative Energie ist nahezu greifbar. Er hatte bei einem Bierabend mit Kollegen von der Spurensicherung lange darüber diskutiert. Die hatten ihm recht gegeben. Genau dieses Gefühl hat er jetzt.
Bad Vibrations.
Das Zentrum dieser schlechten Energie, er spürt es genau, ist die Küche. Und dann sieht er es. Eine Frau liegt leblos auf dem Küchenboden. Sie trägt eine seltsame graue Wollhose. Kuhle weiß, noch bevor er ihren Puls fühlt, dass sie tot ist.

***

Böll ist mit Monika Weißenfels ins Institut zurückgekehrt. Er hat es sich verkniffen, mit ihr auch noch über den Weihnachtsmarkt zu schlendern, obwohl der auf dem Gendarmenmarkt mit seinen Buden und Lichtern sehr einladend ausgesehen hat. Aber es drängt ihn zurück zur Arbeit. *Ob das Team in der Zwischenzeit fündig geworden ist?*

Es kribbelt Böll in den Fingern, das zerrissene Papier selbst zusammenzusetzen. Vielleicht kann er sich nützlich machen. Auf dem Rückweg ruft er Kuhle an, um zu fragen, ob die Gerichtsmedizin inzwischen die Ergebnisse der Obduktion geschickt hat. Doch Kuhle geht nicht ans Handy, hat sein Mobiltelefon ausgestellt. *Seltsam.*

Im Institut sind sie fleißig gewesen. Die Papierschnipsel der ersten Kiste haben sie bereits eingescannt, jetzt bearbeiten sie den Inhalt der zweiten Kiste. Als Böll den Arbeitsfortschritt erleichtert zur Kenntnis nimmt, warnt ihn die Wissenschaftlerin:

»Freun Se sich nich zu früh! Entscheidend ist die letzte Phase, wenn wir am Monitor die Vorschläge des Softwareprogramms prüfen und dann entscheiden, wat wir tatsächlich zusammenfügen. Det ist echte Fummelarbeit und kann noch ewich dauern!«

Die nächsten Stunden verbringen sie mit dieser nervenaufreibenden Sortierarbeit. Um 20 Uhr verlassen die anderen wissenschaftlichen Mitarbeiter den Raum. Die Vorsortierung ist abgeschlossen. Den Rest müssen Böll und Frau Weißenfels alleine stemmen. Mehr als zwei Leute können sowieso nicht vor dem Monitor sitzen.

Weißenfels und Böll arbeiten Hand in Hand, überlegen, welche möglichen Inhalte ein solcher Erpresserbrief haben könnte, um den Filter des Softwareprogramms zu präzisieren und so schneller ans Ziel zu gelangen. Als die Buchstaben auf dem Monitor anfangen, vor seinen Augen zu tanzen, ist Böll kurz davor aufzugeben. Doch plötzlich schreit Frau Doktor Weißenfels triumphierend auf.

»Hey! Da ist was!«

Böll fühlt schlagartig seine alte Frische zurückkehren. In der Tat: Auf dem Monitor ist ein Teil eines Briefes zu erkennen, der mit »Wenn du nicht bald verschwindest, wird Gott dich strafen.« anfängt, aber keine Fortsetzung hat. Der Brief ist offenbar auf einem Computer geschrieben worden. Schrifttyp Times New Roman. Das Papier gibt auf den ersten Blick keine Besonderheiten preis. Die Wissenschaftlerin sucht weiter. Bölls Handflächen sind jetzt feucht. Voller Anspannung wartet er auf die Ergebnisse des Suchprogramms. Nach wenigen Minuten bietet die Software ein weiteres Briefstück an. Der Text setzt sich fort, auch wenn er nicht direkt an den ersten Teilsatz anschließt. Zu erkennen sind folgende Worte:

»Es gibt Unfälle, die plötzlich und unerwartet auftreten. Das kann jedem passieren. Auch Gottesmännern. Es ist besser, in die Heimat zurückzukehren ...«

Die Forscherin lässt die Software weiter suchen. Doch der Computer spuckt nichts mehr aus. Weißenfels macht eine energische Handbewegung:

»So, wir machen für heute Schluss. Basta. Morgen kann ick in dem janzen Zinnoba weiter suchen. Böll, du hast auf jeden Fall zwei Teile des Drohbriefes. Dat is 'ne Wolke! Damit kannste arbeiten!«
Sie grinst ihn frech an. Böll nickt. Ihre Redeweise ist offenbar das Pendant zum ‚Hamburger Du'. Nachname in Kombination mit 'Du', während das Hamburger ‚Du' es genau andersherum hält.
»Det müssen wir feiern, wah, eh? Jetzt jibt et Feez!«
»Also, um ehrlich zu sein: Ich bin hundemüde …«, antwortet Böll lahm.
»Böll, du willst kneifen!« protestiert die Weißenfels, bei der sich das 'Du' während der gemeinsamen Arbeit vor dem Monitor eingeschlichen hat. »Dat jibt et nich! Wir jehen jetzt auf die Piste. Mindestens einen Absacker trinken.«
Was soll er machen? Widerworte akzeptiert die Weißenfels sowieso nicht. Böll nickt ergeben.
»Ja, gut, ein Glas auf den Erfolg.«

***

Böll wird mit hämmernden Kopfschmerzen wach. Er liegt auf einem kratzigen Sofa, das aussieht, als ob es bereits in den berühmten zwanziger Jahren in Berlin als Sitz- und Schlafgelegenheit gedient hätte. Zu den Kopfschmerzen gesellt sich Übelkeit. Außerdem weiß er nicht, wo er ist.
Vermutlich in Berlin, aber wo da genau?
Böll schaut an sich herunter. Er hat in seinem grauen Boss-Anzug geschlafen. Immerhin: Er ist angekleidet. Das ist ein gutes Zeichen. Doch der Anzug sieht nach der durchzechten Nacht alles andere als elegant aus. Das Hemd ist verknittert, und sein Gesicht vermutlich auch.
In dem Moment hopst Monika Weißenfels mit extrem guter Laune ins Zimmer und stellt ihm ein undefinierbares Getränk auf den Wohnzimmertisch, der mehr einer Sperrholzkiste ähnelt. Darauf steht nun ein Getränk, das verdächtig nach einem Bloody Mary aussieht. Böll weiß: Das hilft gegen Kater, aber es kostet einige Überwindung, es runterzuschlucken. Nachdem er ganz vorsichtig wenige Schlucke von dem Höllengetränk genommen hat, merkt er wie seine Lebensgeister zurückkehren. Auf das Gebräu aus Tomatensaft, Wodka, Zitronensaft, Tabasco, Worcestersauce, Salz und Pfeffer ist Verlass. *Einfach unschlagbar, um Tote wieder ins Reich der Lebenden zurückzuholen!*, denkt Böll und schüttet auch noch den

letzten Rest des braunroten Gebräus tapfer in sich hinein.
Nachdem er das geschafft hat, weiß er, was als nächstes kommt, denn er ist in Berlin. Ganz sicher wird diese riesige Altbauwohnung nicht nur von der Weißenfels bewohnt. Wohngemeinschaften jedweder Art sind das natürliche Umfeld von Menschen, die in Berlin leben.
Leider liegt er mit dieser Vermutung goldrichtig.
Er muss sich in dieser grässlichen Verfassung einer Jury stellen, die die anderen Mitbewohner der Wohngemeinschaft bilden. Mit einer Heidi, einem Kevin, einer Doro und einem Musiker aus Jamaika, der die gleichen Dreadlocks trägt wie die Weißenfels, muss er sich das Frühstück teilen.
Das Schicksal verschont ihn auch nicht davor, mit dieser gemischten Truppe aus Musiker, Stasi-Jägerin, Beamtin, Stadtgärtner und Politprofi smalltalken zu müssen, selbstverständlich über die schlimmsten Mordfälle in seiner Laufbahn. Währenddessen würgt er eine Schrippe runter, wie die Brötchen in Berlin heißen, und klammert sich an den Kaffeebecher, in dem ein heißer, starker Kaffee ihn vor der Ohnmacht rettet. Nachdem die Berliner Wohngemeinschaft am Frühstückstisch tief in seine Ermittlungen eingetaucht ist, kann er sich zum Glück noch vor weiteren messerscharfen Beobachtungen zu seiner Berufswahl und wie diese mit seiner möglicherweise krankhaften

Persönlichkeitsstruktur aufs engste zusammenhänge, verabschieden. Sein Flieger geht um halb elf.
Er muss sich sputen, zumal sein Gepäck noch im Hotel ist. Wie lang die Wege von einem Ort zum anderen in Berlin sind, hat ihm die vorherige Nacht eindringlich vor Augen geführt, denn die schrägsten Cocktail-Bars seines Lebens, die die Weißenfels ihm gestern Nacht gezeigt hat, befinden sich in Stadtvierteln, die weit voneinander entfernt liegen und nur mit langen U-Bahnfahrten zu erreichen sind. Jedenfalls kam es Böll so vor, dessen innerer Städtekompass von Köln geprägt ist, wo alles nah beieinander liegt. So sind sie kreuz und quer durch diese seltsame Stadt gefahren, die einst durch die Mauer in zwei Teile gerissen war. Sie sind gefahren und gefahren. Zuerst zum Ballhaus Berlin, jenes legendäre Tanzhaus im Stil der 20er Jahre in Berlin-Mitte. Dann vom Prenzlauer Berg zur Oranienburger Straße, wo die Nutten in der Nähe der jüdischen Synagoge sich die Beine in den Bauch standen. Von dort nach Kreuzberg. Von Kreuzberg nach Friedrichshain. Irgendwo sind sie dann versackt. Von todschicker Cocktail-Bar bis zu versiffter Spelunke hat er gestern alles gesehen. Da Berlin keine Sperrstunde kennt, hat es kein Entrinnen gegeben. Auch nicht vor den Flirtversuchen von Frau Doktor Weißenfels.

***

Thomas wacht auf und fühlt sich gut. Saugut. Das ist gestern ein geiler Abend gewesen! Sie haben Musik gehört, viel Bier getrunken und sich in Rage geredet. Dann sind sie losgezogen. Hans, Uwe, er und die blonde Mieze, auf die er schon lange ein Auge geworfen hat. Uwe offenbar auch.
Sie sind mit dem frisierten BMW durch die Gegend gefahren. Haben am Golf-Club Lüderich ein paar der schicken Autos demoliert. Dann sind sie wieder ins ‚Kuckuck' gefahren. Er, Thomas, hat ein paar Runden geschmissen, um Gaby, wie das blonde Geschoss heißt, zu imponieren. Ist ja nicht so, dass er kein Geld hat. Sie hat mit ihm geflirtet. Mit Uwe aber auch. Zwischen ihm und Uwe ist zum ersten Mal so etwas wie Konkurrenz gewesen. In der Kneipe haben sie über die Türken gelästert, dann über den Moscheebau in Köln-Ehrenfeld. Schließlich haben sie gegen die Flüchtlinge gegiftet. Irgendwie hat sich das Ganze dann hochgeschaukelt, weil Gaby sie mit den Worten provoziert hat, sie würden ja bloß Sprüche klopfen. Da hat er gesagt: »Nee, ein Mann, ein Wort. Wir machen die jetzt platt.«
Sie sind wieder in den dunkelblauen BMW gestiegen. Er hat neben Gaby auf der Rückbank gesessen, ab und zu haben sich in den Straßenkurven ihre Oberschenkel berührt. Er fand das klasse; zumal Uwe durch die Gegend stocherte, als ob sie auf dem Nürburgring ein

Rennen fahren würden. Dann sind sie plötzlich in Overath-Landwehr gewesen und haben die Häuser gesehen, in denen die Flüchtlinge wohnen, die von der Overather Flüchtlingshilfe 'Integration jetzt!' betreut werden. *Was für Wichser! Warum machen die das? Wollen die, dass Overath bald einen Moslembruder als Bürgermeister hat? Die Flüchtlinge vermehren sich doch wie die Karnickel! Das weiß doch jeder!*
Uwe hatte Benzin und Brandbeschleuniger im Kofferraum. Jeder wusste, was zu tun war. Gaby feuerte ihn und die anderen Jungs an. Das gefiel ihm. Er warf die erste Fackel auf den Balkon im Erdgeschoss. Auf dem stand ein Wäscheständer mit Kleidung. Der fing sofort Feuer. Uwe ging in das vordere Haus, die Haustür war nur angelehnt , und schüttete Benzin auf die Treppe. Dann zündete er es an. Das Treppenhaus brannte sofort lichterloh.
Hans, der Vierte im Bunde, filmte das Ganze mit seinem iPhone. Er sagte, er wolle über ihre Aktion im Internet berichten, die Jungs »in der Szene groß rausbringen.«
Gemeinsam schauten sie auf das Feuer, das sich von Stockwerk zu Stockwerk fraß und bereits an den oberen Balkonen züngelte. Sie hörten die Rufe und Schreie und lachten sich kaputt. Ja, es war wirklich eine Riesengaudi!
Sie hatten keine Angst und keine Eile.

Erst als sie die Polizeisirenen und die Feuerwehr hörten, sprangen sie in den Wagen mit den 160 PS und zischten ab. Dann fuhren sie nach Köln, um ihre Tat so richtig zu feiern. Es war eine geile Party!

Gaby hat mit ihm, Thomas, geknutscht – nicht mit Uwe! Es war ein Gefühl, als ob er auf dem Siegerpodest ganz oben stehen würde.

Thomas ist sicher: Ihr Brandanschlag von gestern Abend wird in der rechten Szene Wellen schlagen! Bis nach Köln, Dortmund, Wuppertal und Solingen. Das Signal ist deutlich gewesen: Die Overather trauen sich was! Das werden heute alle wissen! In der Szene werden sie ihm jetzt mit Respekt begegnen!

Er ist überzeugt: Schon bald wird in der Zeitung stehen, dass die Flüchtlinge wieder in ihre Heimat zurückkehren wollten. Am Flughafen würden Uwe, Hans, Gaby und er dann winke, winke machen! Thomas muss grinsen, als er sich die Situation vorstellt. Drei Jungs und ein Mädchen haben den Overathern gezeigt, wie man sich gegen diese Zecken zur Wehr setzt! Sie haben den Flüchtlingen ein bisschen Dampf unterm Hintern gemacht! *Der Ausdruck „Dampf unterm Hintern" passt prima,* denkt Thomas und lacht in sich hinein.

Er räkelt sich im Bett. Sollen die doch heute ohne ihn die Dosen beim Discounter einsortieren. Er jedenfalls hat sich krank gemeldet. Ist eh nur ein Aushilfsjob.

Jetzt kann er den Morgen und seinen Erfolg so richtig genießen. Mit Wonne stellt er sich vor, wie heute Radio und Zeitung voll sein werden von dem, was sie gestern getan haben. *Ich und die Jungs sind die heimlichen Stars!* Das Adrenalin pulst durch seine Adern. So gut hat er sich schon lange nicht mehr gefühlt!

***

Böll hat die Schnürsenkel geöffnet, den Gürtel ausgezogen, die Uhr abgelegt, seinen Rucksack auf das Band gelegt, damit dieser vom Flughafenpersonal nach Waffen durchleuchtet werden kann.
Shit! Wieder hat er vergessen, sein Handy auszuschalten! Irgendwann wird es Schaden nehmen! Die Röntgenstrahlen tun der sensiblen Technik nicht gut! Mit dem Flugzeug zu reisen, ist vor dem 11. September so einfach gewesen! Die Sicherheitskontrollen waren damals geradezu gemütlich!, erinnert sich Böll sehnsuchtsvoll. *Und dann ist der Anschlag auf die Twin Towers in New York passiert und vorbei war es mit der Gemütlichkeit! Wenn man heute fliegen will, braucht man für die Sicherheitskontrollen fast länger als für den Flug*, denkt Böll grimmig und geht auf Strümpfen in den Nacktscanner, in dem er wie ein Schwerverbrecher den

Adler machen muss. Wie verlangt, stellt er sich mit gespreizten Beinen und Armen in den Scanner.

Grauenhaft! Der Tag hat schlimm begonnen und eine Wende zum Besseren ist nicht in Sicht.

Böll hat Sehnsucht nach einer heißen Dusche, nach Rasierschaum in seinem Gesicht und erfrischender Zahnpasta in seinem Mund. *Ein gebügeltes Hemd wäre auch nicht schlecht,* geht es ihm durch den Kopf. Im Bad heute Morgen hat er nur eine Katzenwäsche absolviert, wohlwissend, dass Badezimmer in Wohngemeinschaften hart umkämpfte Reviere sind. Seine Frustration steigert sich noch, als er am Gate ankommt und erfährt, dass sein Flug zwei Stunden Verspätung hat.

So ein Mist! Warum habe ich nur diesen Billigflieger gebucht! Jeder weiß, dass die kurz vor der Pleite stehen und dann Flüge zusammenlegen, um Kosten zu sparen. Genau wie heute!

Seufzend lässt sich Böll in die unbequemen Sitzgelegenheiten fallen und klappt seinen Laptop auf. Unzählige E-Mails rauschen herein. Sogar Kuhle hat ihm geschrieben! Er öffnet die Mail.

»Mayday, Mayday. Warum schaltest du dein Handy nicht ein? Frau Grau im Haus von Frau Gomez tot aufgefunden. Vermutlich ermordet. Elena Gomez flüchtig. Außerdem: Brand im Asylantenheim in

Landwehr. Zehn Schwerverletzte. Eine Person schwebt in Lebensgefahr.«

Gütiger Gott! Böll muss erst einmal Luft holen. Damit hat er nicht gerechnet! Die Nachricht fühlt sich an, als ob ihm jemand mit der Faust in den Magen geschlagen hätte!

Er nestelt sein Smartphone aus dem Rucksack. *Na klar, der Akku ist leer. Deswegen haben mich die Nachrichten nicht erreicht. Solche Tage streicht man besser aus dem Gedächtnis,* ärgert sich Böll und überlegt, was er als Nächstes tun kann und stellt fest: Nichts! Er sitzt hier fest, bis die Fluggesellschaft so gnädig ist, ihn nach Köln zu transportieren. *Da hat der Kuhle einmal Außendienst und dann gleich das!*

Böll lehnt sich erschöpft an die Rücklehne des Sitzes. Die Nacht hat ihren Tribut gefordert. Er ist ja schließlich keine Zwanzig mehr! Dabei weiß er, dass er nun alle Kräfte sammeln muss, um in diesem seltsamen Fall nicht unterzugehen. Er spürt, dass in den Geschehnissen eine böse, schnell wirkende Dynamik liegt. Das ist nicht gut. Gar nicht gut! Höchste kriminelle Energie ist hier am Werk.

Wir müssen den Fall schnell lösen, sonst wird es weitere Todesopfer geben!

Die Erkenntnis macht ihn aggressiv. Als eine Frau ihn freundlich fragt, ob sie neben ihm Platz nehmen darf, bellt er ihr ein wütendes »Nein« entgegen. Die Frau zuckt zusammen und setzt sich weit entfernt von ihm auf einen anderen Stuhl. Böll ist über sich selbst entsetzt, so schlechte Manieren hat er sonst nicht. Die ruppige Berliner Art färbt bereits auf ihn ab und die fehlende Nachtruhe tut ein Übriges.

***

Eike van de Vries schaut am Monitor genüsslich die Bilder der letzten Nacht an. Er schneidet die dramatischen Bilder geschickt aneinander, so dass der kleine Film einer fein ausgetüftelten Dramaturgie folgt. Zwar hat er nur wenige Angstschreie mit dem kleinen Mikro des iPhones aufnehmen können, die aber hat er mehrfach kopiert und als Sound unter den ganzen Film gelegt. *Das kommt richtig gut!* Eike ist mit dem Ergebnis sehr zufrieden. Die Schnitte sind präzise. Der Film trägt seine professionelle Handschrift. Da er gestern Nacht mit den Jungs ziemlich viel Bier gesoffen hat, trinkt er heute lieber Grünen Tee. *Zur Entgiftung.* Eike, den die anderen nur unter dem Namen Hans kennen, achtet penibel auf seine Gesundheit. Und auf ein gepflegtes Erscheinungsbild, inklusive teurer Anzüge. Es stört ihn, dass sein massiger Körper zu seinem kultivierten Inneren nicht so recht passen will und eher an einen muskulösen Türsteher erinnert. Viele Leute haben daher oft einen falschen Eindruck von

ihm, wenn sie ihm das erste Mal begegnen. Doch sein Fachwissen und seine exquisiten Manieren überzeugen schließlich alle seine Kunden, die an erlesenen Antiquitäten interessiert sind.
Eike stellt den Film mit einem letzten Klick online.
Die Jungs in Köln und Dortmund werden sich ganz schön wundern! Overath oha! Die Stadt ist in der Szene jetzt kein blinder Fleck mehr.
Den ganzen Tag haben die Fernsehstationen über den Anschlag berichtet. Das ist gut, zum einen für das Standing der Jungs in der Szene, die er zu kleinen Stars aufbauen will und zugleich vor dem Zugriff der Polizei schützen muss, damit sie lange, lange für ihn als Informanten arbeiten können. Zum anderen, weil schon bald wieder Polizei und Verfassungsschutz wissen, was sie an ihm haben. Er trinkt den letzten Schluck des Tees. *Ja, man muss Grünen Tee zügig trinken. Kalt schmeckt er grauenhaft.*

***

Erst am späten Nachmittag landet die Maschine aus Berlin am Flughafen Köln-Bonn und so erreicht Böll das Kommissariat erst gegen 18 Uhr. Gerade noch rechtzeitig, um Kuhle abzufangen. Der setzt ihn darüber in Kenntnis, dass die Fahndung nach Elena Gomez bisher ergebnislos verlaufen ist, der Leichnam

von Frau Grau bereits in der Gerichtsmedizin ist und die Spusi im ausgebrannten Asylantenheim die Spuren sichert, um ermitteln zu können, wie es zu dem Brand gekommen ist. Böll wollte ursprünglich den Drohbrief, zumindest die beiden Teile, die er hat, seiner Chefin Hansen als großen Triumph präsentieren. Der rekonstruierte Drohbrief als As in der Hand, mit dem sie arbeiten können. Vielleicht würden sie auf dem Papier Fingerabdrücke finden, ein Sprachprofiler könnte besondere Ausdrücke im Text herausfiltern oder das Briefpapier selbst gäbe Hinweise auf den Täter. Jedenfalls sind die Briefe das erste handfeste Beweismittel, das sie in den Händen halten! Doch angesichts dessen, was in der Zwischenzeit passiert ist, verpufft der Triumph und wird zur bloßen Arbeit, die erledigt werden muss.
Auch Bölls Erscheinungsbild ist wenig triumphierend. Die dunklen Schatten unter seinen Augen, das unrasierte Gesicht, der zerknitterte Anzug, das nicht mehr blütenweiße Hemd – all das ist Frau Hansens Blick nicht entgangen. Doch sie schweigt taktvoll. Ganz anders als Kuhle.
»Du liebe Güte! Wie siehst du denn aus?! Ich habe zwar schon oft gehört, dass Berlin anstrengend ist, vor allem nachts, aber du siehst aus, als ob zwei Lastwagen über dich gebrettert wären!«

»Danke für das Kompliment! Es waren nicht Lastwagen, nur Drinks. Leider hast du der Weißenfels versprochen, dass ich diese mit ihr trinken würde, wenn sie uns unter die Arme greift.«
»Ja, aber von einem Besäufnis war nicht die Rede. Du solltest mit ihr Essen gehen, kein Whisky-on-the-rocks trinken.«
»Sie wollte beides.«
»Aha, und auch noch mehr …?«
»Werd nicht frech!«
Kuhle stimmt provozierend den Sinatra-Song an über New York, die Stadt, die niemals schläft, allerdings in leicht abgewandelter Form:
»Berlin, Berlin, the city that never sleeps ...«
Böll blickt ihn genervt an. Kuhle kann sich ein boshaftes Grinsen nicht verkneifen, schließlich resümiert er:
»Na, jedenfalls hat sich dein Einsatz gelohnt. Immerhin haben wir nun zwei Teile des Drohbriefes. Darauf können wir jetzt die ganze Kriminaltechnik hetzen.«

***

Kommissar Böll ist froh, als die wenigen Stunden im Kommissariat vorbei sind. Er freut sich auf die Dusche. Nachdem diese ihn zu neuem Leben erweckt hat und er den bequemen rotkarierten Hausanzug übergestreift hat, serviert ihm Frau von Eschborn ungefragt ein Kotelett mit feingewürfelten Bratkartoffeln und Wirsing vom Vortag, der aufgewärmt noch viel besser schmeckt. Mit viel Appetit verzehrt er die Mahlzeit. Er freut sich schon auf das gute Glas Rotwein, das ihn, wie er glaubt, im Kaminzimmer erwartet. Denn das ist fast schon eine Tradition. Wenn die Tage besonders hart gewesen sind, gibt es den Rotwein-Absacker vor dem Kamin zum Entspannen. Böll ist nicht entgangen, dass auf dem Küchentisch eine Flasche Dornfelder vom Mittelrhein steht. Die hofft er, mit Frau von Eschborn nun gemütlich leeren zu können.
Doch als er mit Frau von Eschborn ins Kaminzimmer schreitet, das vom Buchenholz angenehm temperiert ist, trifft ihn fast der Schlag. Elena Gomez sitzt im Sessel am Kamin! Mit einer Decke über den Knien, scheinbar völlig entspannt.
Böll ist derart perplex, dass er sich, ohne etwas zu sagen, in den Ohrensessel fallen lässt. Frau von Eschborn, die mit einer solchen Reaktion gerechnet hat, schiebt schnell ihren Stuhl neben den seinen. Offensichtlich will sie die Mediatorin spielen. Bölls Blick ist nun nicht mehr entspannt, sondern lauernd. Er

wartet ab, was die beiden Damen vorhaben, denn dass das ein arrangiertes Aufeinandertreffen ist, ist ihm klar.
»Ich weiß«, beginnt Frau von Eschborn, »dass Frau Gomez zur Fahndung ausgeschrieben ist. Das haben wir aber erst heute aus dem Fernsehen erfahren. Als ich sie zu mir nach Hause mitgenommen habe, war das noch nicht der Fall! Frau Gomez weiß nicht, wieso gerade sie zur Fahndung ausgeschrieben ist, denn eigentlich wollte sie zur Polizei gehen und um Personenschutz bitten, weil ihr Leben bedroht ist.«
»Aha«, sagt Böll nur und faltet die Hände vor seinem Bauch, als ob er sich vor weiteren Schlägen, wenn auch nur verbalen, schützen wollte.
»Sie ist aus allen Wolken gefallen, als sie davon hörte, dass sie von der Polizei gesucht wird.«
»Möglicherweise wird sie gesucht, weil eine tote Frau in ihrer Küche gefunden wurde?«, sagt Böll mit triefendem Sarkasmus. »Ich will die Fahndung nicht überbewerten, aber es könnte ein wenig ungemütlich werden, wenn die Polizei davon erfährt, dass Frau Gomez hier bei Ihnen ist, Anna.«
»Nun hören Sie doch erst einmal zu, bevor Sie mich oder Frau Gomez verurteilen!«, empört sich Frau von Eschborn, deren Hals nun rote Flecken zeigt, denn der Sarkasmus trifft sie härter, als wenn Böll losgebrüllt hätte. Doch bevor Frau von Eschborn erneut zu einer

Erklärung ansetzen kann, sagt Böll mit seltsam tonloser Stimme:
»Sie machen sich strafbar, Anna, wenn Sie eine Frau beherbergen, die polizeilich gesucht wird.«
»Das weiß ich doch«, fügt Frau von Eschborn hastig an, »aber die Fahndung ist wirklich ein Riesenmissverständnis!«
»So, ist sie das?«, fragt Böll immer noch mit dieser tonlosen Stimme und schaut Elena Gomez an, die bisher geschwiegen hat. Diese weicht seinem bohrenden Blick nicht aus. Mit leiser, kaum hörbarer Stimme sagt sie:
»Vergangene Nacht habe ich in der Wohnung Geräusche gehört ...«, sie stockt bei den Worten, als ob sie sich die Situation nochmals vergegenwärtigte und die Furcht in ihr erneut hochstiege. Mit unsicherer Stimme fährt sie fort:
»Deswegen bin ich aufgewacht. Ich dachte, es wäre ein Einbrecher. Doch es war eine Katze. Sie war durch die Haustür hereingekommen. Mitten in der Nacht!«
Sie räuspert sich und trinkt mit zitternden Händen einen Schluck Wasser aus dem Glas, das ihr Frau von Eschborn reicht.
»Ich habe die Tür aber am Abend abgeschlossen.«
Sie unterstreicht das Gesagte mit einer Bewegung, als ob sie etwas mit einem Schlüssel verschließen würde.

»Ich hatte große Angst. Am nächsten Morgen fand ich diesen Brief auf dem Küchentisch.«
Sie reicht Böll den Brief. Doch statt den Brief zu lesen, versucht Böll Frau Gomez zu animieren, nun endlich die ganze Wahrheit zu erzählen.
»Und als Sie den Brief gelesen hatten, lockten Sie Frau Grau ins Pfarrhaus. Sie wollten sie zur Rede stellen. Sie waren noch ganz aufgewühlt, haben sich mit ihr gestritten, Sie wollten es nicht tun, aber ...«
»Nein, nein«, unterbricht ihn Elena Gomez mit schriller Stimme.
»Nein, Frau Grau war nicht da. Es lag nur dieser Brief auf dem Tisch. Daher bin ich sehr früh in die Kirche gegangen, um zu beten.«
Böll liest den Brief. Ein weiterer Drohbrief. Er weiß, dass er mit diesem Papier bestes Beweismaterial in Händen hält!
Den Berlinausflug hätte ich mir also sparen können und auch die anstrengende Arbeit bei der Zusammensetzung des Briefes. Den Kater und die Spesen auch, listet Böll seine unnützen Taten in Gedanken grimmig auf. *Gott! Ich habe alle Hebel in Bewegung gesetzt – für nichts!*
Doch seinen Unmut behält er für sich, er will die Geschichte von Frau Gomez zunächst zu Ende hören.
»Ich bin sehr verzweifelt. Ich weiß nicht mehr, wem ich trauen kann – Alle schauen mich seltsam an, wenn

ich einkaufen gehe. Ich habe zu Gott gebetet, mir zu helfen. Das hat er getan. Er hat mir Anna geschickt. Sie war in der Kirche, als ich dort gebetet habe. Sie hat mich in Sicherheit gebracht.«
Böll wendet sich an Frau von Eschborn. In strengem Ton fragt er:
»Was haben Sie so früh morgens in der Kirche gemacht?«
»Ich war dort, um eine Kerze anzuzünden. Das mache ich jedes Jahr am Todestag meines Mannes. Wie ich Ihnen bereits erzählt habe, ist er vor fünf Jahren bei einem Autounfall ums Leben gekommen.«
Böll räuspert sich und schaut die beiden Frauen skeptisch an. Knackend kracht ein Holzscheit im Feuer und sprüht Funken. Böll lässt sich mit seiner Antwort Zeit. Dann sagt er:
»Was erwarten Sie von mir, Anna? Soll ich zulassen, dass Sie eine Frau beherbergen, die zur Fahndung ausgeschrieben ist? Wollen Sie, dass wir drei jetzt gemütlich Rotwein vor dem Kaminfeuer trinken, ich morgen meinen Job an den Nagel hänge und dann seelenruhig auf ein Disziplinarverfahren warte?«
Bei den letzten Worten hat Bölls Stimme einen harten, metallischen Klang angenommen. Frau Gomez äußert sich nicht. Sie hat sich ins Schweigen zurückgezogen.
Anna von Eschborn schaut dem Kommissar an und versucht, ihre Stimme unter Kontrolle zu halten.

»Nein, Sie sollen Frau Gomez nur etwas Zeit geben, sich wieder fangen zu können. Morgen früh gehen wir dann gemeinsam mit Ihnen ins Kommissariat.«
Böll schaut beiden eindringlich in die Augen, nickt schließlich und sagt nüchtern:
»Eine Nacht. Mehr nicht.«

***

Böll wälzt sich im Bett hin und her. Wilde Träume halten ihn gefangen. Immer wieder schreckt er hoch und wacht auf. Vielleicht hat er einfach nur zu viel und zu spät gegessen. Doch da ihm die anstrengende Reise noch in den Knochen sitzt, nickt er dennoch immer wieder ein. Sein Körper will Ruhe. Einfach nur Ruhe. In seinem Traum tauchen brennende Asylantenheime, hennarote Dreadlocks und ein Hund auf, der die Brandstifter jagt. Er braucht eine ganze Weile, bis sein Gehirn registriert, dass das Bellen nicht zum Traum gehört, sondern Annas Hund ist, der soeben lauthals anschlägt. Als Böll etwas klarer im Kopf ist, begreift er, dass da irgendetwas Bedrohliches sein muss, so aggressiv wie der Deutsch Drahthaar gebellt hat! Erneut horcht Böll in die Nacht. Doch außer einem Käuzchen, dessen Laute in der Kälte besser zu vernehmen sind als im Sommer, hört er nichts. Auch der Hund ist jetzt wieder still. Als Böll sich gerade wieder schlafen legen will, schlägt Paul erneut an. Jetzt ist er außer Rand und Band! Da muss etwas in der Nähe des Hauses sein! Sonst würde der Hund nicht so reagieren!

Böll ist auf einen Schlag hellwach. *Was ist mit Elena? Nähert sich jemand dem Haus? Ist nach dem Pfarrer nun die Schwester dran?*

Böll schlüpft, nur mit dem Pyjama bekleidet, in seine Boots und greift zu Taschenlampe und Dienstwaffe. Ganz langsam öffnet er die Tür seiner Dachgeschosswohnung und schleicht die Treppe hinunter. Er sieht, dass Paul vor der Kellertür sitzt und böse knurrt. Seine Augen funkeln in der Dunkelheit. Frau von Eschborn steht neben ihrem Hund in einem seidenen Morgenmantel, so viel kann Böll im Licht der Taschenlampe erkennen. Mit dem Finger auf den Lippen gibt sie ihm zu verstehen, bloß keine Geräusche zu verursachen. Böll bleibt wie angewurzelt auf der Holztreppe stehen, denn diese erzeugt leise Knarzgeräusche, wenn er die Stufen hinuntersteigt. Da der Hund innehält, könnte man die jetzt hören.

Plötzlich hören sie ein lautes Poltern im Keller. Jetzt gibt es keinen Zweifel mehr. *Im Keller ist jemand!*

Böll stürzt die Treppe runter, dicht gefolgt von Paul. Böll lässt den Lichtstrahl der Taschenlampe durch den Kellerflur wandern. *Nichts.*

Auch das Geräusch ist verstummt. Doch Paul knurrt weiter. Er senkt seine Nase auf den Kellerboden und folgt der Spur, die im Zickzackkurs über dem Boden verläuft. Böll folgt dem Hund. Auf der Polizeischule hat er gelernt, den feinen Nasen der Hunde zu vertrauen. Paul führt ihn bis ans Ende des Flurs, zu dem Raum, wo Annas Einmachgläser stehen, wie Böll inzwischen weiß. Der Kommissar tastet sich vorsichtig an der Wand entlang, mit der Taschenlampe lugt er in jeden Raum. Plötzlich springt Paul mit einem riesigen Satz in den Vorratsraum. Böll hört Gläser klirren und das wütende Gebell des Hundes. Er lässt die Taschenlampe vor den Eingang des Vorratsraums rollen, so dass dieser ein wenig erhellt wird und er beide Hände an die Waffe legen kann. Er entsichert die Waffe und stellt sich breitbeinig vor den Eingang.
»Kommen Sie heraus. Ich habe eine Waffe«, brüllt Kommissar Böll in den Haushaltsraum, in dem der Hund tobt und zwischen den Regalen hin- und herspringt. In dem Getümmel kann Böll leider nicht viel erkennen.
»Ein letztes Mal. Ich bin Polizist und ich habe eine Waffe in meiner Hand. Kommen Sie mit hocherhobenen Armen heraus!«
Nichts tut sich. Böll ist sicher: Sein Gegenüber wartet darauf, ihn anzugreifen, will ihn überrumpeln. Jede Faser in seinem Körper ist bis aufs Äußerste

angespannt. Paul hat sich offenbar vor dem Eindringling postiert. Er hat ihn, wie es in der Polizeisprache heißt, ‚gestellt' und zeigt dies durch sein wiederholtes Knurren und Bellen an. Böll kann weder den Hund noch den Einbrecher sehen, denn beide befinden sich außerhalb des Lichtstrahls. Doch er hört das aggressive Knurren des Hundes. Ein Knurren, das unmissverständlich zu verstehen gibt, dass er bei der kleinsten Bewegung zubeißen wird.
Aufgrund der Geräusche vermutet Böll die beiden im rechten Teil des Raums. Böll befördert die Lampe mit einem Fußtritt ins Innere des Raums, löst die Hände aber nicht von der Waffe.
Und dann sieht er den Grund für die Aufregung: Eine dicke Ratte starrt mit angstgeweiteten Augen auf Pauls entblößtes Gebiss. *Eine Ratte!*
Schnell schaut sich Böll um, ob nicht doch noch jemand anderes im Raum ist. Nein, nur die Ratte, die sich an den Einmachgläsern zu schaffen gemacht hat. Böll muss lachen. Erleichterung macht sich breit. *Welch ein Glück, kein kriminalistisches Drama mitten in der Nacht, bloß eine Ratte!*
Plötzlich stutzt Böll.
Wo ist Frau von Eschborn?
Sie hat doch eben noch oben am Treppenabsatz gestanden. *Wo ist sie nur? Sie ist doch sonst so mutig!* Er hat sogar befürchtet, dass Anna den Einbrecher mit

ihren Einweckgläsern höchstselbst in die Flucht schlagen würde. Egal, wie gefährlich eine solche Aktion auch gewesen wäre!
Doch dann war sie ihm überraschenderweise nicht in den Keller gefolgt. *Seltsam.*
Ein gellender Schrei unterbricht seine Überlegungen.
Böll nimmt die letzten zwei Kellerstufen auf einmal. Der Schrei kam von oben. *Das muss Elena Gomez gewesen sein, die da geschrien hat!*
Böll stürmt zum Gästezimmer im ersten Stock, dort, wo Frau von Eschborn die Spanierin einquartiert hat. Die Tür ist angelehnt. Böll reißt die Tür auf und sieht gerade noch, wie Frau von Eschborn mit einem Messer in der Hand sich über Elena Gomez beugt. Böll rennt auf sie zu, reißt sie vom Bett herunter und springt auf ihren Rücken. Gleichzeitig schlägt er ihr das Messer aus der Hand. Frau von Eschborn schreit vor Schmerz auf und bleibt auf dem Boden liegen. Ohne sich zu wehren. Böll dreht ihr die Arme auf den Rücken. Aus Frau von Eschborns Kehle entweicht nur noch ein Röcheln. Böll dreht sich zu Elena um.
»Ist mit Ihnen alles in Ordnung?«
Die Spanierin sitzt kerzengerade in ihrem Bett. Ihr Gesicht ist so weiß wie das Nachthemd, das ihr Frau von Eschborn geliehen hat. Sie schaut Böll voller Entsetzen an und stammelt:
»Bitte lassen Sie Anna in Ruhe. Sie hat mir geholfen!«

»Ihnen geholfen? Mit einem Messer in der Hand?«
Böll ist nun fest überzeugt, es mit zwei geistesgestörten Frauen zu tun zu haben. *Warum habe ich mich nur auf ihr Spiel gestern Abend eingelassen?* Er ist wütend auf sich selbst.
»Das Messer hat der Täter fallengelassen«, würgt Frau von Eschborn hervor, die durch das Gewicht auf ihrem Rücken kaum Luft bekommt. Da Böll Frau Eschborn in diesem Zustand nicht mehr für eine Gefahr hält, lockert er den Griff und nimmt sein Knie von ihrem Rücken. Sie versucht, tief Luft zu holen. Der Schrecken hat ihr sonst so feines Antlitz zu einer Grimasse verzerrt.
»Sie Wahnsinniger! Der Mann ist durch das Fenster geflüchtet. Vielleicht hätten wir ihn noch stellen können, wenn Sie Ihre Pflicht getan hätten«, schleudert sie ihm entgegen. »Jetzt ist er bestimmt über alle Berge.«

***

Am nächsten Morgen herrscht Katerstimmung am Frühstückstisch. Elena stochert lustlos in ihrem Porridge, Böll kaut ohne viel Freude an seinem Wurstbrot und Anna von Eschborn hat sich, weit entfernt von Böll, an das Kopfende des Tisches gesetzt und isst ihr Rührei. Selbst Paul hat heute keine Lust

zum Betteln und hat sich unter den Küchentisch verzogen. Böll gibt sich einen Ruck.
»Anna, ich habe einen Fehler gemacht. Ich habe mich bereits gestern Abend entschuldigt. Aber, was sollte ich bitteschön denken, als ich unten im Keller war und von oben einen gellenden Schrei höre, nach oben renne und Sie dann mit dem Messer in der Hand über Frau Gomez gebeugt sehe?«
Frau von Eschborn antwortet nicht. Sie schweigt, noch immer schwer beleidigt, dass Böll sie für die Täterin gehalten hat. Elena hingegen sitzt hilflos zwischen den beiden Kontrahenten. Böll fühlt sich elend. Er hat Kopf- und Gliederschmerzen. *Das fühlt sich verdammt nach einer Grippe an! Bloß nicht!* Nun hat er schon die zweite Nacht nicht geschlafen. Trotz seiner konsequenten Bemühungen, diesen Fall zu lösen, wird dieser immer wirrer. Er ist der Lösung keinen Schritt näher. *Im Gegenteil!* Zwar hat er noch in der Nacht eine Fahndung eingeleitet. Doch einen Mann, ganz in Schwarz gekleidet, mit einer Halloween-Maske über dem Kopf, haben die Kollegen in der Nacht auf den Straßen nicht finden können.
Er selbst ist nach dem Überfall nur mit einem Schlafanzug bekleidet mit dem Hund durch den großen Garten vor dem Fachwerkhaus gestreift, um nach dem Täter zu suchen. Möglicherweise hat er sich im Gebüsch versteckt, um dann später, wenn sie alle

wieder zu Bett gegangen sind, in aller Ruhe flüchten zu können. Dabei hat sich Böll vermutlich die Unterkühlung zugezogen.
Er schnieft, putzt sich mit der Serviette die Nase, weil er kein Taschentuch zur Hand hat, was augenblicklich mit einem verächtlichen Blick von Frau von Eschborn abgestraft wird.
»Entschuldigen Sie, Anna, aber der Schlafanzug war wohl doch etwas zu luftig für den Nachtspaziergang«, kommentiert Böll sarkastisch den strafenden Blick.
Anna von Eschborn schweigt eisern. *Nun gut. Sie möchte wohl noch eine Weile die beleidigte Leberwurst spielen.* Böll entfernt sich vom Frühstückstisch, dreht sich an der Tür noch einmal um und sagt:
»Ich muss zur Arbeit. Ein junger Kollege von der Polizeistation in Untereschbach wird heute den Bodyguard für Elena Gomez spielen. Anna, Sie haben ihn kennengelernt, als Sie mich nach meinem Unfall an der Polizeistation abgeholt haben. Ich wünsche noch einen schönen Tag!«
Ohne eine Antwort abzuwarten, verlässt er den Frühstücksraum. *Er hat sich entschuldigt. Mehr geht nicht. Wenn sich Frau von Eschborn lieber im Selbstmitleid suhlen will, dann bitte.*

***

Eike van de Vries betrachtet Gabys durchtrainierte Schenkel mit Wohlgefallen. Soeben schält sich die blonde junge Frau aus den schwarzen Leggings, die hauteng ihre Beine bekleidet haben. Sie weiß genau, wie sie ihn auf Touren bringt. Ihr nur mühsam unterdrücktes Grinsen verrät ihm, dass sie gerade eines ihrer Lieblingsspiele spielt. Die naive Verführerin, die nicht um ihre Reize weiß und nach getaner Arbeit bloß die Kleider wechseln will. Dabei hat sie einen Body, der geradezu danach schreit, im Sportmagazin abgelichtet zu werden. Doch es stört ihn nicht, dass er im Moment der Einzige ist, der ihn bewundern darf. *Was für ein Prachtkörper!*
Jetzt setzt sie sich die Halloween-Maske aufs Gesicht, reißt das Brotmesser, das vom Frühstück noch auf dem Tisch liegt, an sich und stürmt, nur mit der Maske bekleidet, auf ihn zu, um ihm zu demonstrieren, wie sie die Spanierin zu Tode, na ja, fast zu Tode erschreckt hat. Sie hat ihr einen gehörigen Schrecken einjagen sollen, damit sie endlich verschwindet! Jedenfalls hat so der Auftrag gelautet. Gaby, die eigentlich Petra heißt, weiß, dass sie exzellente Arbeit geleistet hat. Das ist ihr auch bei Thomas gelungen. Dem hat sie, wie Eike es gewünscht hat, schöne Augen gemacht, damit sie ihn zu der Sache mit dem Asylantenheim anstacheln konnte. *Ja, sie ist verdammt gut in dem, was sie tut!* Umso mehr bedauert er es, sie bald hopsgehen lassen

zu müssen. *Aber es muss sein!* Ab und zu muss er der Polizei ein paar Brocken hinwerfen, sonst versiegt die Quelle. Die beiden Jungs kann er nicht ans Messer liefern, die braucht er noch in der Szene. Gut, dass Gaby so sportlich ist, der Sprung aus dem Fenster, und das auch noch nachts im Dunkeln, hätte für manche andere mindestens einen verstauchten Knöchel bedeutet und damit die Gefahr erhöht, geschnappt zu werden. Eine Frau für diesen Einsatz zu nehmen, war von ihm ein besonders raffinierter Schachzug gewesen. Keiner würde nach einer Frau fahnden. Er hatte mit ihr vor dem Einsatz gestritten. Denn sie wollte unbedingt ihre dressierte Ratte, die sie zärtlich »Engelchen« nannte, wieder aus dem Keller holen, nachdem sie sich als Ablenkungsmanöver so gut bewährt hatte. Doch Eike hatte es ihr verboten. Wenn Gaby geschnappt worden wäre, hätte das ihren Wert für ihn dramatisch geschmälert. Der Tipp für ihre Festnahme muss von ihm und vonniemandem anderen kommen!
Nun steuert Gaby alias Petra mit dem Messer auf ihn zu. Er kennt das Spiel schon und ist amüsiert. Mit einem geschickten Griff entreißt er ihr das Messer und schmeißt sie aufs Bett. Jetzt kommt der beste Teil, findet Eike van de Vries. Es erinnert ihn an einen Tierfilm, den er vor einiger Zeit im Fernsehen gesehen hat. In diesem Film tötet das Bärenmännchen einen

kapitalen Hirsch und kopuliert nach vollendeter Tat mit seiner Bärin. *Sex im Blutrausch. Animalisch gut.*

***

Auf die Frage, wer davon gewusst haben könnte, dass sich Elena Gomez auf Frau von Eschborns Landgut befunden hat, haben sich die beiden Frauen nur ratlos angeschaut. Dann aber ist so etwas wie Erkenntnis über Annas Gesicht gehuscht. Sie hat nur zwei Wörter gesagt:

»Der Küster.«

Ihn haben die beiden Frauen gegrüßt, als sie gemeinsam die Kirche verlassen haben. Böll will sich den Küster deswegen heute Morgen vorknöpfen.

Da alle Parkplätze vor der Kirche belegt sind, parkt er den Wagen auf dem Parkplatz hinter dem Lindenhof, einem der ältesten Fachwerkhäuser in Marialinden, wie ihm Kuhle erzählt hat. Als Böll die Kirche betritt, umfängt ihn Stille und der Geruch von erkaltetem Weihrauch. Doch vom Küster gibt es keine Spur, obwohl die Morgenandacht bald beginnt.

In dem Moment öffnet sich die Tür der Sakristei und der kleinwüchsige, asketisch wirkende Küster tritt heraus. Als er sich daran macht, die Kerzen anzuzünden, spricht Böll ihn an.

»Guten Morgen. Mein Name ist Oliver Böll. Ich komme vom Kommissariat in Bergisch Gladbach.«
Überrascht schaut der Kirchenmann, der tief in seine Tätigkeit versunken gewesen ist, ihn an.
»Ja, bitte? Was kann ich für Sie tun?«
Die Worte klingen beflissen, fast unterwürfig. Diese zur Schau gestellte Rechtschaffenheit, die in kirchlichen Kreisen gerne wie eine Monstranz vor sich her getragen wird, hat Böll nie gemocht.
Sei's drum. Er muss den Kerl ja auch nicht mögen. *Nur befragen. Und zwar eindringlich.*
»Sind Sie der Küster?«
»Ja, der bin ich.«
Täuscht er sich oder flackert in den Augen seines Gegenübers Angst?
Böll fixiert den Mann. Augen und Mimik sind ehrliche Zeugen der Seele. Gesichtsmuskulatur und Ausdruck der Augen können nur geringfügig bewusst gesteuert werden. Böll hat es in den vielen Jahren seiner kriminalistischen Tätigkeit darin zur Meisterschaft gebracht, in Gesichtern lesen zu können. Bei Verhören ist ihm das eine große Hilfe.
»Darf ich Ihren Namen erfahren?«, fragt Böll betont höflich.
»Schmitz. Karl-Heinz Schmitz«, sagt der Küster in dem gleichen beflissenen Tonfall wie zuvor.

»Herr Schmitz. Was wissen Sie über das Verschwinden von Elena Gomez? Wie Sie sicher wissen, haben wir Frau Gomez zur Fahndung ausgeschrieben.«
Was er ihm nicht sagt: dass die Fahndung inzwischen abgeblasen worden ist, weil Frau von Eschborn Elena Gomez ein einwandfreies Alibi gegeben hat. Zum Tatzeitpunkt war sie mit ihr bereits auf dem Landgut in Linde.
»Ja, ich habe es gestern im Radio gehört. In Marialinden war gestern von nichts anderem mehr die Rede! Wir sind alle sehr erschüttert, wie die Schwester unseres seligen Pfarrers, Gott möge seiner Seele gnädig sein, zur Mörderin werden konnte.«
»Zur Mörderin? Bisher ist nur bekannt, dass Frau Grau tot in ihrer Küche gefunden wurde.«
»Na ja, ich bitte Sie. Das ist doch wohl das Gleiche«, setzt der Küster nach.
»Keineswegs, Herr Schmitz. Es heißt nur, dass die Leiterin der Rosenkranzgruppe in der Küche von Elena Gomez tot aufgefunden wurde. Die, wenn wir der Gerichtsmedizin glauben dürfen, eines nicht natürlichen Todes gestorben ist. Wer der Mörder oder die Mörderin ist, wissen wir noch nicht.«
»Wie ist sie denn gestorben?«, entfährt es dem Küster, der im selben Moment bemerkt, dass seine Neugier unschicklich ist, und sofort wieder verstummt.

»Das kann ich Ihnen aus ermittlungstaktischen Gründen nicht sagen. Mich interessiert viel mehr, wann Sie Elena Gomez zum letzten Mal gesehen haben?«
»Nun, das muss vorgestern gewesen sein. Sie verließ die Kirche gemeinsam mit einer Dame, die ich manchmal in der Messe sehe, deren Namen ich aber nicht kenne.«
»Haben Sie beobachtet, wo die beiden hingegangen sind?«
»Nein, das entzieht sich meiner Kenntnis. Ich hatte noch in der Kirche zu tun.«
»Kannten Sie die Schwester des verstorbenen Pfarrers gut?«
»Gut? Nein, das ist zu viel gesagt. Frau Gomez hat sich um den Haushalt unseres verstorbenen Pfarrers gekümmert. Der Herr sei seiner Seele gnädig.«
Noch ein ‚Der Herr sei seiner Seele gnädig‘, denkt Böll, *und ich werde handgreiflich.* Stattdessen fragt er:
»Sie haben nie mit ihr persönlich gesprochen?«
»Um ehrlich zu sein: Wenig. Ich habe immer den Eindruck gehabt, dass es ihr schwerfällt, Deutsch zu sprechen und ich bin leider der spanischen Sprache nicht mächtig.«
Der Küster hat die Schultern eingezogen, wohl um seine Demut zu demonstrieren. Böll nimmt es angewidert zur Kenntnis. Die Bemerkung, dass Frau Gomez – anders als der Küster behauptet – gut

Deutsch spricht, wenn auch mit einem starken Akzent, verkneift er sich. Das tut jetzt nichts zur Sache.

»Aha. Sie haben also nur selten mit ihr gesprochen. Einen Mord trauen Sie ihr aber dennoch zu?«

»Nun ja, Frau Grau ist in ihrer Küche gefunden worden und sie ist flüchtig. Die Polizei sucht sie. Was soll man da schon denken?«, sagt der Küster und fügt mit leiser Stimme an: »Der Teufel lauert überall. Wenn die Seele nicht stark ist, kann vieles passieren. Wir sind alle Sünder.«

Die letzten Worte hat der Küster mit tiefer Überzeugung gesprochen. Böll hat den Eindruck, dass das die ersten authentischen Worte aus dem Mund des Küsters sind.

»Wir sind alle Sünder? Sie auch, Herr Schmitz?«

»Natürlich, ich auch.«

»Welche Sünden haben Sie denn in letzter Zeit begangen?«

Eine solche direkte Frage hat der Küster nicht erwartet. Mit so einem hinterhältigen rhetorischen Trick hat er nicht gerechnet. Er weiß nicht, was er darauf antworten soll. Seine Verblüffung nutzt Böll, um den nächsten Pfeil zu setzen.

»Haben Sie vielleicht die Sünde begangen, Pfarrer Gomez Drohbriefe geschrieben zu haben - und später auch seiner Schwester? Vielleicht weil Sie es ablehnten, dass ein Mensch, der nicht so gut Deutsch spricht wie Sie, auf einer deutschen Kanzel predigt?«

»Herr Gomez hat sehr gut Deutsch gesprochen! Warum sollte er nicht von der Kanzel predigen?« antwortet der Küster mit deutlicher Entrüstung in der Stimme.

»Und wenn er schlechter Deutsch gesprochen hätte, dann wären diese Drohbriefe in Ordnung gewesen?« bohrt Böll weiter.

»Sie drehen mir die Worte im Mund herum, Herr Kommissar.«

»Haben Sie die Drohbriefe geschrieben?«

Während der Befragung sind Böll und der Kirchenmann das Kirchenschiff entlanggegangen; sie sind nun auf der Höhe der Beichtstühle angelangt.

»Wie kommen Sie darauf?«, entrüstet sich Karl-Heinz Schmitz, der seit mehr als dreißig Jahren seinen Dienst als Küster im Dom von Marialinden verrichtet.

Böll öffnet die graue Holztür des Beichtstuhls und setzt sich auf den Stuhl, auf dem gewöhnlich bei der Beichte der Pfarrer sitzt, und schaut den Küster unverwandt an.

»Sie wissen, dass Lügen eine Sünde ist?«

»Die Lüge aus Höflichkeit oder Not ist eine lässliche Sünde! Der Herr hat sich dabei etwas gedacht. Wir können nicht jedem Menschen zu jedem Zeitpunkt die Wahrheit um die Ohren hauen!«

Da hast du Recht, denkt Böll. *Sonst würde ich dir Würstchen nämlich sagen, dass ich dich hochgradig heuchlerisch finde.*
»Ihre theologischen Spitzfindigkeiten in Ehren, Herr Schmitz. Es gibt aber auch Erkenntnisse in der Kriminalistik, und eine davon heißt: Die Lüge begleitet das Verbrechen. Ich wiederhole daher meine Frage: Haben Sie die Drohbriefe geschrieben?«
»Nein.«
Böll schaut den Küster an.
»Herr Schmitz, tun Sie mir einen Gefallen. Knien Sie sich bitte in den Beichtstuhl, so wie es alle Menschen tun, wenn sie etwas zu beichten haben.«
Böll rechnet mit Empörung und einer wütenden Gegenrede, aber nichts dergleichen geschieht.
Der Küster kniet sich hin, wie ihm geheißen. Böll nutzt die Chance, die sich ihm unverhofft bietet.
Er rutscht mit seinem Gesicht nah an das Holzgitter heran, das ihn von dem Beichtenden trennt, und fragt in strengem Ton:
»Haben Sie die Drohbriefe geschrieben?«
Er hört den rasselnden Atem des Küsters. Er kann dessen inneren Kampf geradezu spüren.
Böll wartet wie ein geduldiger Beichtvater. Dann zieht der Küster scharf die Luft ein und sagt:
»Ja, das habe ich getan.«

Böll kann regelrecht den Stein hören, der diesem Mann vom Herzen fällt. Nun soll er reinen Tisch machen, sein Gewissen erleichtern. Dabei will Böll ihm helfen.
»Warum haben Sie die Drohbriefe geschrieben?«
Der Küster schweigt. Böll gibt ihm Zeit. Erneut zieht der Küster die Luft scharf ein.
»Weil ich denke, dass Felipe Gomez die Menschen in Marialinden nicht zu Gott geführt hat, sondern auf Abwege. Wissen Sie, der Teufel ist sehr einfallsreich dabei, das Wort Gottes zu verfälschen. Manchmal flüstert er sogar einem geweihten Gottesmann teuflische Worte ins Ohr.«
Böll hütet sich, das zu kommentieren. Stattdessen folgt er dem Gedankengang seines Gegenübers.
»Was sind das für Abwege, auf die Pfarrer Gomez die Kirchenmitglieder geführt hat?«
»Er hat ihnen von der Kanzel gepredigt, dass es die Hölle nicht gibt. Er hat gesagt, dass bei Gott die Liebe im Mittelpunkt steht und nicht die Strafe.«
»Was ist daran falsch?«
»Was daran falsch ist?«, echauffiert sich der Beichtende. »Alles. Wer die Hölle als Strafe Gottes nicht fürchtet, ist bereits auf dem Weg, der direkt zum Teufel führt. Es wäre nicht schlimm gewesen, wenn nur die Seele des Pfarrers der ewigen Verderbnis anheimgefallen wäre. Doch wenn er weiter gepredigt

hätte, hätte er viele Seelen mit in den ewigen Tod gezogen. Das konnte ich nicht zulassen!«
»Haben Sie Pfarrer Gomez ermordet?«
»Nein, das habe ich nicht.« Die Antwort kommt schnell. »Gott selbst hat ihn bestraft. Sein Tod war zum Besten der Gemeinde.«
»Und Sie haben Gott nicht ein wenig dabei geholfen?«
»Nein, das habe ich nicht, aber ich habe gebetet, dass Pfarrer Gomez vorzeitig vom Herrn abberufen wird.«
»Und bei Frau Grau haben Sie sich vielleicht die Hand vom Herrn führen lassen?«
»Nein.«
»Wissen Sie denn, wer es gewesen ist?«
Böll hört ein kurzes Zögern. Dann kommt ein ‚Nein'.
Das Gesagte reicht für Böll, um ihn für weitere Verhöre mit aufs Kommissariat zu nehmen. Bis auf das letzte ‚Nein', da ist sich Böll sicher, hat der Küster die Wahrheit gesprochen. Doch das letzte ‚Nein' in cin ‚Ja' zu verwandeln, das wird dauern. Da wird nicht einmal der Beichtstuhl helfen. Dafür müssen sie ihn im Kommissariat weichkochen.
Böll spürt, dass sie genau an dieser Stelle weiter ermitteln müssen, denn es geht wahrscheinlich nicht nur um den Küster. Das Ganze riecht nach einem Komplott. *Ein Mord gemeinschaftlich geplant?*
Böll vermutet, dass Elena Gomez instinktiv die Bedrohung richtig eingeschätzt hat. Der Küster ist

wahrscheinlich nicht der Einzige, der zielsicher daran arbeitet, selbst in die Hölle zu kommen.
Da sind noch andere am Werk!
Das Verhör im Beichtstuhl hat sich gelohnt. Böll ist zufrieden. Zum ersten Mal gibt es in diesem Fall ein Geständnis, auch wenn es nur die Drohbriefe betrifft. *Aber es ist ein Anfang!*

***

Als Böll ins Kommissariat kommt und den Küster für weitere Vernehmungen seinem Kollegen Kuhle übergibt, warten an seinem Schreibtisch schon wichtige Nachrichten auf ihn. Der Gerichtsmediziner, Professor Schulte, hat ihm die Ergebnisse der Gewebeuntersuchung und des Herzschrittmachers gemailt. Die sind eindeutig: kein Gift im Gewebe, auch der Herzschrittmacher war tadellos in Ordnung. Doch auch für den Pathologen bleibt eine Frage, die er sogleich in der Mail formuliert: Warum hat das Gerät an jenem Sonntag versagt? Böll nickt. *Ja, das ist die entscheidende Frage. Warum nur?* Immerhin werden die Geräte strengsten Prüfungen und Sicherheitsvorkehrungen unterzogen.
Böll hat mittlerweile erhebliche Zweifel, dass es sich bei dem Tod des Geistlichen um einen natürlichen Herztod gehandelt hat, auch wenn die Untersuchungen

des Gerichtsmediziners eine andere Sprache sprechen. Frau Graus Ermordung, die Drohbriefe, der nächtliche Überfall auf Elena Gomez. All das deutet darauf hin, dass der Tod des Pfarrers mit diesen Ereignissen zusammenhängt. Böll weiß nur noch nicht wie.
Dieser Fall wirft nicht nur verdammt viele Fragen auf, sondern verursacht auch viel kriminalistische Feinarbeit. Und als wäre das nicht schon genug, muss er nun auch noch den Mord an Frau Grau aufklären. Anders als beim Pfarrer handelt es sich bei ihr jedoch eindeutig um Mord: Sie ist erschlagen worden. Er wird Nachtschichten einlegen müssen! Denn bei Mordfällen drängt die Zeit. Immer. Auf seiner To-do-Liste steht ein Gespräch mit der jungen Sängerin, deren Stimme ihn so begeistert hat. Sein Instinkt sagt ihm, dass es gut ist, eine solche außenstehende Person zu befragen. Das Mädchen wohnt nicht in Marialinden, ist also von dem Geschwätz der Leute nicht direkt betroffen, hat aber durch ihre Proben und ihre Auftritte während der Messen regelmäßig Kontakt mit der Gemeinde. Vielleicht kann sie ihm einige wertvolle Hinweise geben. Als er sich gerade seine Winterjacke überstreifen will, klingelt sein Diensttelefon auf seinem Schreibtisch. Am Apparat ist ein Kollege von der Spurensicherung.
»Hi, Olli, ich hab da was ganz Tolles für dich!«
»Dann mal raus damit.«

»Also auf dem Drohbrief, den Frau Gomez auf ihrem Küchentisch gefunden hat, ist kein einziger Fingerabdruck.«
»Was ist daran toll? Das hilft mir wenig! Da habe ich was Besseres! Ich hab bereits ein Geständnis! Der Küster hat die Briefe geschrieben.«
Stille am anderen Ende der Leitung.
»Heißt der Küster Thomas Wilfurth?«
»Nein, Karl-Heinz Schmitz.«
»Dann haben die beiden gemeinsame Sache gemacht. Denn der Drohbrief, den du in Berlin hast rekonstruieren lassen, war übersät mit Fingerabdrücken, die aber leider durch das Schreddern nicht vollständig waren. Nur an einer Stelle haben wir einen unbeschädigten Fingerabdruck finden können. Anschließend haben wir ihn mit unserer Datei abgeglichen. Es gibt keinen Zweifel: Der Fingerabdruck gehört Thomas Wilfurth.«
Nach einer Pause fügt er fast beleidigt an:
»Du kannst mich jetzt ruhig einmal loben.«
»Ich gratuliere dir, Peter. Das ist wirklich ganz ausgezeichnete Arbeit!«, goutiert Böll dessen Bemühen um Anerkennung. Irgendwie befriedigt es ihn zu hören, dass seine Reise nach Berlin nun doch nicht umsonst gewesen ist.
»Was hat dieser Thomas Wilfurth verbrochen, dass er in eurer Datei ist?«

»Viele kleine Delikte. Taschendiebstahl, Schlägerei, so was.«
»Dann gib mir mal die Adresse des Burschen.«
Böll schreibt sie sich auf einen seiner gelben Memo-Zettel. Kuhle soll den Typ zum Verhör ins Kommissariat holen. Gemeinsam werden sie sich dann diesen Thomas und auch noch einmal den Küster vornehmen. Warum sich Fingerabdrücke von Thomas Wilfurth auf den Drohbriefen befinden, ist seltsam; zumal der Küster alle Schuld auf sich genommen hat. Böll selbst will aber jetzt unbedingt zu dem Mädchen fahren. Er spürt, dass das Gespräch sein muss. I*rgendwie ist da ein blinder Fleck. Etwas Ungefragtes und Ungesagtes.* Etwas, was ihm aufgefallen ist, als er in der Kirche mit ihr gesprochen hat. Wie hat doch gleich der Gerichtsmediziner Schulte zu ihm gesagt? Intuition ist eine Mischung aus Erfahrung und der kreativen Anpassung derselben auf eine aktuelle Situation, die den genau richtigen Impuls zum Handeln gibt. Viel schneller, als es der Verstand vermag. *Genau so ist es*, denkt Böll und greift zum Autoschlüssel.

***

Böll klingelt an dem unauffälligen Backsteinbau in Köln-Lindenthal. Doch niemand öffnet. Erneut drückt er den Klingelknopf. Da endlich hört er jemanden im Flur. Eine Nonne in der dunkelblauen Tracht ihres Ordens öffnet die Pforte, an der nur ein unauffälliges Messingschild Auskunft darüber gibt, dass es sich um ein Studentinnenwohnheim des Ordens Opus Magnum handelt. Misstrauisch beäugt die Nonne ihn. Er zeigt seine Dienstmarke und fordert in betont strengem Ton, Angela Sandowski sprechen zu wollen. Den Ton schlägt er nicht von ungefähr an. Denn nicht nur die Mauern des Hauses, in dem das junge Mädchen lebt, sind dick, sondern offensichtlich auch die soziale Abgrenzung des Ordens zur Außenwelt. Hier wird abgeschottet. Das spürt er sofort.
Die alte Nonne entfernt sich mürrisch und lässt ihn im Flur warten. Nach rund zehn Minuten kommt ihm, anders als erwartet, nicht Angela Sandowski entgegen, sondern eine andere Frau, die allerdings kein Ornat trägt, sondern etwas altbackene Alltagskleidung. Sie gibt sich ihm als Leiterin des Heims zu erkennen.
Der Erläuterung hätte es allerdings nicht bedurft. Ihr bohrender Blick, die kurzen, streng vorgetragenen Anweisungen an die Nonne haben Böll sofort signalisiert, dass er es hier mit einem Alphatier zu tun hat. Wie bereits die Nonne, begrüßt auch sie ihn nicht gerade mit überschäumender Freude. Überhaupt scheint

dies kein Ort zu sein, an dem überschäumende Gefühle erlaubt, geschweige denn erwünscht sind. In Oliver Bölls Kopf nistet sich ein Wort ein, dass ihm die Atmosphäre in diesem Studentinnenwohnheim präzise zu beschreiben scheint: *Kontrolle.*
Der unauffällige Bau in Schiefergrau, die dicken Mauern, die Pforte als Schutz vor fremden Eindringlingen, die langen Flure. All das wirkt so, als ob es im Inneren dieses Studentinnenwohnheims ein Geheimnis zu beschützen gelte. Ein Kern, zu dem Nichteingeweihte nicht vordringen dürfen.
»Darf ich fragen, was Sie von Angela Sandowski wünschen?«, eröffnet die Heimleiterin das Gespräch.
»Ich ermittle in einem Mordfall. Ich habe daher einige Fragen an Frau Sandowski.«
»Die Fragen können Sie auch mit mir besprechen. Ich werde danach mit dem Mädchen reden und Ihnen die notwendigen Informationen zukommen lassen.«
»Möglicherweise habe ich mich nicht präzise genug ausgedrückt«, blafft Böll zurück. »Aber ich wiederhole mich ungern. Ich ermittle in einem Mordfall. Wen ich befrage und wie ich dabei vorgehe, müssen Sie schon mir überlassen. Würden Sie jetzt bitte Angela Sandowski zu mir bringen?«
Die Frau zuckt zurück. Einen solchen Tonfall ist sie nicht gewohnt, gewöhnlich gehorchen die Menschen ihr, zumindest in diesen Gemäuern. Böll weiß, warum

er diesen Ton wählt. Ohne diesen aggressiven Vorstoß müsste er unverrichteter Dinge wieder abreisen. Hier wird geblockt. Die Leiterin will nicht, dass er das Mädchen befragt. Umso mehr interessiert es ihn, sich mit der jungen Frau persönlich zu unterhalten. Mag die Nonne stur sein, er steht ihr in nichts nach. Es entsteht eine kleine Pause. Dann sagt die Heimleiterin mit betont ruhiger Stimme:

»Angela ist bereits zu Bett gegangen. Sie können morgen wiederkommen.«

»Zu Bett gegangen? Um sechs Uhr abends? Das ist ja wie im Kindergarten!«, entrüstet er sich.

»Angela hatte heute Frühdienst. Der beginnt um vier Uhr. Es ist nicht ungewöhnlich, dann früh zu Bett zu gehen«, erklärt sie kalt.

»Dann wecken Sie sie. Ich habe hier keine Einladung zum Kindergeburtstag, sondern ermittle in einem Mordfall«, schnauzt Böll barsch.

Die Leiterin zögert. Böll legt nach.

»Wenn ich nicht in den nächsten fünf Minuten Angela Sandowski sprechen kann, lasse ich gegen Sie ermitteln, weil Sie die Aufklärung eines Mordfalls behindern.«

Die Leiterin spürt, dass es dieser Mann ernst meint.

»Also gut, kommen Sie«, sagt die Frau mit gereiztem Unterton.

Sie muss sich fügen. Eine ungewohnte Situation für eine Frau, die offenbar nicht nur dem Studentinnenwohnheim vorsteht, sondern auch als Oberin in dem Frauenkloster die höchste Position einnimmt. Böll hat das dem Organigramm an der Wand entnommen. Er vermutet, dass ihr Wort im Opus Magnum ebenfalls Gewicht hat, obwohl dies für eine Frau in erzkonservativen Kreisen nicht unbedingt üblich ist.
Als er ihr folgt, hört er als einziges Geräusch das Klacken ihrer Absätze auf dem Flur. Kein Laut dringt aus den Zimmern der Studentinnen.
Wie ist das nur möglich?, denkt Böll. *Das sind junge Frauen um die zwanzig und nirgendwo Party?*
Als hätte sie seine Gedanken lesen können, sagt die Heimleiterin, ohne sich zu ihm umzudrehen:
»Es ist ein Privileg, hier wohnen zu dürfen. Das wissen die Mädchen. Sie nutzen jede freie Minute zum Lernen oder fürs Gebet.«
»O je«, entfährt es Böll.
Die Frau dreht sich auf dem Absatz um und blickt ihn scharf an:
»Wollten Sie etwas sagen?«
»Nein.«
»Ich hatte kurz den Eindruck.«
Die Oberin gibt sich nun wieder hochmütig. Offenbar hat sie ihr inneres Gleichgewicht wiedergefunden. Sie

öffnet eine Tür, die in ein trostlos eingerichtetes Zimmer führt. Sie nennt es ‚Besucherzimmer'. Das aber wirkt auf Böll so einladend wie eine Ausnüchterungszelle im Polizeipräsidium Köln-Kalk. Alles ist in einem kraftlosen Beige gehalten. Teppich, Wände, Vorhänge. Eine Welt ohne Farben. Ein Tisch mit Plastikbeschichtung und vier unbequemen Stühlen, die wirklich keinen Besucher, egal wie weit er angereist sein mag, zu längerem Verweilen verleiten.

Nach weiteren zehn Minuten Wartezeit – ein Getränk hat die Oberin nicht angeboten – betritt Angela Sandowski gemeinsam mit der Oberin den Raum. Sie wirkt in der Tat sehr müde, hat dunkle Ringe unter den Augen. Als sie ihn sieht, flackern ihre Augen.

»Guten Tag, Frau Sandowski«, begrüßt Böll die junge Frau freundlich und zur Heimleiterin sagt er:

»Vielen Dank. Bitte lassen Sie mich nun mit Frau Sandowski allein.«

»Das kommt überhaupt nicht in Frage. Wir haben hier im Heim keine Geheimnisse voreinander. Es ist der ausdrückliche Wunsch unserer Novizin Angela, dass ich sie bei der Befragung durch die Polizei begleite«, giftet die Oberin.

»Das mag sein. Ich dulde es aber nicht. Ich muss und ich werde mit Frau Sandowski allein sprechen«, knurrt Böll zwischen zusammengepressten Zähnen in Richtung Oberin.

Angela Sandowski starrt erschrocken zwischen den beiden hin und her, so wie sie es damals auch in der Kirche beim Disput zwischen ihm und dem Chorleiter getan hat. Mit Konflikten kann sie offenbar nicht umgehen.

Wutschnaubend verlässt die Heimleiterin den Raum und lässt sich sogar dazu hinreißen, die Tür lauter ins Schloss fallen zu lassen, als es sich für zivilisierte Menschen gehört.

Böll wendet sich der jungen Sängerin zu.

»Ich habe gehört, dass Sie heute Morgen Frühdienst hatten. Sie sind sicher sehr müde«, sagt Böll, um sein Verständnis für ihre Situation zu signalisieren.

»Ja«, antwortet das Mädchen mit leiser Stimme. Einer Stimme, der man jetzt nicht anhört, welche wunderbaren Töne ihr entlockt werden können. Böll will das Mädchen besser kennenlernen, ihre Persönlichkeit einschätzen. Deswegen fragt er:

»Darf ich fragen, welche Arbeiten zu diesem Frühdienst gehören?«

»Zunächst muss ich die Hauskapelle für die Morgenandacht herrichten. Da ich Musik studiere, spiele ich während der Messe auch die Orgel. Dann bereite ich in der Küche für die anderen Mädchen das Frühstück zu. Anschließend putze ich die Toiletten und die Waschräume. Erst dann gehe ich zum Konservatorium. Anschließend muss ich proben, um

meine Stimmbänder zu trainieren. In den Abendstunden lerne ich für mein Musikstudium, denn bald sind Prüfungen.«
Böll hat dem anstrengenden Tagesprotokoll stumm gelauscht. Um sich einen Gesamteindruck von ihr und auch dem Orden zu machen, fragt er:
»Und welche Dienste versehen Sie sonst noch?«
»Ich betreue die Messdiener in Marialinden.«
»Sie betreuen die Messdiener?« Böll findet diese Information höchst interessant.
Ein Lächeln huscht über ihr Gesicht.
»Ja, die kleinen Jungen und Mädchen wissen oft nicht, wie die Abläufe während der Heiligen Messe sind, zum Beispiel wann der Wein und das Wasser vor der Wandlung gereicht werden müssen. Ich helfe ihnen auch, wenn sie das Ministrantengewand anziehen.«
Nachdem sie geendet hat, errötet das Mädchen, und fügt, um nicht der Eitelkeit bezichtigt zu werden, rasch an: »Mein Dienst ist nichts Besonderes, aber er macht mir Freude.«
Böll sieht, dass sie heute ihre dünnen, blass-blonden Haare zu einem Zopf gebunden hat und ihr Gesicht noch durchsichtiger erscheint als bei der letzten Begegnung. Ihre Adern schimmern bläulich durch die Haut an den Wangenknochen. Bei ihrem Anblick fühlt sich Böll an einen Fisch erinnert, der dort lebt, wo in der Tiefe des Meeres nur noch Dunkelheit herrscht. Als

Tiefseetaucher den Fisch fanden und filmten, waren nur die inneren Organe zu sehen, umschlossen von einer dünnen transparenten Haut. Böll schüttelt kurz den Kopf, um den Eindruck loszuwerden und die Befragung fortzusetzen.

»Aber Sie sind auch im Chor von Marialinden. Wie oft proben Sie?«

»Ich probe im Moment nicht mit dem Chor. Ich habe Einzelunterricht bei Herrn Orth.«

»Darf ich fragen, warum?«

»Meine Stimme soll geschult werden. Herr Orth meint, sie sei ein Geschenk Gottes.«

Bei den letzten Worten errötet sie heftig.

»Da hat Herr Orth recht. Ihre Stimme ist außergewöhnlich schön.«

Die Wangen des Mädchens röten sich noch mehr.

»Bitte sagen Sie so etwas nicht«, flüstert die junge Frau.

»Warum nicht?«, fragt Böll verdutzt.

»Es könnte mich hochmütig machen und mich von Gott entfernen.«

Böll ist sprachlos.

»Hochmütig? Aber Ihr Chorleiter sagt doch das Gleiche …?«

»Das ist etwas anderes. Er ist ein Gottesmann. Er ist in unserem Orden. Wenn er meine Stimme lobt, meint er nicht mich, sondern sieht meine Stimme als Werkzeug

Gottes. Meine Stimme kann dazu beitragen, dem Wort Gottes bei der Verkündigung zu dienen.«
Böll findet die Nachricht, dass Orth Chorleiter, persönlicher Musiklehrer von Angela Sandowski und Mitglied im Orden Opus Magnum ist, äußerst informativ. Ein Orden, der ihm irgendwie fanatisch vorkommt. Er muss recherchieren, was es mit diesem Orden auf sich hat. Böll konzentriert sich auf die nächste Frage, die ihm sehr wichtig ist.
»Haben Sie ein gutes Verhältnis zu Ihrem Gesangslehrer?«
Das Mädchen ist erstaunt.
»Was meinen Sie damit?«
»Na, mögen Sie ihn? Vertrauen Sie ihm? … Verehren Sie ihn vielleicht?«
Das Mädchen ist von den Fragen peinlich berührt. Sie windet sich und ringt um eine Antwort. Instinktiv begreift Böll, dass dies nur zweierlei bedeuten kann: Entweder hat sie ein enges, vielleicht intimes Verhältnis zum Chorleiter oder Orth ist ein wichtiges Tier auf der Hierarchieleiter des Ordens.
Als Böll gerade zur nächsten Frage ausholen will, wird die Tür des Besprechungszimmers unsanft aufgerissen. Die Oberin tritt ins Zimmer und baut sich vor Böll auf. Ihr Gebaren erinnert Böll an einen Bauleiter, der sein Personal über die Baustelle scheucht.

»Herr Böll, ich habe Ihnen eine Viertelstunde gegeben. Ich muss Sie bitten, unsere Novizin nun zu Bett gehen zu lassen. Sie muss morgen in Allerherrgottsfrühe aufstehen und ihren Dienst tun.«

Böll hat plötzlich eine Erkenntnis. Er ist sich sicher, dass die Oberin nicht zufällig an dieser Stelle ins Gespräch geplatzt ist. Das bedeutet, dass sie das Gespräch mit angehört hat. Entweder sind in dem Raum irgendwo Löcher zum Lauschen oder schlicht und einfach Abhöranlagen. Er tippt auf Letzteres.

Deswegen will er das Gespräch an einem anderen Ort fortsetzen. Statt die Oberin erneut in die Schranken zu weisen, nimmt er ihr Auftauchen zum Anlass, sich zu verabschieden. Das Mädchen schaut ihm enttäuscht hinterher. *Ich werde dich bald wiedersehen,* denkt Böll, *ich muss und ich werde dich alleine sprechen – ohne Lauscher an der Wand.*

***

Als Böll an diesem Abend heimkehrt, hocken Elena Gomez und Frau von Eschborn in der Küche und schälen Äpfel. Auf den ersten Blick erkennt er, dass die beiden Frauen einen erfreulichen Nachmittag miteinander verbracht haben. Das lässt ihn hoffen, nun auf eine milder gestimmte Anna von Eschborn zu treffen.

»Guten Abend, die Damen. Darf ich mich an der Vorbereitung des Abendessens beteiligen?«
»Das dürfen Sie«, antwortet Frau von Eschborn mit freundlicher Stimme, offensichtlich bereit für die Versöhnung.
Böll setzt sich an den Tisch.
»Was gibt es denn Gutes heute Abend?«
»Himmel un Ääd«, kommt es unisono aus zwei Mündern. Frau von Eschborn versucht offenbar, der Spanierin die regionale Küche ein wenig näherzubringen.
Böll freut sich auf das Essen. Gebratene Blutwurst mit frittierten Zwiebelringen, Kartoffelpüree und Apfelmus hat er schon lange nicht mehr gegessen! Ein Gericht, das in keinem Brauhaus in Köln fehlen darf. Auch im Bergischen Land wird ‚Himmel und Erde' gern gegessen, wobei der Himmel das Apfelmus und die Erde das Kartoffelpüree ist.
»Sie könnten die Zwiebeln schälen«, schlägt Frau von Eschborn vor. Böll rollt mit den Augen. Er hat es befürchtet. Zwiebelschneiden mag er ganz und gar nicht. Die tränenden Augen sind vorprogrammiert.
Als ob Frau von Eschborn seine Gedanken gelesen hätte, zeigt sie ihm einen Kniff, wie er die Zwiebeln schneiden muss, um genau das zu vermeiden. Er soll die Zwiebel an der Stelle, wo sie spitz zusammenläuft, festhalten, so dass der Zwiebelsaft nicht austreten kann.

Böll ist begeistert: In der Tat geht die Angelegenheit mit deutlich weniger Tränen über die Bühne als gewöhnlich.
Die Blutwurst, in Köln gemeinhin als Flönz bezeichnet, liegt bereits in grobe Stücke geschnitten auf dem Holzbrett. Frau von Eschborn greift zu ihr und lässt die Wurst in die heiße Pfanne gleiten. Rasch formen die Blutwurstscheiben eine breiige Masse, die an einigen Stellen kross gebraten werden muss, damit das genau richtige Zusammenspiel aus Kruste und weicher Wurstmasse entsteht. Die Kartoffeln kochen auf dem Herd und warten darauf, zu Püree gestampft zu werden. Elena Gomez übernimmt diese Arbeit. Dabei soll sie nach der Anweisung von Frau von Eschborn darauf achten, nicht alles ganz klein zu stampfen, sondern einige grobe Kartoffelstückchen übrig zu lassen.
»Dann haben wir was zum Beißen«, meint Frau von Eschborn, die sich in der Rolle der Küchenchefs äußerst wohl fühlt.
Elena Gomez schüttet, wie von Frau von Eschborn geheißen, Vollmilch in die Kartoffelmasse, rührt kräftig um und lässt die Butter im heißen Kartoffelbrei schmelzen. Danach schmeckt Anna von Eschborn mit Salz und frischer Muskatnuss ab. Böll hingegen wälzt die Zwiebelringe in Mehl und frittiert sie in heißem Öl. Währenddessen kocht das Apfelkompott vor sich hin.

Kurz bevor serviert wird, gibt Frau von Eschborn Zucker und etwas Limettensaft in den Kompott.
Das Leibgericht vieler Kölner essen die drei am Holztisch in der Küche. Dazu trinken sie Reissdorf Kölsch, von dem Böll überzeugt ist, dass es das beste und schmackhafteste Kölsch in Köln ist.
Böll nutzt die gemütliche Stimmung, um Elena Gomez' Zunge zu lösen. Wenn einer sich mit den unterschiedlichen Kräften in der Kirche auskennt, dann wird es doch wohl die Schwester des toten Pfarrers sein.
»Elena, ist Ihnen der Orden Opus Magnum ein Begriff?«, fragt Böll so nebenbei wie möglich.
Elena hält mit dem Essen inne und schaut ihn mit brennenden Augen an.
»Oh ja, ich kenne das Opus Magnum gut. Der Orden beherrscht große Teile Spaniens«, antwortet sie. Sie ist plötzlich hochkonzentriert. Die Nennung des Ordens löst bei ihr starke Emotionen aus. Böll kann das von ihrem Gesicht ablesen.
»Sie haben das Bildungssystem unterwandert, um sich die jungen Leute zu schnappen. Sie versuchen, die Bischofsstühle und auch die Pfarreien nach ihrem Gutdünken zu besetzen. Gierig streben sie nach Macht.«
Ihr Blick ist jetzt in weite Ferne gerichtet, als würde sie sich an etwas Konkretes erinnern.

»Wussten Sie, dass der Organist und Chorleiter in Marialinden dem Orden angehört?«, fragt Böll.
Elena Gomez' Kopf fährt hoch.
»Nein, das wusste ich nicht.«
Sie hält inne.
»Felipe und ich sind aus Pamplona weggegangen, um dem übermächtigen Einfluss dieses Ordens zu entkommen. Aber offenbar sind sie nicht nur in Spanien, sie sind offenbar überall. Das erklärt vieles.«
»Was ist das für ein Orden, Elena?«, tastet sich Böll weiter vor.
»Der Orden ist als Reaktion auf das Zweite Vatikanische Konzil entstanden. Als Gegenbewegung. Die Mitglieder verstehen sich als Laien, die das Werk Gottes im Alltag leben wollen. Doch ihr Verhalten widerspricht dem. Sie wenden sich nicht den Armen und den Laien zu, sondern denen, die Macht haben. Sie glauben, ihren Einfluss immer weiter ausdehnen zu können.«
»Was wollen sie mit dieser Macht bewirken?«
»Sie wollen das Zweite Vatikanische Konzil rückgängig machen. Sie wollen zu der alten katholischen Kirche mit all ihren Regeln und Riten zurückkehren. Den Prozess verstehen sie als notwendige Erneuerung der Kirche.«
»Wie wollen sie das bewerkstelligen?«

»Indem sie Zugang zu den Schalthebeln der Macht bekommen. In der Kirche, aber auch außerhalb. Sie haben Kontakte bis in die Regierung. Ja, und auch dort, wo das Geld sitzt, in den Banken«, sagte Elena Gomez und hält kurz inne. Dann fügt sie in verächtlichem Tonfall hinzu:
»Natürlich da, wo das Geld sitzt.«
»Wie rekrutieren sie den Nachwuchs?«, fragt Böll, der bei der Frage an das asketische Leben im Studentinnenwohnheim denkt.
»Sie sind sehr aktiv an den Universitäten und Schulen. Denn sie brauchen die jungen Leute, die später in ihren Berufen und Ämtern in ihrem Sinne handeln sollen. Deswegen muss die Gehirnwäsche einsetzen, bevor sie in den Beruf eintreten.«
»Ich habe heute ein Wohnheim des Ordens besucht. Mir scheint, dass in ihm rigorose Regeln gelten. Irgendwie fanatisch.«
»Ja, fanatisch. Das ist das richtige Wort! Sie glauben, die Wahrheit zu besitzen und sind überzeugt, dass diese Wahrheit sie zu allem berechtigt.«
»Klingt hochmütig. Ist Hochmut nicht eine der sieben Todsünden?«
»Ja, sie sind hochmütig, aber das empfinden sie nicht so. Sie sehen die rigorose Durchsetzung ihrer Wahrheit als ihre oberste Pflicht an. Die Wahrheit Gottes könne man nicht relativieren, sie sei absolut.«

***

Sie haben Thomas in ihren Krallen. Was für eine verdammte Scheiße! Sind denn die Drohbriefe nicht vernichtet worden? Wie sind sie dem Jungen bloß auf die Schliche gekommen? Hat sie der Küster verpfiffen? Jetzt kann er seine Pläne begraben, Thomas in der rechten Szene als Anführer aufzubauen. *Fuck!* Statt Gaby muss er nun Thomas ans Messer liefern, um glaubwürdig zu bleiben. Er muss ihm alles in die Schuhe schieben: den Brand im Asylbewerberheim genauso wie den Überfall auf die Schwester des Pfarrers. Jetzt muss der Schaden so gering wie möglich gehalten werden.

Der Verlust seines Jokers schmerzt ihn. Sehr sogar. Thomas wäre ideal gewesen! Er ist einfältig genug, hat Minderwertigkeitskomplexe und einen Hang zur Gewalt. Solche Menschen lassen sich prima lenken. Dabei ist er durchaus vorsichtig gewesen, hat Thomas als künftige Führungsfigur in der rechten Szene erst in Erwägung gezogen, als er vom Küster gehört hat, dass die Drohbriefe von Frau Grau pflichtgemäß zerstört, also die Spuren beseitigt worden sind, die zu Thomas hätten führen können.

Zunächst hat er, ganz im Sinne seiner Auftraggeber, einen anderen Plan verfolgt: Die Fingerabdrücke auf den Drohbriefen sollten gefunden werden. Was seine

Auftraggeber damit bezweckten, verstand er erst, als er von dem seltsamen Tod des Pfarrers hörte. Er, van de Vries, sollte offenbar eine falsche Fährte legen, um die polizeilichen Ermittlungen in die rechte Szene zu lenken. Er war gerne bereit, diesen Dienst zu leisten – gegen Geld und auch, um in Zukunft in kirchlichen Kreisen einen Fuß in der Tür zu haben. Er könnte dann zweierlei verkaufen: Informationen und Antiquitäten.

Sich die Kirchenleute warmzuhalten, findet van de Vries wichtig. Wenn man wie er in einem Gewerbe unterwegs ist, in dem Informationen Geld und Einfluss bedeuten, ist es gut, überall seine Finger im Spiel zu haben. Er fragt sich nur, warum sie später das Ablenkungsmanöver mit den Drohbriefen verworfen haben. Denn warum sonst hätte die Grau die Briefe vernichten sollen?

Oder war es ganz anders gewesen? Vielleicht war die Alte aus dem Ruder gelaufen und wollte am Ende doch noch, dass die wahren Täter gefunden werden?

Van de Vries weiß es nicht. Es ist ihmein Rätsel, wie sie den Pfarrer um die Ecke gebracht haben. *Mit Gift?* Doch mit diesen Fragen kann sich Eike van de Vries jetzt nicht aufhalten. Er steht unter Druck. Es geht um seinen Kopf! Er muss handeln! Er muss als Informant glaubwürdig bleiben!

Aber die Sache ist riskant. Thomas kennt ihn persönlich, zwar nicht unter seinem richtigen Namen, auch seine Biografie hat er frei erfunden – aber trotzdem. Er könnte behaupten, dass er bei dem Brandanschlag dabei gewesen sei! Doch Gefahr droht nicht nur von dieser Seite. Wenn Thomas irgendwann ahnt, dass er von ihm ans Messer geliefert wurde, wäre er, Eike, in der rechten Szene tot, denn Thomas ist in der Kameradschaft beliebt. Er muss Ruth Hansen, die das Kommissariat in Bergisch Gladbach leitet, dringend ans Herz legen, eine wirklich gute Legende zu seinem Schutz als V-Mann aufzubauen.

Vielleicht wäre es gut, eine Asylantin ins Spiel zu bringen, eine Zeugin, die Thomas erkannt hat... irgend so etwas in der Richtung.

Thomas preiszugeben, ist in vielerlei Hinsicht ein Ritt auf dem Vulkan. Doch wenn er ehrlich ist, tief in seinem Inneren liebt er diese Gefahr. Sie ist das Salz in der Suppe seines Lebens, das doch ein wenig fade wäre, wenn er nur als Antiquitätenhändler arbeitet. Nun gut, er muss sich jetzt aufs Glatteis begeben, er wird es genießen und zugleich fürchten, aber er MUSS es jetzt tun.

***

Als Böll am nächsten Morgen zum Kommissariat rollt, hängen seine Gedanken dem Gespräch von gestern Abend noch nach. Das Opus Magnum, hat ihm Elena Gomez erklärt, verstehe sich als ein Geheimorden. Seine Mitglieder seien der Auffassung, dass es nur wenige Menschen gebe, die die Wahrheit Gottes erkennen könnten. Böll ist ziemlich erstaunt gewesen, als er dies gehört hat, hat er doch als Messdiener anderes vernommen – nämlich, dass jeder Mensch in der Lage sei, das Wort Jesu zu verstehen. Elena Gomez und Frau von Eschborn haben ihm recht gegeben und sind sich einig gewesen, dass sich in diesem Verständnis von Religion und Glauben ein unglaublicher Hochmut offenbare. Elena Gomez hat berichtet, welcher Gehirnwäsche sich die Neuzugänge unterziehen müssten. Anna von Eschborn hat auf Elenas Schilderung empört reagiert, vor allem darauf, dass der Orden alle Verbindungen zu den Familien der jungen Leute kappe, damit diese isoliert wären und auf niemand anderen mehr als auf den Orden zurückgreifen könnten.
Böll muss grinsen, als er sich daran erinnert, mit welcher Inbrunst Frau von Eschborn argumentiert hat. Auch Elena Gomez hat sich in dem Gespräch geöffnet und das Gesagte kommentiert, nur mit deutlich weniger Worten als die temperamentvolle Anna.

Er ist derart tief in Gedanken versunken, dass er die Straße, die zur Autobahn führt, verpasst und plötzlich in Richtung Eulenthal rollt. Doch er bereut es nicht, auch wenn es ein Umweg ist. Rechts und links breitet sich eine zauberhafte Winterlandschaft vor ihm aus, in der der Nebel dicke Schlieren über die weißen Felder zieht, immer wieder unterbrochen von einigen Sonnenstrahlen – eine Landschaft wie auf einem romantischen Gemälde von Caspar David Friedrich. Als er den glitzernden Schnee auf den Feldern im Vorbeifahren betrachtet, erinnert er sich, was Elena über die ordensinternen Prüfungen berichtet hat. In Wahrheit, da ist sich Böll sicher, dienen solche Prüfungen nicht der Gewissenserforschung, wie den Zöglingen erzählt wird, sondern der Beobachtung. Er ist überzeugt, dass dabei die Frage im Zentrum steht, wie gut jemand sich manipulieren lässt.

Klar, und wenn sie dann die schweren Prüfungen bestanden haben, fühlen sie sich als Auserwählte, sinniert er und lächelt bitter über die perfide Strategie.

Die Spanierin hatte mit tiefem Ernst die Vorgehensweise des Ordens kritisiert: »Die Prüfungen entscheiden darüber, ob sie in der Hierarchie aufsteigen. So haben sie etwas Inneres zu etwas Äußerem gemacht, etwas Eitlem. Mit dem langen Weg zu innerer Erkenntnis hat das wenig zu tun.«

Elena hat berichtet, wie äußerst geschickt die Mitglieder in wichtigen gesellschaftlichen Positionen untergebracht wurden, damit Opus Magnum durch sie wirken könne: Herrschaft statt wahrer Glaube. Und vor allem: Missbrauch dieser Herrschaft, und zwar, wie die leidgeprüfte Spanierin zu berichten wusste, ein sehr geschickter Missbrauch, weil sie eine spirituelle Erfahrung, das Vergessen des eigenen Ichs in der Meditation, dazu benutzten, diese Erfahrung mit dem blinden Gehorsam gleichzusetzen, den sie von den jungen Menschen forderten, nur um sie zum Werkzeug ihrer Herrschaft zu machen. Denn sie behaupteten, nur der, der seinen Geist durch Exerzitien öffne, sich selbst vergesse und der Wahrheit absoluten Gehorsam leiste, nur der sei bereit, die Anordnungen des Ordens zu verstehen und ihnen Folge zu leisten. Allein der Orden wisse, wie die Botschaft Gottes zu verstehen sei und wo sie am dringendsten gebraucht werde. Erschöpft hatte Elena ihren Bericht an dieser Stelle beendet und war still geworden.
Er selbst wiederum hatte sich in dem Gespräch fasziniert gezeigt von der psychologischen Konstruktion solcher Sekten. *Eine wahre Fundgrube für wissenschaftliche Untersuchungen!*
Besonders beeindruckt ist Böll von einem Gedanken: Opus Magnum verkündet, dass diese Herrschaft, die sie

ausüben, nicht sie selbst seien, sondern der Wille Gottes.
»Klar, genau das macht sie gegen Angriffe immun!«, analysiert Böll mit lauter Stimme, obwohl außer ihm niemand im Wagen sitzt. Als er es merkt, versiegt die Stimme, aber die Gedanken kreisen weiter.
Anderen die eigene Wahrheit aufzwingen, an dem Punkt ist Religion nicht mehr spirituell, sondern tyrannisch, findet der Kommissar. *Und zugleich grundfalsch, weil sich spirituelle Wahrheit gar nicht erzwingen lässt, selbst wenn man es wollte! Diesen inneren Weg kann nur jeder für sich selbst beschreiten*, ist Böll überzeugt, *nur so können religiöse Erkenntnisse gewonnen werden. Äußerer Zwang, gesellschaftlicher Druck, Konformität sind das Gegenteil dieser Wahrheitssuche. Warum verstehen religiöse Fanatiker das nicht?*
Vor ihm taucht ein Ortsschild auf: Donrath. Er muss langsamer fahren. Er schaltet vom vierten in den dritten Gang. Als er den Ort passiert hat, sieht er auf der linken Seite fünf Rehe auf einem Abhang äsen.
Ob die nach Weihnachten noch da sind? Böll weiß, dass in der Gegend viel gejagt wird, nicht nur im Herbst während der Jagdsaison.
Er schaut auf die Uhr am Armaturenbrett.
Neun Uhr. Jetzt kommen die Nachrichten.

Er schaltet das Radio an. Der Sprecher verkündet, dass es am frühen Morgen in London einen Anschlag auf eine U-Bahn gegeben hat. Drei Tote, zwanzig Verletzte. Der Täter soll, bevor er sich und andere Menschen in die Luft gesprengt hat, »Allahu Akbar« – Gott ist groß – geschrien haben.

Die Terrorgruppe Islamischer Staat habe sich über den Nachrichtensender Al Jazeera zu der Tat bekannt. Böll schüttelt den Kopf. Ein solcher Fanatismus ist ihm zutiefst fremd, aber durch Opus Magnum plötzlich so nah. Religiöser Fanatismus, das ist ihm seit gestern Abend klar, gibt es nicht nur im Islam. Dennoch ist ihm schleierhaft, wie es dazu kommt.

Vielleicht sollte ich mich mal mit einem Psychologen darüber unterhalten! Sind es die ganz normalen Machtgelüste der Menschen, die diese auf eine übermenschliche Größe projizieren, um das Herrschenwollen nicht als eigenes Machtstreben ausgeben zu müssen, sondern – gereinigt und legitimiert durch einen Gott – als Pflicht und Aufgabe darzustellen versuchen? Nicht nur vor den anderen, sondern auch vor sich selbst? Sozusagen ein Kniff der Seele!

Böll kratzt sich am Dreitagebart – oder ist es mittlerweile ein Viertagebart? Er weiß nicht, wie lange es her ist, dass er sich das letzte Mal rasiert hat, und kennt auch nicht die Antwort auf die vorherige Frage.

Auf den aktuellen Fall bezogen, interessieren ihn aber vor allem folgende Fragen:
Wie weit geht der religiöse Eifer des Opus Magnum? Lässt sich Mord nach dem Selbstverständnis des Ordens rechtfertigen, wenn es darum geht, das Zweite Vatikanische Konzil rückgängig zu machen – sozusagen ein Mord, um Millionen andere Seelen zu ‚retten'? Wer in dem Orden könnte sich bemüßigt gefühlt haben, dies in die Tat umzusetzen?
Ihn interessiert auch die Frage, wie weit das Netzwerk des Ordens reicht. *Bis nach Rom?*
Irgendwo hat er mal gelesen, dass der verstorbene Bischof von Köln, den alle nur den »Dicken« nannten, einem Geheimorden angehörte.
Damals hatte die Information für Böll keine Bedeutung. Seit dem Mord an dem Pfarrer aus Marialinden ist das anders.
Ist der neue Kardinal von Köln ebenfalls Mitglied in diesem Orden? Gibt er sich in der Presse so viel Mühe, als liberal zu erscheinen, der Orden lieber im Geheimen, aber dafür umso effektiver seine Strippen zieht? Ist der Kardinal möglicherweise selbst in den Fall verwickelt? Hat er deswegen den Fall Gomez ihm gegenüber so heruntergespielt?
Böll seufzt. Er kennt die Antworten auf diese Fragen nicht, wird sie vielleicht nie wissen. Selbst wenn Opus Magnum tatsächlich in den Fall verwickelt sein sollte,

steht immer noch die Frage im Raum, wie sie es bewerkstelligt haben. Schließlich hat niemand geschossen oder vor den Augen der Gemeindemitglieder ein Messer in das Herz des Pfarrers gerammt. Gift ist seit der Obduktion als Todesursache ebenso ausgeschlossen.

Also verdammt nochmal wie?

Ihn quälen aber noch ganz andere Gedanken:

Was, wenn es ganz anders gewesen ist? Der Mord an Frau Grau sich als Raubmord eines Drogenabhängigen entpuppt, der Pfarrer eines natürlichen Todes gestorben ist und Elena Gomez bei dem nächtlichen Überfall nur Angst eingejagt werden sollte, gerade so viel, dass sie freiwillig verschwindet und der aufgewirbelte Staub sich wie Patina über die Geschichte legt?

Böll schaltet von WDR 2 zum Deutschlandfunk, denn am Vormittag kommen auf dem Sender oft interessante Interviews, die er sich gerne während der Autofahrt anhört. Themenschwerpunkt ist heute die Digitalisierung. Genau richtig, um ihn vom Grübeln abzulenken, einem Grübeln, das momentan zu keinem Ergebnis führt. Er hört eine Weile zu.

Dann muss er lachen.

Digitalisierung? Wovon reden die? In den Städten vielleicht. In Overath-Linde ist jedenfalls davon nichts zu spüren! Auf dem Land werden die Menschen von

einer wichtigen Entwicklung einfach abgehängt, ärgert sich Böll. Er selbst leidet während seiner Ermittlungen auch darunter!
Er lauscht den Experten, wie diese über die Einführung des Digitalfunks bei Polizei und Feuerwehr fachsimpeln, dann plötzlich tritt er hart auf die Bremse, so dass der Wagen ins Schleudern gerät. Gerade noch rechtzeitig dreht er mit dem Steuerrad gegen den ausbrechenden Wagen. Als er das Auto wieder im Griff hat, fährt er an den Straßenrand und legt den Kopf aufs Steuerrad.
Er kennt nun die Tatwaffe.
Warum bin ich nur nicht früher darauf gekommen?
Er wendet und lenkt den Wagen in Richtung Studentinnenwohnheim.

***

Elena Gomez ist nervös. Sie sitzt auf dem Rücksitz in Bölls Audi, den er gestern aus der Werkstatt abgeholt hat. Frau von Eschborn hält beruhigend ihre Hände. Das Gesicht der Spanierin gleicht einer stolzen Maske. Sie hat das Kinn nach vorne gereckt, als wollte sie allen Menschen die Stirn bieten. Der kerzengerade Rücken, der hochgereckte Hals, all das dient dazu, Haltung zu bewahren, denn heute muss Elena Gomez den schwersten Gang ihres Lebens antreten. Im

Marialindener Dom wird sie am Trauergottesdienst für ihren Bruder teilnehmen.
Sie weiß, dass alle Blicke auf ihr ruhen werden, jede Geste beobachtet werden wird. Sie werden tuscheln, sich die Mäuler zerreißen, mit Lust und Boshaftigkeit kommentieren, was sie tut und wohin sie blickt. Manch einer wird ein schlechtes Gewissen haben. Sicher aber ist, dass ihre Anwesenheit niemanden kalt lassen wird. Sie, die noch vor zwei Tagen polizeilich gesucht wurde, in deren Küche Frau Grau ermordet aufgefunden worden ist, wird im Zentrum der Aufmerksamkeit stehen.
Böll lenkt den Audi vor das Eingangsportal des Doms. Vor dem Gotteshaus steht die versammelte Gemeinde. Böll öffnet die linke Hintertür seines dunkelroten Audis und lässt Elena Gomez aussteigen. Er und Frau von Eschborn nehmen die Spanierin in ihre Mitte, doch sie verzichtet darauf, sich bei ihnen einzuhaken. Mit erhobenem Haupt schreitet sie durch die dunkel gekleidete Trauergemeinde. Der Atem der Trauergäste bildet in der eisigen Kälte dicke Wolken vor ihren Gesichtern. Die Gespräche verstummen, als Elena vorbeischreitet. Nur noch das monotone Geläut der Totenglocke ist zu vernehmen.
Sie selbst würdigt niemanden eines Blickes. Wie eine Königin schreitet Elena Gomez, stark und verletzlich zugleich, im Schutzgeleit von Kommissar Böll und

Frau von Eschborn in die Kirche. Böll, der neben ihr geht, spürt die Blicke, die ihnen durch den langen Kirchengang folgen, wie tausend Nadelstiche in seinem Nacken. Unwillkürlich drückt auch Böll den Rücken durch und führt die Schwester des ermordeten Pfarrers zur Bank in der ersten Reihe, direkt vor den Altar, wo ihr Bruder vor zwei Wochen sein Leben verloren hat.

Elena Gomez' Gesicht spiegelt die Anspannung wider, die Kraft, die es sie kostet, das alles über sich ergehen zu lassen. Böll ahnt, dass sie heute nicht nur hier ist, um von ihrem Bruder Abschied zu nehmen, sondern auch, um den Menschen der Gemeinde, die von Freunden zu Feinden wurden, als sie deren Hilfe am nötigsten brauchte, die Stirn zu bieten. Ihnen zu demonstrieren, dass eine Gomez nicht davon läuft, wenn es eng wird. Ganz sicher will sie einige von ihnen auch strafen, ob der vielen falschen Verdächtigungen, die herumgetratscht wurden, wobei das Gerücht, sie hätte ihrem eigenen Bruder Gift in den Morgenkaffee geschüttet, noch das Harmloseste war.

Es wird still im Dom, die Gespräche verstummen, kein Rock raschelt mehr bei dem Bemühen, doch noch einen Sitzplatz zu finden, kein Hüsteln hinter vorgehaltenem Taschentuch stört die andächtige Stille.

Dann erschallt das Requiem von Mozart hoch oben von der Empore. Chor und Orchester geben alles, denn

Peter Orth, Dirigent und Musiker mit Leib und Seele, treibt sie zur Höchstleistung.
Wenn es ein Komponist verstanden hat, Trauer auszudrücken, dann ist es Mozart gewesen, schießt es diesem durch den Kopf, während er den Chor dirigiert. *In diesem Requiem sind alle Gefühle, alle Facetten enthalten, die Trauer ausmachen. Wer jemals um einen geliebten Menschen getrauert hat, weiß, dass aus diesem Requiem die Wahrheit spricht. Es ist das Destillat dessen, was Trauer ausmacht. In diesem unvollendeten Requiem, nicht in den anderen Werken Mozarts,* die für Orths Geschmack zu sehr auf Gefälligkeit angelegt sind, *zeigt sich das wahre Genie Mozarts. Er schrieb es auf seinem Sterbebett, nahm Abschied von der Welt. Nie war Mozart authentischer, ehrlicher als in dieser Komposition!*
Orth spürt die Demut, mit der Mozart es im Angesicht des nahenden Todes komponiert hat. Eine Demut, die ihn von sämtlicher weltlicher Eitelkeit befreite und das eigentliche, wahre, innere Sein hervortreten ließ. *Erst in diesem Requiem hat Mozart den Höhepunkt seines Schaffens erreicht,* denkt Orth.
Die Musik lässt ihn erschauern, die Trauer rauscht durch seinen Körper. Auch die Trauer, niemals ein so großartiger Mensch sein zu können wie dieses Genie Mozart. Tiefer Neid auf diese Schaffenskraft ergreift seine Seele und lässt ihn weinen.

Nur Angela, die heute im Chor singt, ahnt, warum Tränen über seine Wangen rollen, denn es gibt nur weniges, was seine Seele berührt: Musik und das ständige Streben nach Perfektion. Denn Perfektion ist Herrschaft – über Dinge und Menschen. Sie ist die Ersatzdroge derer, die nicht mit schöpferischer Kraft gesegnet sind. Diese Lektion hat Angela bei ihm gelernt. Mit einer letzten Bewegung der linken Hand bringt Orth den Chor zum Verstummen.
Nun sind alle Blicke auf den jungen Kaplan gerichtet. Er weiß um die Sprengkraft dieser Messe. Atemlose Stille schlägt ihm entgegen. Er spürt: ein falsches Wort und die Sache eskaliert. Vorsichtig tastet er sich an die Trauerrede heran. Er will die richtigen Worte finden, in angemessener Weise an den Toten erinnern, die Schwester des Verstorbenen trösten, die Gemeinde im Zaum halten. Im Grunde genommen fühlt er sich von dieser Aufgabe überfordert. Er hat als Kaplan noch so viel von Pfarrer Gomez lernen wollen!
Nun steht er allein vor einer Aufgabe, die zu groß für ihn ist. Doch er muss mit den Menschen in Marialinden auskommen; zumal wenn er die Pfarrerstelle übernehmen will.
Er räuspert sich und beginnt. Er zeichnet ein liebevolles Porträt des Verstorbenen, lobt seine Mitmenschlichkeit, seine Fähigkeit zuhören zu können, doch den Konflikt

um die heimlichen Mitschnitte und auch die Drohbriefe bleiben unerwähnt.
Das schmeckt Böll nicht.
Um einer verlogenen Harmonie willen wird das Eigentliche, der Verrat und die Denunziation, unter den Teppich gekehrt.
Böll ist wütend.
Elena sitzt neben ihm. Er spürt ihre innere Vereisung. Sie will keinen Trost, sondern Wahrheit, erkennt Böll. Nur das wird ihren Durst nach Gerechtigkeit stillen. Darin ist sich Böll mit ihr einig. Dieser Gerechtigkeitssinn hat ihn einst zur Polizei geführt, aber auch die Strafversetzung nach Bergisch Gladbach ausgelöst, eine Versetzung, die er seit geraumer Zeit als glückliche Fügung empfindet.
Nachdem der Kaplan den Diakon und einige Messdiener aufgefordert hat, für den Verstorbenen die Fürbitten zu lesen und der Letzte gesprochen hat, springt Böll auf und tritt ans Pult.
Der Kaplan erstarrt, die Gemeinde hält den Atem an.
Das Mikrofon kreischt, als Böll versucht, es auf seine Körpergröße einzurichten. Das Kreischen und Knacken hat etwas Verstörendes, die Routine Unterbrechendes. Es ist der Gegenklang zum Requiem und zu den Worten des jungen Kaplans. Böll räuspert sich und hält kurz inne, bevor er den Kopf hebt und die Gemeindemitglieder anschaut.

»Ich habe Pfarrer Gomez nicht persönlich gekannt, aber wenn ich den Worten der Menschen und auch den Worten seiner Schwester glauben darf, war Felipe Gomez ein guter Mensch ... und ein noch viel besserer Pfarrer. Ich habe mich, seit ich die Ermittlungen in diesem Fall führe, immer wieder gefragt: Was macht einen guten Pfarrer aus? Ich denke: Er muss Menschen mögen. Das ist wichtiger als alle theologischen Überlegungen. Doch wenn ich mir einige Vertreter der Kirche anschaue, habe ich nicht immer das Gefühl, dass es die Seelsorge ist, die sie umtreibt. Vielmehr scheinen die Menschen ihnen oft lästig zu sein. Arrogant oder genervt wenden sich viele Gottesmänner von den alltäglichen Sorgen der Menschen ab oder schütteln missbilligend den Kopf über die Lebensdramen der ihnen Anvertrauten. Sie vergraben sich in theologische Spitzfindigkeiten oder mutieren zu Prinzipienreitern.«
Böll macht eine Pause und schaut die Kirchenbesucher durchdringend an. Dann hebt er erneut an:
»Papst Franziskus ist anders. Er wendet sich den Menschen zu. Genau so hat es auch Felipe Gomez getan. Deswegen hat er Worte gewählt, die ihn, wie wir heute wissen, das Leben gekostet haben. Er hat gesagt, dass die Hinwendung zu Gott im Glauben wichtiger sei als die Angst vor der Hölle. Er ist überzeugt davon gewesen, dass ein Glauben, der aus der Angst heraus geboren wird, kein rechter Glauben ist. Der Glaube

müsse aus tiefer und freiwilliger Überzeugung kommen. Die Liebe und nicht die Angst müsse im Mittelpunkt des Glaubens stehen. Das sind auch die Worte Jesu gewesen. Nichts anderes hat Felipe Gomez gepredigt. Doch er wurde des Verrats bezichtigt: Er verfälsche die Worte Gottes. Die Predigten wurden heimlich mitgeschnitten und Kardinal Schwednitz in Köln zugespielt. Ja, ich muss es beim Namen nennen, was hier geschehen ist: Denunziation, verbunden mit dem Ziel, ihn zum Schweigen zu bringen! In Köln wurden die Fäden elegant aufgefangen, selbstverständlich wurde Gomez offiziell nicht aufgrund seiner Worte zum Kardinal zitiert. Denn das, was er gesagt hat, steht schließlich auch in der Bibel. Vielmehr wurde er wegen Fehlern in der Liturgie ermahnt, die er angeblich während der Wandlung begangen hat. Ich habe die Protokolle gelesen. Das Gespräch zwischen Kardinal Schwednitz und Pfarrer Gomez ist ein Protokoll der Verlogenheit. Der Kardinal spricht zu keinem Zeitpunkt das an, weswegen Gomez kleingemacht werden sollte: weil er sich geweigert hat, die Menschen mit Angst zum Glauben zu zwingen. Stattdessen haben sie stundenlang über eine vermeintlich fehlerhafte Liturgie geschwafelt.«
Böll hält inne und macht eine weit ausholende Bewegung, die alle einbezieht, die in der Kirche versammelt sind.

»Ihr alle habt davon erfahren: aus der Zeitung. Doch niemand in der Gemeinde hat Stellung für Gomez bezogen, das Wort für ihn ergriffen. Ihr habt es einfach geschehen lassen. Jetzt wussten seine Gegner, dass ihm niemand beistehen würde. Ab diesem Moment war Gomez vogelfrei. Er bekam Drohbriefe, in denen er aufgefordert wurde, zurück nach Pamplona zu gehen, sonst würde er einen tödlichen Unfall erleiden. Die, die ihn bedrohten, fühlten sich durch das Schweigen der Gemeinde sicher. Doch Gomez ging nicht. Er hatte Rückgrat. Genau wie seine Schwester. Deswegen beschlossen die, die sich von Gott berufen fühlten, ihn zu töten.«

Böll hält erneut inne, um seine Worte wirken zu lassen. Es ist still. Mucksmäuschenstill.

Da plötzlich schallt es durch den Kirchenraum:

»Er hat den Teufel geleugnet! Doch der ist überall! Seht ihr das nicht? Gomez hat die Menschen blind für die Gefahr gemacht! Ich musste die Seelen der Gläubigen retten!«

Alle drehen sich zur Empore um. Der Dirigent hängt vornübergebeugt mit dem Oberkörper über der Balustrade. Sein Gesicht ist dunkelrot. Die schlohweißen Haare umwehen seinen Kopf. Seine Augen sprühen vor Hass.

»Sie haben niemanden gerettet. Sie haben gemordet. Sie haben ein unschuldiges Mädchen und einen behinderten Jungen zu Ihrem Werkzeug gemacht. Die beiden taten, was Sie wollten, ohne zu wissen, was sie taten«, antwortet Böll mit betont ruhiger Stimme.

»Einen Mord werden Sie mir niemals beweisen können«, kreischt der Kirchenmusiker.

»Oh doch. Denn Ihre Schülerin Angela hat ausgesagt, dass Sie, Herr Orth, einen weiteren Drohbrief in der Sakristei hinterlegt haben, damit Gomez ihn liest, bevor er die Messe zelebriert. Wohlwissend, dass er schwer herzkrank gewesen ist und ihn die Drohung tief treffen würde. Sie haben gewollt, dass er sich aufregt und sein Herz aus dem Takt gerät. Das war Teil des Mordplans. Dann haben Sie Angela befohlen, dem kleinen behinderten Anton, der ihr anvertraut und der so gerne Messdiener ist, ein Digitalfunkgerät zu geben. Sie haben gewusst, dass der Junge technikbegeistert ist. Für ihn ist das ein Spiel gewesen! Das haben Sie ausgenutzt. Anton sollte sich mit dem eingeschalteten Gerät möglichst nah neben Pfarrer Gomez stellen. Denn Sie hatten einen Techniker gefunden – ja Herr Orth, auch den Mann haben wir gefunden –, der Ihnen das Funkgerät auf die Frequenz eingestellt hat, in der Herzen üblicherweise schlagen. Der Techniker ist Ihren Wünschen nachgekommen, ohne zu wissen, dass er ein Mordinstrument baut.«

Böll hält inne und atmet tief ein. Doch er ist noch nicht fertig mit dem Dirigenten.

»Dem Techniker haben Sie erzählt, dass Sie ein derart umgerüstetes Gerät dringend in einem Altenheim in Köln benötigen, das von dem Orden betreut wird, dem Sie angehören: Opus Magnum. Der Herzschrittmacher hat dann, wie von Ihnen gewünscht, während der Messe seine Unterstützungsfunktion eingestellt, weil er die Frequenz des Funkgeräts als funktionierende Herzfrequenz fehlinterpretiert hat. Ein fast perfekter Mord.«

Epilog

Es ist Freitagabend und Kommissar Böll sitzt mit Frau von Eschborn in der Gaststätte ‚Altenrath'. Die beiden sind mittlerweile eine eingeschworene Gemeinschaft. Das deftige bergische Essen, das Frau von Eschborn ihrem Untermieter regelmäßig serviert, hat nicht unwesentlich dazu beigetragen. Bölls Frau zeigt seit Neuestem leichte Anflüge von Eifersucht, wenn ihr Mann Annas schmackhafte Küche in den höchsten Tönen lobt, eine bodenständige Küche, die schon seit Jahren nicht mehr auf dem Speiseplan ihrer ‚Nouvelle Cuisine' auftaucht. Und es ist auch heute das Essen, das beide zusammenführt.

Denn Freitag ist Reibekuchentag. Da sich Frau von Eschborn geweigert hat, das aufwändige Reiben der Kartoffeln und die dafür notwendige Ölorgie in ihrer Küche zu veranstalten, sind sie überein gekommen, dort hinzugehen, wo sie so zubereitet werden wie Böll und Frau von Eschborn es gerne mögen: In die Gaststätte Altenrath.

Sie müssen nicht lange auf die heiß begehrten Reibekuchen warten. Eine Angestellte jongliert die kross gebratenen Kartoffelpuffer auf zwei Tellern geschickt am Tresen vorbei und steuert den Ecktisch an, an dem Böll und Frau von Eschborn Platz genommen haben. Dem Kommissar serviert die junge Kellnerin 'Rievkooche mit Appelmus und Schwatzbrut' und Frau von Eschborn Reibekuchen mit rohem Rindertatar. Im Rheinland und im Bergischen Land gilt das als Delikatesse. Dazu zwei Stangen frisch gezapftes Kölsch.

»Lecker, einfach nur lecker«, stöhnt Böll ob der seltenen Gaumenfreude, als er den ersten Bissen verspeist hat. Reibekuchen hat er schon als kleiner Junge so gern gegessen, dass er sich regelmäßig ein 'Schänzchen' daran gegessen hat, wie man im Rheinland sagt, wenn man etwas außerordentlich gerne isst. Auch Frau von Eschborn lässt es sich schmecken und schweigt ausnahmsweise.

An der Theke sitzen mehrere Männer in Sportkleidung. Freitags spielen sie auf dem Sportplatz von TUS Marialinden Fußball, um sodann in der Gaststätte ihren Bierdurst zu stillen. Die Freizeitkicker werfen den beiden verstohlene Blicke zu. Bölls Rede hat Wellen geschlagen, nicht nur in Marialinden, auch in der Zeitung wurde das Für und Wider diskutiert. Selbst im Kommissariat in Bergisch Gladbach grummelte es und Ruth Hansen, seine Chefin, hatte ihm zu verstehen gegeben, dass es in Zukunft völlig reichen würde, Mordfälle aufzuklären, moralische Brandreden seien in seinem Gehalt nicht enthalten.

Im Kommissariat in Köln-Kalk hat man sich vor Vergnügen auf die Schenkel geklopft, als die Geschichte dort bekannt wurde. Ja, so kennen sie ihn, den Böll, ihren ehemaligen Kollegen. Das Wort lässt er sich nicht verbieten. Deswegen hat der Polizeipräsident ihn in die vermeintliche Wüste geschickt, ins Bergische Land.
Böll weiß, dass er sich mit seiner Rede auf der Totenmesse nicht nur Freunde gemacht hat. Aber er hat damit auch manche Leute in Marialinden zum Nachdenken gebracht, wie er einigen Briefen entnehmen konnte, die ihn in der Zeit danach erreichten.
Nach dem zweiten Reibekuchen drängt es Frau von Eschborn, ihrem liebsten Hobby nachzugehen: Fragen zu stellen. Böll sieht ihr das Bedürfnis an der Nasenspitze an, denn sie rutscht unruhig auf der Holzbank hin und her. Der Kommissar wartet. Er weiß, es kann sich nur noch um wenige Sekunden handeln, bis sie die erste Frage abfeuert. Mit seiner Vermutung liegt er goldrichtig.
»Oliver, ich habe noch zwei Fragen zum Mord an Felipe Gomez«, platzt es schließlich aus ihr heraus, nachdem sie den dritten Reibekuchen verspeist hat.
»Nur zwei Fragen?«, stellt Böll scheinbar enttäuscht fest, doch der sarkastische Unterton ist Frau von

Eschborn nicht entgangen. Geflissentlich überhört sie ihn.

»Wie kam es dazu, dass Peter Orth auch den Mord an Frau Grau gestanden hat?«

»Das war nicht schwer. Ich habe ihn an seinem unbedingten Willen zur Perfektion gepackt und ihn mit der Bemerkung provoziert, dass der erste Mord nahezu perfekt gewesen wäre, wenn er sich nicht dazu hätte hinreißen lassen, Frau Grau im Affekt zu ermorden, weil sie mir die geschredderten Drohbriefe gegeben hatte. Da mir die Forensiker in Köln mitgeteilt haben, dass der Schlag auf Frau Graus Kopf von einem Linkshänder ausgeführt worden war, war Orth sofort verdächtig. Er ist Linkshänder. Das war eine heiße Spur.«

»Warum hat sie Ihnen die Papiere gegeben? Sie hing doch irgendwie da mit drin.«

»Vielleicht war ihr die Sache zu heiß geworden. Vielleicht hat sie auch Gewissensbisse bekommen. Wer weiß?

»Aber was hatte die Grau überhaupt in der Küche von Elena Gomez zu suchen? Und wie ist sie in die Wohnung gekommen?«, wundert sich Frau von Eschborn.

»Sie hat einen Schlüssel zu der Pfarrwohnung. Schon immer. Wahrscheinlich hat sie nicht gewollt, dass Elena Gomez den Drohbrief findet. Vermutlich hat sie weitere

Verbrechen verhindern wollen. Doch Elena hatte den Brief bereits gelesen und war völlig aufgewühlt in die Kirche gelaufen. Dort haben Sie sich ihrer angenommen. Zum Glück.«

»Wie sind Sie eigentlich darauf gekommen, dass ein Digitalfunkgerät das Mordinstrument gewesen ist?«

»Die Erkenntnis kam mir während einer Radiosendung, in der ein Experte über die gesundheitlichen Schäden sprach, die der Digitalfunk verursachen kann. In der Sendung ging es um Herzschrittmacher und die seltenen Störfälle, die durch Digitalfunk ausgelöst werden können. Da wusste ich, wie sie es gemacht hatten. Ich ahnte, dass es jemand aus dem Umfeld des Opus Magnum war, wusste aber nicht wer. Klar war nur eins: Wenn der Digitalfunk die Tatwaffe gewesen war, musste jemand in der Nähe des Pfarrers gestanden haben. Und das konnte nur einer der Messdiener gewesen sein.«

»Gott, ist das hinterhältig!«

Böll nickt.

»Und dieser Kardinal Schwednitz, dieser Schreckliche, wird niemals bestraft werden! Wirklich zu schade, dass er schon tot ist. Der war doch auch im Opus Magnum, genau wie die Heimleiterin. Die haben doch alle tatkräftig mitgeholfen! Wer weiß, wie viele daran beteiligt waren und sich nun geschickt wegducken.«

Böll nickt erneut, ohne Anna von Eschborns Redefluss zu stoppen.
»Die sollten alle auf dem Pilgerweg von Overath nach Marialinden Buße tun! Egal bei welchem Wetter! Am besten wandern sie gleich weiter! Der Weg kann gar nicht lange genug sein, am besten den ganzen Jakobsweg bis nach Santiago de Compostela so viel, wie die sich auf die Seele geladen haben. Fürchterlich, diese fanatischen Sekten innerhalb der Kirche!«, entfährt es ihr ein wenig zu laut, so dass sich die Männer an der Theke umdrehen.
»Ja, es ist in der Tat erschreckend, wenn Fanatismus und Religion zusammenkommen. Wenn es einen Teufel gibt, dann ist er in diesen Kreisen tätig. Egal, ob es sich dabei um religiöse Fanatiker im Christentum, Judentum oder Islam handelt. Das Ergebnis ist immer das Gleiche: Es gibt Tote. Morde, die aus einer unglaublichen Arroganz, der Wahrheit habhaft zu sein, geboren werden und andere Menschen unters Joch zwingen«, pflichtet Böll ihr bei.
»Tja, und die geistigen Brandstifter werden selten bestraft, denn sie achten peinlichst darauf, dass andere sich die Hände schmutzig machen«, wendet Frau von Eschborn bitter ein.
»Ja, Orth ist kein Einzelfall. Letztlich aber geht es bei religiösen Fanatikern ganz irdisch und wenig jenseitig

um die eigenen Machtgelüste, die religiös verbrämt werden, damit niemand sie hinterfragt.«
»Und wer hat die arme Elena nachts in meinem Haus überfallen?«, setzt Anna von Eschborn ihre Befragung fort.
Böll lacht still in sich hinein, weiß er doch, dass er das Bombardement an Fragen besser beantwortet, weil sich seine Vermieterin sonst nicht zufrieden geben wird.
»Frau Hansen, meine Chefin, hat die Verhöre mit diesem Thomas Wilfurth aus der rechten Szene und dem Küster persönlich durchgeführt. Sie sagt, dass es Wilfurth gewesen ist, der die nächtliche Attacke begangen hat. Gestanden hat er die Tat allerdings nicht.«
»Seltsam«, murmelt die alte Dame. »Als ich die schwarz gekleidete Person aus dem Fenster springen sah, hatte ich kurz den Eindruck, es wäre eine Frau. Aber nun ja, es war Nacht und sehr dunkel.«
Böll hört ihr aufmerksam zu und ergänzt dann:
»Wir haben Beweise: Die schwarze Kleidung und die Halloween-Maske. An beidem ist die DNA von Wilfurth. Das Gericht wird sich in seinem Urteil auf diese Indizien stützen müssen.«
»Hm, und haben Sie den Anschlag auf das Flüchtlingsheim in Landwehr aufklären können?«, wechselt Frau von Eschborn geschickt das Thema, um

endlich die unangenehme Erinnerung an jene Nacht loszuwerden.
»Zu dem Anschlag hat sich Thomas Wilfurth bereitwillig bekannt. Er scheint ziemlich stolz darauf zu sein. Im Netz wird er in der rechten Szene als großer Held gefeiert. Von seinen Kameraden in Overath sowieso.«
Plötzlich vibriert das Smartphone des Kommissars. Unwillig nimmt Böll es zur Hand, denn er befürchtet, dass die Reibekuchen kalt werden könnten.
Am Telefon ist Kuhle.
»Bist du noch in Overath oder schon auf dem Weg nach Hause?«
Böll kann die Frage, wo sein Zuhause ist, in Köln oder in Overath, gar nicht mehr so genau beantworten. Deswegen antwortet er mit einer Gegenfrage.
»Warum?«
»Weil wir eine neue Leiche haben. Die liegt mitten in der Kuhscheiße. Das musst du dir ansehen!

Erläuterungen

Hämmchen = in Sud gekochte Schweinshaxe, die von einer dicken Fettschicht umgeben ist

Immi = jeder, der NICHT in Köln geboren ist

Klüngeln = Vetternwirtschaft, eine Hand wäscht die andere, zum Vorteil derjenigen, die miteinander klüngeln, nicht immer zum Vorteil der anderen

Hot volee' = Bezeichnung für 'feine Leute'. Der Ausdruck kommt aus dem Französischen von 'Haute Volée', seit Napoleon 1794 Köln besetzte, haben viele französische Ausdrücke in den Kölner Dialekt Eingang gefunden

Mettbrötchen = dunkles Roggenbrötchen (Röggelchen), belegt mit Butter und rohem Schweingehacktem, gewürzt mit Salz und Pfeffer, das Brötchen wird auf der Mettseite mit kleingehackten Zwiebeln bestreut.

Schwatzbrut = Schwarzbrot

Flönz = Blutwurst

Kniesbüggel = Geizhals
Kölschkranz = rundes Tablett, in denen für 11 Kölschgläser Platz ist (11.11. = Karnevalsbeginn)

Kölschstangen = schmale Biergläser, das 0,2 Liter Fassungsvermögen hat

Köbes = Frecher Kellner, der in den Brauhäusern als Selbstständiger auf eigene Rechnung arbeitet, das freche Sprücheklopfen dient zur Unterhaltung der Gäste.

Kölsch = helles, obergäriges Bier

etepetete = Umgangssprache für übertrieben fein

Matjes nach Hausfrauenart = Matjes in einer Sauce aus saurer Sahne, Zwiebeln, Apfelstückchen

Rievkooche = Reibekuchen. Aus geriebenen Kartoffeln, die mit Zwiebel, manchmal auch mit ein wenig Haferflocken, Ei, Salz und Pfeffer zu Kartoffelplätzchen gebraten werden und mit Rübenkraut (‚Röbekruck'), Apfelmus (Appelmus) oder rohem Rindertartar verspeist werden

'sich ein Schänzchen essen' = sich einen dicken Bauch anessen

Rezepte, mit denen Frau von Eschborn den Kommissar verwöhnt...

Erbsensuppe (Ähzezupp) für 4 Personen

500 g Erbsen
3 Liter Wasser
750 g Kartoffeln (mehlig)
Für das Suppengemüse brauchen Sie:
1/4 Sellerie, 1 Lauchstange, 2 Möhren, 1 gelbe Rübe, Petersilie
300 g Schweinerippe, 300 g gepökeltes Schweinefleisch
2 Zwiebeln
Salz, Majoran, etwas Natron, evtl. 1-2 Knoblauchzehen
1-2 Esslöffel Essig

Zubereitung

Frau von Eschborn reinigt die Erbsen und weicht sie mit etwas Natron in 1½ Liter Wasser ein. Am nächsten Tag schöpft sie einen Teil des Einweichwassers ab und gibt es mit in den Topf. Die Erbsen kocht sie bissfest. Schweinefleisch und Rippe kocht sie im Übrigen im Topf mit (das gibt Geschmack!). Nach etwa einer Stunde nimmt sie das Fleisch raus. Nun gibt sie die kleingewürfelten Kartoffeln und das gewaschene und klein geschnittene Suppengrün sowie die gehackten Zwiebeln in den Suppentopf. Da Kommissar Böll Knoblauch gern mag, gibt sie auch noch 1-2 Knoblauchzehen hinzu. 45 Minuten vor Ende der Kochzeit legt sie das inzwischen in kleine Stücke geschnittene Fleisch wieder in die Suppe. Am Schluss schmeckt Frau von Eschborn die Suppe mit Salz, Pfeffer, Majoran und einem Schuss Essig ab. Lecker!

Bergischer Stuten

1 kg Mehl (Typ 550)
60 g Hefe
2 Teelöffel Zucker sowie Hagelzucker
1/4 Liter lauwarme Milch
200 g Zucker

2 Eier
1 Prise Salz
150 g Butter
250 g Stiftmandeln
1 Päckchen Blattmandeln
Butter zum Einfetten
Milch und Eidotter zum Bestreichen

Zubereitung

Frau von Eschborn gibt das Mehl in eine Schüssel. In die Mitte drückt sie eine Vertiefung, dort bröckelt sie die Hefe hinein. Diese bestreut sie mit Zucker. Sie gibt etwas Milch hinzu und verrührt das Ganze zu einem Vorteig. Den Teig deckt sie mit einem Küchenhandtuch ab und lässt ihn eine halbe Stunde gehen. Danach hat sich das Volumen verdoppelt. Dann gibt sie den Zucker und die restliche Milch hinzu (Vollmilch, nicht Magermilch!). Eier, Salz und Fett streut sie in Flöckchen auf den Mehlrand. Danach verarbeitet sie alles zu einem glatten Hefeteig.
Sie knetet diesen so lange, bis er sich vom Schüsselboden löst und Blasen wirft. Anschließend gibt sie die Stiftmandeln hinzu und vermengt diese mit dem Teig. Jetzt lässt sie den Teig nochmals eine halbe Stunde gehen.

Sie fettet eine große viereckige Kastenform ein und gibt den Hefeteig hinein. Mit dem Messer schneidet sie eine Kerbe in die Oberfläche. Abermals lässt sie den Teig 20 Minuten gehen, bis er den Rand der Form übersteigt. Dann verrührt sie ein Eigelb mit etwas Milch und streicht davon etwas auf die Oberfläche des Stutens, damit der Blatz später glänzt. Je nach Gutdünken streut sie auch noch Blattmandeln und Hagelzucker auf die Oberfläche. Die Form gibt sie nun auf die mittlere Schiene des vorgeheizten Backofens und lässt den Blatz (oder Stuten) bei 200 Grad rund 60 Minuten backen. Danach schneidet sie einige Scheiben vom noch warmen süßen Brot ab, dass innen ‚mang' sein soll, also schön feucht und nicht trocken. Sie serviert dem Kommissar vier (!) Scheiben mit Butter, die auf den noch warmen Scheiben schmilzt.

Aprikosenmarmelade à la Frau von Eschborn

Saftige, süße Aprikosen, so viel man mag
1 Orange (gibt den leicht fruchtig-bitteren Geschmack)
Gelierzucker im Verhältnis zu den Früchten (40:60)
1-2 Limetten (nicht Zitronen!)
Gut verblendeten Grappa

Zubereitung

Aprikosen und Orange schälen und in grobe Stücke schneiden. Die Früchte in den Topf auf den Herd geben, Gelierzucker dazugeben. Einkochen. Am Ende mit Limettensaft und Grappa abschmecken. Schmeckt sensationell, findet Kommissar Böll!

Bratkartoffeln mit Wirsing und Kotelett

Wirsing
Rohe, festkochende Kartoffeln
Gutes, hochwertiges Öl
Schmalz
Speckwürfel
Zwiebel
Schweinekotelett mit Knochen
Margarine
Ein Zweig Rosmarin
Salz, Pfeffer, Muskat

Zubereitung

Den Wirsing putzen und in Salzwasser kochen. In einem Topf Schmalz auslassen, die kleinen Speckwürfel langsam darin auslassen. Zwiebeln ebenfalls im Schmalz anrösten. Die gekochten Wirsingblätter dazugeben. Pürieren. Mit Muskat, Salz und Pfeffer abschmecken. Der Kohl schmeckt meistens besser, wenn er zum zweiten Mal aufgewärmt wird. Deswegen kocht Frau von Eschborn gern große Portionen.
Das Kotelett in Margarine braten (schmeckt besser als in Öl!). Mit Salz und Pfeffer nach dem Braten würzen. Zum Kotelett schmeckt scharfer oder mittelscharfer Senf.
Das Geheimnis wirklich vollendeter Bratkartoffeln liegt darin begründet, dass sie vor dem Braten in rohe Würfel geschnitten werden und sehr langsam gebraten werden, bis sie kross sind. Frau von Eschborn achtet streng darauf, denn das ist eine wahre Geduldsübung. Der Rosmarinzweig wird dazu gelegt, damit die Kartoffeln 'duften'. Das Öl, in dem die Kartoffeln gebraten werden, muss hochwertig sein, darf aber keinen Eigengeschmack haben.

Himmel un Ääd

1 Ring kölsche Blutwurst (Flönz)
Kartoffeln (festkochend)
Gemüsezwiebeln
Äpfel
Mehl
Muskatnuss, Salz
Milch
Butter
Öl
Zucker, Limettensaft

Zubereitung

Äpfel schälen, in Stücke schneiden und gar kochen. Kartoffeln in Salzwasser kochen. Die Blutwurst in dicke Stücke schneiden, in Öl braten, so dass die Außenseiten kross werden. Wer es besonders kross mag, wälzt die Blutwurst zuvor kurz in Mehl. Innen aber soll die Wurst während des Bratens weich werden. Kartoffeln grob stampfen (damit Kartoffelstückchen zum Beißen übrigbleiben, wie Frau von Eschborn betont), Milch und Butter unterrühren, mit Muskat abschmecken.

Für den Apfelmus die gekochten Äpfel ein wenig zu Mus drücken, eventuell mit Zucker und Limettensaft abschmecken. Fertig!

Informationen zum Ort des Geschehens

Wallfahrtsort Marialinden

Marialinden ist ein Stadtteil von Overath. 1515 wurde der Ort zum ersten Mal urkundlich erwähnt. Seit vielen Jahrhunderten ist Marialinden Wallfahrtsort. Das Wahrzeichen des Ortes ist die Kirche mit den markanten Doppeltürmen: die Pfarrkirche St. Mariä Heimsuchung. Sie wurde 1897 gebaut und dient auch heute noch als Wallfahrtskirche.

In unmittelbarer Nachbarschaft der Kirche stehen hübsche, denkmalgeschützte Fachwerkbauten. So die alte Vikarie (1795), das ehemalige Jagdhaus des Rittersitzes Alt-Bernsau (1662), die Gaststätte ‚Lindenhof' und schließlich das Pfarrhaus, das Anfang des 19. Jahrhunderts gebaut wurde. Früher gab es in Marialinden sieben Gaststätten, in denen die Pilger nach dem beschwerlichen Aufstieg von Overath bis nach Marialinden rasten konnten. Heute gibt es im inneren Ortskern nur noch die Gaststätte ‚Altenrath'. Der ‚Lindenhof' und das ‚Vogelnest' können heute für private Feste gemietet werden.

Der Pilgerweg

Der jahrhundertealte Pilgerpfad führt von Overath steil bergauf durch den Wald, vorbei an sieben Fußfällen, auf denen Szenen der Leidensgeschichte Jesu dargestellt sind. Der Wanderer hat auf diesem Pfad immer wieder wunderbare Ausblicke in die Landschaft. Der Pilgerweg nach Marialinden ist Teil des Jakobsweges, der in Santiago de Compostela (Spanien) endet. Jeder wandernde Pilger kann sich in der Marialindener Kirche einen Pilgerstempel holen.

Der Dom von Marialinden

1515 erwähnt eine Urkunde zum ersten Mal die Kirche St. Mariä Heimsuchung. Ein Teil der heutigen Sakristei ist vermutlich zuvor eine Kapelle gewesen. Im Chorraum finden sich Fresken aus dem 15./16. Jahrhundert, die 1954 wieder freigelegt wurden. Der Hochaltar stammt aus dem 18. Jahrhundert, wurde aber zuletzt in den 60er Jahren des 20. Jahrhunderts umgebaut. Die Fenster im Chorraum mit Motiven aus dem Leben Mariens stammen aus dem Jahr 1978.

Die Marienstatue

Zentraler Ort der Marienverehrung ist der Marienaltar im rechten Seitenschiff der Kirche. Die Marienstatue, seit Jahrhunderten Ziel vieler Wallfahrer, stammt aus dem 15. oder 16. Jahrhundert. Sie wird jedes Jahr zum Abschluss der Marienwallfahrsoktav am 2. Juli in einer großen Prozession durch Marialinden getragen. Rechts neben dem Altar befindet sich in einer Nische die ursprüngliche Pietà, eine Terrakottafigur aus der Zeit etwa um 1420. Die Marienverehrung wird nicht ohne Grund in Marialinden gepflegt, denn die Legende besagt, dass in einer der sieben Linden, die auch Namensgeber für den Ort sind, ein Gnadenbild gefunden wurde. Nachdem das Gnadenbild aus der hohlen Linde entfernt wurde, war es am nächsten Tag auf wundersame Weise wieder am selben Ort. Daraufhin wurde an dieser Stelle eine Kapelle errichtet, später eine Kirche.

Das Zweite Vatikanische Konzil

Mit dem Zweiten Vatikanischen Konzil (1962-1965) leitete die katholische Kirche eine umfassende Erneuerung ein.[1] Das Konzil definierte Kirche als die Gemeinschaft der Gläubigen, als »Volk Gottes«. In den Schriften des Konzils wird das gemeinsame Priestertum aller Gläubigen betont, das bei Priestern und Laien jedoch in unterschiedlichen Formen verwirklicht werden soll. Mit der Zulassung der historisch-kritischen Auslegung wird dem wissenschaftlichen Umgang mit der Bibel der Weg geebnet. Erklärtes Ziel ist es, dass die Kirche sich immer wieder reformiert. Gefordert wird auch der Einsatz der jeweiligen Landessprache im Gottesdienst. Die Gläubigen sollen als Gemeinde aktiv ins liturgische Geschehen einbezogen werden. Die Zentrierung auf den Priester tritt zurück. Die Konzilsväter betonen in der Schrift den Wert der Bibelverkündigung und der Kirchenmusik im Gottesdienst. Die alte Tridentinische Messe, bei der die Priester das Messopfer mit dem Rücken zur Gemeinde feiern, wurde abgeschafft.

---

[1]Weitere Infos, siehe dazu https://www.domradio.de/themen/zweites-vatikanisches-konzil/2015-12-08/die-beschluesse-des-zweiten-vatikanischen-konzils-im-ueberblick, gesehen am 02.09. 2018